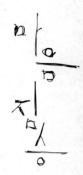

마음의 정성

HERZTIER
by Herta Müller

ⓒ Carl Hanser Verlag München 2007
(First published 1994 at Rowohlt)
Korean Translation ⓒ 2010 by Munhakdongne Publishing Corp.
All rights reserved.
The Korean language edition is published by arrangement with
Carl Hanser Verlag GmbH&Co. KG through MOMO Agency, Seoul.

이 책의 한국어판 저작권은 모모 에이전시를 통해
Carl Hanser Verlag GmbH&Co. KG사와 독점 계약한 (주)문학동네에 있습니다.
저작권법에 의해 한국 내에서 보호를 받는 저작물이므로
무단 전재와 무단 복제를 금합니다.

이 도서의 국립중앙도서관 출판시도서목록(CIP)은
e-CIP 홈페이지(http://www.nl.go.kr/cip.php)에서 이용하실 수 있습니다.
(CIP제어번호: CIP2010002758)

마음짐승

헤르타 밀러 장편소설 ― 박경희 옮김

Herta Müller/
Herztier

문학동네

구름 한 점마다 친구가 들어 있네
공포로 가득한 세상에서 친구란 그런 거지
어머니도 원래 그런 거라 하셨네
친구야 아무렴 어떠니
진지한 일에나 마음을 쓰렴

겔루 나움[*]

---

* Gellu Naum(1915~2001). 루마니아의 시인, 극작가, 소설가, 프랑스 문학 번
역가로, 유럽의 주목받는 초현실주의 예술가들 중 한 명이었다.

침묵하면 불편해지고, 말을 하면 우스워져, 에드가가 말했다.

우리는 바닥에 펼쳐둔 사진들 앞에 이미 너무 오랫동안 앉아 있었다. 다리에 쥐가 날 정도로.

발로 풀을 밟듯 입속의 말들로 우리는 많은 것을 짓밟는다. 침묵으로도 그렇게 한다.

에드가는 침묵했다.

나는 지금도 무덤이란 게 머릿속에 그려지질 않아. 그저 허리띠, 창문, 호두와 노끈만 떠올라. 어떤 죽음이든 내게는 자루나 다름없어.

누가 들으면 미쳤다고 하겠네, 에드가가 말했다.

생각해보면 죽은 사람들은 저마다 낱말이 든 자루를 남겨놓고 가는 것 같아. 이발사와 손톱가위, 나는 언제나 그런 것들이 떠올라. 죽은 사람은 그런 게 필요 없으니까. 그리고 죽은 사람은 더이상 단추를 잃어버릴 일이 없다는 것도.

어쩌면 그들은 독재자가 오류라는 걸 우리와 다른 방식으로 느꼈을 거야, 에드가가 말했다.

그들에게는 증거가 있었어, 우리 역시 스스로에게 오류였으니까. 이발사와 손톱가위가 다시 필요할 때까지 우리는 그 나라에서 걷고, 먹고, 자고, 두려움 속에서 누군가를 사랑했잖아.

걷고, 먹고, 자고, 다른 누군가를 사랑했다고 해서 묘지를 만든다면 그 사람이야말로 우리보다 더 큰 오류지, 에드가가 말했다. 모두에게 오류, 가장 큰 오류지, 그는.

머릿속에 풀이 자란다. 말을 하면 풀이 잘린다. 침묵해도 마찬가지다. 그렇게 제멋대로 두번째, 세번째 풀이 계속 자란다. 그럼에도 우리는 여전히 운이 좋다.

롤라는 남쪽 지방에서 왔고, 사람들은 그녀에게서 빈곤한 지방을 보았다. 어디인지는 모르겠다. 어쩌면 광대뼈 주위나 입가, 양미간인지도 모른다. 어떤 지역에 대해서처럼 얼굴에 대해 말하는 것도 쉽지 않다. 나라 안 어디에서도 가난은 사라지지 않았다. 얼굴들에도 마찬가지였다. 그렇다 해도 롤라가 살던 지방은 그녀의 광대뼈 주위나 입가, 양미간에서 보이듯 한층 더 가난했을 것이다. 지역보다 지대라는 말이 더 어울릴 법한 그런 곳.

메마름이 양과 수박, 뽕나무만 빼고 모든 걸 먹어치운다, 라고 롤라는 쓴다.

그러나 롤라를 도시로 내몬 건 메마른 지방이 아니었다. 내가 뭘 배우든 메마름은 개의치 않는다, 라고 롤라는 공책에 쓴다.

메마름은 내가 얼마나 배웠는지 알아채지 못한다. 그저 내가 무엇인지, 그러니까 내가 누구인지만 안다. 도시에서 뭔가가 되는 거다, 그리고 사 년 뒤에 마을로 돌아가는 거다, 라고 롤라는 쓴다. 그때는 먼지 자욱한 아랫길이 아니라, 저 위 높다란 뽕나무 가지들 사이로 갈 것이다.

도시에도 뽕나무가 있었다. 하지만 거리에서는 볼 수 없었다. 안마당에 뽕나무가 서 있는 집도 많지 않았다. 뽕나무는 노인들이 사는 집 마당에만 있었다. 나무 밑에는 실내용 의자가 놓여 있었다. 푹신한 벨벳 의자였다. 벨벳은 오물이 묻고 찢어져 있었다. 의자에 난 구멍을 누군가가 밑에서 짚단으로 틀어막았다. 자꾸 깔고 앉은 탓에 짚단은 납작하게 눌려 있었다. 새끼줄이 땋은 머리채처럼 의자 밑에 매달려 있었다.

폐기 처분을 받은 의자에 가까이 다가가면 꼬인 새끼줄의 지푸라기 한 올 한 올까지 보였다. 그것이 한때 초록빛이었다는 것도.

뽕나무가 있는 마당으로 들어가면 의자에 앉아 있는 늙은 얼굴 위로 그늘이 고요처럼 드리워졌다. 고요처럼, 나도 모르게 그곳으로 들어갔고 또 아주 가끔씩만 다시 찾아왔으므로. 그 드문

풍경 속에서, 나무 꼭대기로부터 얼굴로 곧게 떨어진 한 줄기 빛이 어느 먼 지방을 보여주었다. 내 시선은 빛줄기를 따라 오르내렸다. 등골이 오싹했다. 그 고요가 뽕나무 가지에서 온 게 아니라 그 얼굴의 눈에 담긴 외로움에서 비롯된 것이었기에.

나는 이 마당에 있는 내 모습을 누구에게도 보이고 싶지 않았다. 누가 내게 거기서 뭐 하냐고 묻는 것이 싫었다. 나는 보는 것 외에는 아무것도 하지 않았다. 나는 뽕나무를 오래 바라보았다. 그리고 다시 그곳을 떠나기 전에 의자에 앉은 얼굴을 보았다. 그 얼굴에는 어느 지방이 담겨 있었다. 나는 젊은 남자 혹은 젊은 여자가 뽕나무 한 그루가 든 자루를 지고 살던 곳을 떠나는 모습을 보았다. 도시의 마당에서 나는 그렇게 가져온 뽕나무를 여럿 보았다.

나중에 롤라의 공책에서 읽었다. 사람들은 살던 곳을 떠날 때 가져온 것들을 그들의 얼굴에 담는다, 라고 쓰여 있는 것을.

롤라는 대학에 다니는 사 년 동안 러시아어를 전공하려고 했다. 입학시험은 쉬웠다. 지방이든 도시든 대학 정원에 여유가 있었으므로. 러시아어를 배우려는 사람도 별로 없었기에. 뭔가를 소원한다는 게 어렵지 목표는 훨씬 쉽다, 라고 롤라는 쓴다. 대학에서 공부하는 남자는 손톱이 깨끗하다, 라고 롤라는 쓴다. 사년 뒤에 나는 그런 남자 가운데 한 사람과 돌아간다, 그런 남자라면 조그만 마을에서 자신이 주인이라는 걸 알 테고, 이발사를 집으로 불러 문 앞에서 신발을 벗게 할 테니까, 양은 절대 안 돼, 수박도 절대 안 돼, 라고 롤라는 쓴다. 뽕나무만 있을 것이다. 누구에게나 이파리는 있는 법이니까.

　방이라는 작은 네모, 창문 하나, 여자애 여섯 명, 침대 여섯 개, 그 밑에 트렁크 하나씩. 문 옆에는 벽장이 있고, 출입문 위쪽 천장에는 스피커가 달려 있다. 밤이 올 때까지 노동 합창가가 천장에서 벽을 타고 내려와 침대 위로 흘렀다. 밤이 오면 노랫소리는 창문 앞 거리처럼, 바깥의 인적 없는 덤불진 공원처럼 잠잠해진다. 기숙사마다 이런 작은 네모가 마흔 개씩 있다.

　누군가가 말했다, 스피커는 우리가 하는 짓을 전부 보고 듣고 있어.

　여자애 여섯 명의 옷이 벽장 안에 빽빽이 걸려 있었다. 롤라의 옷이 제일 적었다. 그녀는 여자애들의 옷을 꺼내 입었다. 여자애들의 스타킹은 침대 밑 트렁크에 들어 있었다.

　누군가가 노래했다.

어머니는 말하지
나 결혼하는 날
왕모기 가득 채운
베개 스무 개
개미 가득 채운
베개 스무 개
썩은 나뭇잎 가득 채운
베개 스무 개
주겠노라고

　롤라는 침대 옆 바닥에 앉아 트렁크를 열었다. 그녀는 스타킹을 헤집어 엉긴 다리와 발가락과 뒤꿈치 뭉치를 얼굴 앞으로 들어올렸다. 그녀는 스타킹을 바닥에 떨어뜨렸다. 롤라의 손이 떨렸다. 얼굴에는 눈이 셋, 넷 늘어났다. 공중에 떠 있는 그녀의 텅 빈 손이 둘보다 많아졌다. 바닥에 늘어놓은 스타킹 숫자만큼 많은 손이 공중에 떠 있었다.
　눈, 손, 스타킹 들은 침대 두 칸 너머에서 불리는 노래 안에서 서로를 견디지 못했다. 이마에 팔자주름을 새기며 흔들리는 작은 머리가 선 채로 부르는 노래. 노래에 새겨졌던 주름은 곧 빠져나갔다.

각자의 침대 밑에 뒤엉긴 면 스타킹이 들어 있는 트렁크가
하나씩 있었다. 나라 어디서나 골지무늬 나일론스타킹이라고 불
리는 스타킹이었다. 살갗처럼 보드랍고 얇은 스타킹을 신고 싶
어하는 여자애들을 위한 골지무늬 나일론스타킹. 여자애들은 헤
어스프레이도 갖고 싶어했다. 마스카라와 매니큐어도.

침대의 베개 밑에는 마스카라 상자 여섯 개가 있었다. 여자애
여섯 명이 상자에 침을 뱉어 까만 반죽이 끈적끈적해질 때까지
이쑤시개로 검댕을 저었다. 그리고 눈을 크게 떴다. 이쑤시개가
눈꺼풀을 살짝 할퀴듯 스쳐가면 속눈썹은 검고 두꺼워졌다. 그
래도 한 시간 후면 속눈썹에 잿빛 틈이 생겼다. 침이 마르고 검
댕이 볼에 떨어졌다.

여자애들은 볼 위의 검댕, 속눈썹 위에 칠하는 검댕을 갖고 싶
어했다. 공장의 검댕은 더이상 원하지 않았다. 여자애들은 살갗
처럼 얇은 스타킹만 넘치도록 갖고 싶을 뿐이었다. 스타킹은 올
이 잘 풀려 복사뼈와 장딴지에서 올을 잡아줘야 했다. 올이 풀린
자리에는 매니큐어를 발랐다.

남자 셔츠를 하얗게 유지하기는 쉽지 않을 것이다. 사 년 뒤에

누가 나와 함께 메마름 속으로 가게 된다면, 그가 내 사랑이다. 하얀 셔츠를 입고 지나가는 사람들의 눈을 부시게 할 수 있다면, 그가 내 사랑이다. 그리고 이발사를 집으로 불러 문 앞에서 신발을 벗게 하는 그런 남자라면, 내 사랑이다. 벼룩이 들끓는 지저분한 곳에서 셔츠를 하얗게 유지하기란 쉽지 않을 것이다, 라고 롤라는 쓴다.

심지어 나무껍질에도 벼룩이 살아, 롤라가 말했다. 누가 말했다, 그건 벼룩이 아냐, 진드기지. 이파리에 생기는 진드기. 나뭇잎벼룩은 더 끔찍하다, 라고 롤라가 공책에 쓴다. 누가 말했다, 이파리가 없으니까 사람한테는 안 가. 벼룩은 태양이 작열하면 가지 않는 곳이 없다. 심지어 바람 속으로도 들어간다. 그리고 우리 모두에게 이파리가 있다. 유년기가 지나 성장이 멈추면 이파리는 진다. 사람 몸이 쪼그라들기 시작하면 이파리는 다시 난다. 사랑이 지나갔으므로. 웃자란 풀처럼 이파리들은 제멋대로 큰다, 라고 롤라는 쓴다. 마을의 아이들 두셋은 이파리가 없다. 그리고 그들의 어린 시절은 거대하다. 어머니와 아버지가 배운 사람이라서 그 아이들은 외자식이다. 나뭇잎벼룩은 다 큰 아이들을 어린 아이로 만든다. 네 살짜리는 세 살로, 세 살짜리는 한 살로. 그리고 반 살로, 갓 태어난 아이로. 형제자매가 나뭇잎벼룩을 많이 만들수록 유년은 작아진다, 라고 롤라는 쓴다.

한 할아버지가 말한다, 내 전지가위. 내가 늙어서 나날이 키가 줄고 말라가는구나. 그런데 손톱은 더 빨리 두꺼워지네. 할아버지는 손톱을 전지가위로 자르곤 한다.

한 아이가 손톱을 자르지 않으려고 떼를 쓴다. 아파, 아이가 말한다. 어머니는 아이를 의자에 앉혀놓고 그녀의 원피스 허리띠로 묶는다. 아이는 눈물을 글썽이며 소리 지른다. 손톱가위가 어머니 손에서 자꾸 떨어진다. 아이는 가위가 손가락 수만큼 자주 바닥에 떨어진다고 생각한다.

초록색 허리띠에 핏방울이 떨어진다. 아이는 안다, 피가 나면 죽는다는 걸. 아이의 눈망울이 축축해지면서 어머니의 모습이 흐릿해진다. 어머니는 아이를 사랑한다. 어머니는 병적으로 아이를 사랑하고, 아이가 의자에 묶여 있듯 그녀의 이성도 사랑에 꽉 묶여 있어 멈출 수 없다. 아이는 어머니가 묶인 사랑 속에서 손을 잘라야 한다는 걸 안다. 어머니는 마치 손가락을 내버리려는 양 잘라낸 손가락들을 평상복 주머니에 넣고 마당으로 가야 한다. 어머니는 사람들의 눈이 닿지 않는 마당에서 아이의 손가락을 먹어야 한다.

아이는 안다, 저녁에 손가락들은 버렸니, 하고 할아버지가 물으면 어머니가 거짓말을 하며 고개를 끄덕이리라는 걸.

그리고 아이 자신이 그 저녁에 어떻게 할지도 안다. 아이는 어머니가 손가락을 가지고 있어요라고 말하고 모든 걸 묘사할 것이다.

어머니가 손가락들을 가지고 길가로 나갔어요. 잔디밭으로도 갔어요. 정원에도 가고, 길에도 서 있고, 밭에도 갔어요. 담장을 따라 걷다 담장 뒤로 갔어요. 나사못이 들어 있는 연장함에도 갔어요. 옷장에도요. 어머니는 옷장 속에 얼굴을 묻고 울었어요. 한 손으로 뺨을 닦아냈어요. 그러면서 한 손은 주머니에 넣었어요. 자꾸만.

할아버지는 손을 입으로 가져간다. 아이는 할아버지가 마당에서 어떻게 손가락을 먹는지 방 안에서 보여주시려나보다고 생각한다. 그러나 할아버지의 손은 움직이지 않는다.

아이는 계속 말한다. 말을 하는데 뭔가가 혀 위에 남는다. 아이는 생각한다, 혓바닥 위에 버찌 씨처럼 달라붙어 목구멍으로 떨어지지 않으려는 것은 진실일 수밖에 없다고. 말이 입을 떠나 귀로 들어갈 때까지 목소리는 진실을 기다린다. 입을 다물고 소리가 흩어지면 아이는 생각한다, 진실이 목구멍으로 넘어갔으니 다 거짓말이라고. 입은 먹었다는 말을 하지 않았으므로.

그 말은 아이의 입술을 떠나지 않는다. 아이는 이렇게만 말한다.

어머니가 자두나무 곁에 서 있었어요. 정원 길의 애벌레를 어머니는 밟지 않았어요. 어머니의 신발이 피해 갔어요.

할아버지는 지그시 눈을 감는다.

어머니는 딴전을 피우며 옷장에서 바늘과 실을 꺼낸다. 어머니는 의자에 앉아 주머니가 나타날 때까지 평상복 주름을 쫙 편다. 어머니는 실에 매듭을 짓는다. 어머니가 기만하고 있다고 아이는 생각한다.

어머니는 단추를 단다. 새 바늘땀이 낡은 바늘땀을 덮는다. 평상복의 단추가 느슨한 걸 보면 어머니의 기만행위에는 뭔가 진실이 있다. 단추 위의 실매듭이 가장 두꺼워진다. 백열전구 안에도 가느다란 실이 있다.

아이는 눈을 감는다. 어머니와 할아버지가 빛과 실로 짜인 끈에 꿰어져 테이블 위에 매달려 있다.

제일 두껍게 꿰맨 단추가 제일 오래갈 것이다. 부러졌으면 부러졌지 저 단추가 빠지는 일은 없을 거야, 아이는 생각한다.

어머니가 가위를 반닫이 속으로 던진다. 다음 날부터 매주 수요일이면 할아버지의 이발사가 집으로 온다.

할아버지가 말한다, 내 이발사.

이발사가 말한다, 내 가위.

일차대전 때 머리가 홀랑 다 빠졌지, 할아버지가 말한다. 완전히 대머리가 되었을 때 군이발사가 두피에 나뭇진을 발라줬어. 그러자 머리카락이 다시 자랐다네. 전보다 더 나은걸, 군이발사가 나한테 그러더군. 그 사람은 체스 두는 걸 좋아했어. 어떻게 나뭇진 바를 생각을 했냐 하면, 마침 내가 잎이 무성한 나뭇가지를 꺾어왔거든. 그걸로 체스판을 만들 생각이었지. 잿빛 이파리와 붉은 이파리가 동시에 달린 나뭇가지였어. 이파리만 그런 게 아니라 나무 색도 그랬어. 나는 나무를 깎아 흑색 말과 백색 말을 만들었지. 밝은 잎들은 늦가을이 되어서야 물이 들었어. 나무가 그렇게 두 가지 색을 띠는 이유는 잿빛 가지가 자라면서 매년 지각을 하기 때문이었어. 두 색깔은 체스 말을 만들기에 안성맞춤이었지.

이발사는 먼저 할아버지의 머리카락을 자른다. 할아버지는 고개를 빳빳이 세우고 의자에 앉아 있다. 머리카락을 안 자르고 그냥 두면 머리가 덤불이 되죠, 이발사가 말한다. 어머니는 그사이 아이를 원피스 허리띠로 의자에 묶는다.

손톱을 자르지 않으면 손이 삽이 되고요, 손톱을 길러도 되는건 죽은 사람뿐이에요, 이발사가 말한다.

풀어줘, 풀어줘.

네모 안의 여자애 여섯 명 가운데 롤라가 스타킹을 제일 적게 가지고 있었다. 그나마도 복사뼈와 허벅지 부분에 매니큐어를 바른 것들이었다. 종아리에도. 롤라가 도로나 인도 혹은 덤불진 공원을 뛰어다니느라 잡을 틈이 없을 때도 스타킹의 올은 풀려나갔다.

하얀 셔츠를 꿈에 그리며 롤라는 뒤쫓고 도망쳐야 했다. 그녀의 바람은 가장 운이 좋았을 때조차도 그녀의 얼굴에 보이는 지방처럼 가난했다.

때로 롤라는 스타킹 올이 계속 풀려도 세미나 중이라 어쩌지 못했다. 교수연구실이라서, 롤라가 말했다. 그녀가 그 말을 스스로 얼마나 기꺼워하는지 모른 채였다.

저녁이면 롤라는 발 부분이 아래로 오도록 팬티스타킹을 창가에 널었다. 세탁한 적이 없으므로 물방울은 떨어지지 않았다. 스타킹은 롤라의 발과 다리, 발가락과 딱딱한 뒤꿈치, 튀어나온 장딴지와 무릎을 담고 창가에 걸려 있었다. 스타킹은 롤라 없이도 덤불진 공원을 지나 어두운 시내로 갈 수 있었을 것이다.

내 손톱가위 어디 있지, 네모 안에서 누가 물었다. 외투 주머니에, 롤라가 말했다. 어느 외투. 네 외투. 너 어제 그거 왜 또 가져간 거야, 누가 물었다. 전차 타러 갔었어, 롤라가 말하며 손톱가위를 침대 위에 올려놓았다.

롤라는 손톱을 항상 전차 안에서 깎았다. 그녀는 종종 목적지 없이 차를 탔다. 그녀는 움직이는 전차 안에서 손톱을 깎고 다듬었다. 그리고 손톱 안의 흰 반달 부분이 하얀 콩만큼 커질 때까지 손톱 살을 이로 밀어넣었다.

정거장에서 누가 올라타면 롤라는 손톱가위를 주머니에 넣고 문을 바라보았다. 낮에 누군가가 그렇게 차에 오르면 마치 아는 사람 같다, 라고 롤라는 공책에 쓴다. 밤이면 그렇게 똑같은 누군가가 마치 나를 찾듯 다시 차에 오른다.

밤이 되어 거리와 덤불진 공원에 인적이 사라지면, 바람 소리가 들리고 하늘이 소리로만 남을 때면, 롤라는 살갗처럼 얇은 팬티스타킹을 입었다. 그녀가 밖에서 문을 잠글 때, 네모 안의 빛 속에서 보면 롤라는 발이 두 겹이었다. 누가 물었다, 너 어디 가. 그러나 롤라의 발소리는 이미 길고 텅 빈 복도를 울리고 있었다.

아마 처음 삼 년 동안 나는 이 네모 안에서 누구였을 것이다. 그땐 롤라 외에는 모두 누구로 불렸으니까. 네모 안의 누구는 롤라를 사랑하지 않았다. 다들 그랬다.

누가 창가로 다가가지만 거리도 롤라가 지나가는 모습도 보이지 않았다. 작고 팔짝거리는 조그만 점뿐이었다.

롤라는 전차를 타러 갔다. 그리고 다음 정거장에서 누가 승차하면 눈을 크게 떴다.

한밤중에 전차를 타는 건 남자들뿐이었다. 세제공장과 도축장에서 야근을 한 남자들이 전차를 타고 집으로 돌아갔다. 그들은 밤을 빠져나와 전차의 빛 속으로 걸어들어왔다. 한 남자가 있다, 라고 롤라는 쓴다. 옷 속에 그림자만 들어 있는 것 같은, 하루 일과에 지친 남자가 보인다. 그의 머릿속에선 사랑이, 주머니에선 돈이 사라진 지 오래다. 주머니에는 훔친 세제나 소 혓바닥, 돼지 콩팥 혹은 송아지 간 같은 도축한 가축의 찌꺼기만 들어 있다.

롤라의 남자들은 자리가 보이면 얼른 앉았다. 그들은 빛 속으로 고개를 떨어뜨리고 졸다가 철로의 비명에 움찔했다. 그들은 무심결에 가방을 움켜쥐었다. 지저분한 손이 보인다, 라고 롤라는 쓴다. 가방 때문에 그들은 나를 흘깃 쳐다본다.

그 짧은 순간 롤라는 그들의 지친 머리에 불을 붙였다. 그들은 더이상 눈을 감지 않는다, 라고 롤라는 쓴다.

다음 역에서 한 남자가 롤라의 뒤를 따라 내린다. 그의 눈에는 도시의 어둠과 주린 개의 욕망이 담겨 있다, 라고 롤라는 쓴다. 롤라는 돌아보지 않았다. 그녀는 빨리 걸었다. 거리를 벗어나 덤불진 공원으로 남자들을 유인했다. 한마디 말도 없이 나는 잔디 위에 눕는다, 라고 롤라는 쓴다. 그리고 가방을 가장 낮게 늘어진 나뭇가지 곁에 세워둔다. 대화는 필요 없다.

밤은 바람을 낚았다. 그리고 롤라는 말없이 머리와 배를 굴렸다. 이파리들이 그녀의 얼굴 위에서 바스락거렸다. 수년 전, 태어난 지 반년이 된 아이, 누구도 원치 않았던 가난한 집의 여섯번째 아이가 들었던 소리와 같았다. 그때처럼 부러진 나뭇가지가 롤라의 다리를 할퀴었다. 얼굴에는 손을 대지 못했다.

몇 달째 롤라는 유리문이 달린 기숙사 유리게시판에 신문을 바꿔 붙였다. 출입문 앞에서 보면 롤라가 유리상자 안에서 허리를 흔드는 것처럼 보였다. 그녀는 죽은 파리들을 불어내고 트렁크에서 꺼낸 골지무늬 나일론스타킹으로 유리를 닦았다. 한쪽으로는 물을 적셔 닦고 한쪽으로는 그 물기를 닦아냈다. 그다음 신문기사를 교체하고, 독재자의 지지난번 연설을 구겨버린 후 지난번 연설문을 넣었다. 일을 마치면 롤라는 스타킹을 버렸다.

유리게시판을 닦느라 트렁크 안의 골지무늬 나일론스타킹을 전부 써버리고 나면 롤라는 다른 트렁크에서 꺼내 썼다. 네 거 아니잖아, 누가 말했다. 어차피 너희는 신지도 않잖아, 롤라가 말했다.

한 아버지가 정원에서 여름을 곡괭이질한다. 아이는 밭 옆에 서서 생각한다. 아버지는 인생을 알아. 양심의 가책을 가장 어리석은 식물 속으로 밀어넣었다 캐내고 있으니까. 그러기 전에 아이는 가장 어리석은 식물이 곡괭이를 피해가기를, 여름을 넘기고 살아남기를 바랐다. 그러나 식물은 도망칠 수 없다. 가을에 하얀 날개가 솟은 다음에야 날갯짓을 배운다.

아버지는 도망칠 필요가 없었다. 그는 노래를 부르며 세상을 행진했다. 세상에 묘지를 만들고, 그곳을 재빨리 떠났다. 패배한 전쟁, 퇴역한 나치친위대의 군인, 막 다림질한 여름 셔츠가 옷장에 있었다. 그리고 아버지의 머리에는 아직 흰머리가 나지 않았다.

아버지는 이른 아침에 일어나 잔디밭에 눕기를 좋아했다. 그는 누워서 낮을 데려올 붉은 구름을 바라보았다. 아침은 아직 밤처럼 차서 붉은 구름은 하늘을 찢어야 했다. 하늘 저 위로부터 낮이 오고, 그 아래 잔디밭에 누운 아버지의 머릿속에 외로움이 스몄다. 외로움은 아버지에게 아내의 따뜻한 살을 찾도록 부추겼다. 그는 몸을 덥혔다. 묘지를 만들고, 아내의 몸속에 아이를 만들었다.

묘지는 아버지의 목 아래 있다. 셔츠 깃과 턱과 후두 사이에. 뾰족한 후두에 빗장이 걸려 있어 묘지는 솟아올라 입 밖으로 나오지 못한다. 그의 입은 빛깔이 가장 짙은 자두를 골라 담근 화주를 마시고, 그의 노래는 지도자에 취해 있다.

곡괭이는 밭에 그림자를 만든다. 그림자는 곡괭이질을 하지 않는다. 그저 조용히 서서 텃밭 고랑을 바라본다. 아이는 초록 자두를 따 주머니에 가득 채운다.

곡괭이질을 당한 가장 어리석은 식물 사이에서 아버지가 말했다. 초록 자두는 먹으면 안 돼, 씨가 덜 여물어서 죽음을 물게 돼. 그러면 꼼짝없이 죽는다. 하얗게 열이 오르고, 네 속에서 심장부터 타버릴 거야.

아버지의 눈이 흐릿하다. 아이는 자신을 병적으로 사랑하는, 그 사랑 안에서 자신을 주체하지 못하는 아버지를 본다. 그는 묘지를 만들었고, 아이가 죽기를 바란다.

그래서 아이는 나중에 주머니에 가득 든 자두를 다 먹어버린다. 아버지가 아이를 보지 않는 날이면 아이는 배 속에 나무 반 그루를 감춘다. 아이는 먹으면서 생각한다, 이건 죽기 위해서야.

그러나 아버지는 쳐다보지 않고, 아이는 죽을 필요가 없다.

가장 어리석은 식물은 엉겅퀴였다. 아버지는 인생을 아는 사람이었다. 죽음을 말하는 사람들이 으레 그렇듯 그는 삶이 어떻게 흐르는지 알고 있었다.

이따금 나는 샤워실에서 롤라를 보았다. 남은 반나절을 위한 거라기엔 너무 늦고 밤을 위한 거라기엔 너무 이른 오후였다. 나는 롤라의 등에서 딱지로 덮인 긴 선과 엉덩이 골 위에 딱지 덮인 동그라미를 보았다. 그 선과 원은 괘종시계의 시계추 같았다.

롤라가 재빨리 등을 돌리자 거울에 시계추가 보였다. 내가 샤워실에 들어갔을 때 롤라가 놀랐으므로 시계추가 움직였어야 했는데.

롤라의 피부에 긁힌 상처는 많지만 사랑은 없다고 나는 생각했다. 그녀가 가진 건 공원 잔디에 누운 채 배 위로 받아내는 압력뿐이었다. 온종일 두꺼운 파이프 안에서 쏟아지는 세제가루 소리와 가축의 숨넘어가는 소리를 들은 남자들의 얼굴에서 개의 눈이 그녀를 굽어보았다. 그 눈들은 온종일 꺼져 있었으므로 밤에 롤라 위에서 뜨겁게 타올랐다.

기숙사의 같은 층, 마주 보는 네모 안에 사는 여자애들은 간이주방 냉장고에 먹을 것을 보관했다. 집에서 가져온 양젖치즈와 소시지, 달걀과 겨자.

냉장고를 열면 맨 안쪽에 안쪽 혓바닥이나 콩팥이 있었다. 성에가 긴 혓바닥은 딱딱했고 콩팥은 검붉게 굳어 갈라졌다. 사흘 후면 냉장고 안쪽은 다시 비었다.

나는 롤라의 얼굴에서 빈곤한 지방을 보았다. 하지만 그녀가 혓바닥과 콩팥을 먹었는지 내버렸는지는 보이지 않았다. 광대뼈 근처에서도, 입가나 양미간에서도.

구내식당에서도 체육관에서도 나는 롤라가 도축한 가축의 일부를 먹거나 내버리는 걸 보지 못했다. 나는 알고 싶었다. 롤라에게 상처를 주고 싶어 내 호기심은 불타올랐다. 보이는 게 없었다. 유심히 쳐다보든 슬쩍 비껴 보든 그녀의 얼굴에서 읽을 수 있는 건 그녀가 떠나온 지방뿐이었다. 내가 할 수 있는 건 롤라가 뜨거운 다리미 위에다 달걀을 익혀 칼로 긁어먹을 때 덜미를 잡는 것 정도였다. 롤라는 칼끝으로 달걀을 조금 떼어내 내게 맛을 보라고 주었다. 맛있어, 프라이팬에 부친 것처럼 기름지지 않거든, 롤라가 말했다. 다 먹고 나면 롤라는 다리미를 모퉁이로 치웠다.

먹었으면 다리미 깨끗이 닦아놔, 누가 말했다. 그거로는 어차피 더이상 다리미질 못해, 롤라가 말했다.

롤라에 대한 맹목적인 증오가 나를 괴롭혔다. 점심에 구내식당에서 음식을 타려고 롤라와 줄을 서서 기다릴 때, 그리고 그녀와 식탁에 앉을 때면 나는 생각했다. 이 맹목적인 증오는 구내식당에서 식사 도구를 숟가락밖에 주지 않아서 생기는 거라고. 식당에서 포크나 나이프는 볼 수 없었다. 접시 위의 고기를 숟가락으로 눌러 입으로 잘게 찢어 먹어야 했다. 이 맹목적인 증오는 우리가 나이프와 포크를 쓸 수 없기 때문에 생기는 거야, 나는 생각했다. 우리가 짐승처럼 먹으니까.

식당에서는 모두 배가 고프다, 라고 롤라는 공책에 쓴다. 누르고 쩝쩝거리는 무리들. 저마다 고집 센 양이다. 한데 뭉뚱그려보면 굶주린 개 떼이다.

체육관에서 나는 롤라에 대한 맹목적인 증오는 그녀가 뜀틀을 뛰어넘지 못해서 생기는 거라고 생각했다. 그녀가 팔꿈치를 똑바로 펴지 못하고 배 밑에서 꺾기 때문이라고, 다리를 가위처럼 쫙 벌리지 않고 무릎을 굽히기 때문이라고. 롤라는 뜀틀을 뛰어넘지 못하고 엉덩이를 철퍼덕 부딪히며 바닥으로 미끄러졌다. 그녀는 한 번도 뜀틀을 뛰어넘지 못했다. 발이 아니라 얼굴이 매트리스에 먼저 떨어졌다. 그녀는 체육 강사가 고함을 칠 때까지 매트리스에 누워 있었다.

롤라는 체육 강사가 그녀의 어깨, 엉덩이, 허리를 부축해 일으켜 세우리라는 걸 알고 있었다. 화가 가라앉으면 그녀를 함부로 만지리라는 걸. 그가 더 세게 만질 수 있도록 롤라는 몸을 축 늘어뜨렸다.

여자애들은 모두 뜀틀 뒤에 서 있었다. 롤라가 체육 강사에게서 찬물 한 컵을 얻어 마시는 중이라 아무도 뜀틀을 뛸 수 없었다. 체육 강사는 탈의실에서 물을 가져와 롤라의 입에 대주었다. 롤라는 물을 천천히 마실수록 그가 더 오래 그녀의 머리를 받쳐주리라는 걸 알고 있었다.

체육 시간이 끝나고 여자애들은 좁다란 탈의실의 사물함 앞에서 다시 옷을 입었다. 너 내 블라우스 입었잖아, 누가 말했다. 내가 이걸 먹니, 오늘만 입고 줄게, 약속 있단 말이야, 롤라가 말했다.

작은 네모 안에서 매일 누가 말했다. 너 정말 몰라서 그래, 이 옷 네 거 아니잖아. 그러나 롤라는 옷을 입고 시내로 갔다. 하루하루가 저절로 닥치듯 롤라는 닥치는 대로 옷을 꺼내 입었다. 옷은 구겨지고 땀이나 비, 눈에 젖은 채로 돌아왔다. 롤라는 옷을 다시 벽장 안에 쑤셔 넣었다.

침대에 벼룩이 있었기 때문에 옷장에도 벼룩이 있었다. 골지무늬 나일론스타킹이 든 트렁크와 긴 복도, 주방과 샤워실, 구내식당에도 벼룩이 살았다. 전차 안, 상점과 영화관에도.

기도를 올릴 때 모두 몸을 긁지 않고는 못 배긴다, 라고 롤라가 공책에 쓴다. 일요일 아침에 그녀는 교회에 간다. 목사님도 긁어야 한다. 하늘에 계신 우리 아버지, 라고 롤라는 쓴다. 온 도시가 벼룩투성이입니다.

작은 네모 안의 그리 늦지 않은 저녁이었다. 스피커는 노동 합창가를 부르고, 거리에는 아직 신발들이 오가고, 덤불진 공원에서는 목소리들이 흘러나오고, 나뭇잎은 잿빛에서 검은빛으로 변하기 전이었다.

롤라는 침대에 누워 있었다. 두꺼운 스타킹만 신고서. 오빠는 저녁이면 양들을 집으로 몬다, 라고 롤라는 쓴다. 오빠는 수박밭을 지나가야 한다. 그는 초원을 떠날 시간을 훌쩍 넘겼다. 곧 어두워질 것이고 양들은 가는 다리로 수박을 밟고 가다 발을 빠뜨릴 것이다. 오빠는 마구간에서 잔다. 양들의 발은 밤새 붉다.

롤라는 빈 병 하나를 가랑이 사이로 집어넣었다. 그리고 머리와 배를 이리저리 흔들었다. 여자애들이 모두 그녀의 침대 가에서 있었다. 누가 그녀의 머리를 잡아당겼다. 누가 크게 웃었다. 누가 손으로 입을 막고 그녀를 지켜보았다. 누가 울기 시작했다. 내가 그중 누구였는지는 모르겠다.

그러나 나는 아직도 기억한다. 그 이른 저녁 창문 쪽을 바라보는 내내 현기증이 일었다는 것을. 유리창에서 방이 꿈틀거렸다. 롤라의 침대 가에 서 있는 우리의 모습이 무척 작아 보였다. 롤라는 우리 머리 위에서 크게 부풀어올랐고, 나는 그녀가 허공을 지나 닫힌 창문을 넘어 덤불진 공원으로 가는 모습을 보았다. 나는 롤라의 남자들이 정거장에서 그녀를 기다리는 모습을 보았다. 관자놀이에서 전차 소리가 들렸다. 전차는 마치 성냥갑이 움직이는 것 같았다. 전차 안의 불빛이 손으로 감싼 불씨처럼 흔들렸다. 롤라의 남자들은 꾸역꾸역 전차에 올라탔다. 그들의 가방에서 세제가루와 도축한 가축의 일부가 선로 옆으로 쏟아졌다. 그때 누군가 불을 껐고 유리창에 그려지던 이미지는 사라졌다. 노란 가로등 불빛만이 길 건너편에 줄지어 걸려 있었다. 나는 다시 일어나 롤라의 침대 가에 서 있는 여자애들 사이에 섰다. 나는 침대에 누운 롤라의 등 밑에서 영원히 잊을 수 없는, 세상의 어느 소리와도 혼동할 수 없을 어떤 소리를 들었다. 롤라가 자라난 적 없는 사랑을 베어내는 소리를. 그녀의 때 묻은 흰색 리넨 시트 위의 긴 지푸라기 한 올 한 올이 내는 소리를.

롤라가 헐떡거리며 제정신이 아니던 그때, 생채기 난 롤라의 시계추가 내 머릿속에서 울렸다.

유리창에 반사된 빛 속에서 나는 롤라의 남자 중 단 한 사람만 보지 못했다.

롤라는 점점 더 자주 교수연구실을 드나들었다. 그녀는 여전히 그 단어가 마음에 들었다. 점점 더 자주 그 단어를 입에 올리면서도, 그녀는 자신이 그 단어를 얼마나 흡족하게 여기는지 몰랐다. 그녀는 도시와 시골의 균등한 발전과 계급의식에 대해 점점 더 자주 얘기했다. 일주일 전 당원이 된 롤라는 자신의 빨간 수첩을 보여주었다. 첫 장에 롤라의 사진이 있었다. 당원수첩은 여자애들의 손에서 손으로 넘어갔다. 사진의 종이가 반짝거려서 롤라의 얼굴에 보이는 빈곤한 지방이 더욱 도드라졌다. 누가 말했다, 넌 교회 다니잖아. 롤라가 말했다, 다른 사람들도 그래. 못 본 척하기만 하면 돼. 누가 말했다, 넌 위에서는 신이 보살피고 아래서는 당이 보살피는구나.

롤라의 침대 옆에는 당 홍보용 소책자가 쌓여 있었다. 작은 네모 안에서 누구는 소곤거렸고, 누구는 침묵했다. 이미 오래전부터 롤라가 네모 안에 있을 때면 여자애들은 서로 귓속말을 주고받거나 침묵했다.

어머니는 나와 교회에 간다, 라고 롤라는 공책에 쓴다. 날씨는 춥지만 사제의 유향(乳香)이 퍼지자 따뜻해 보인다. 모두 장갑을 벗어 두 손에 포개어 들고 있다. 나는 어린이용 벤치에 앉는다. 어머니 얼굴이 보이도록 제일 끝에 앉는다.

롤라가 유리게시판을 닦기 시작한 뒤부터 여자애들은 롤라 앞에서 말하고 싶지 않은 이야기가 있을 때면 눈짓, 손짓을 해 보였다.

어머니는 나를 위해서도 기도한다고 말한다, 라고 롤라는 쓴다. 장갑 엄지손가락에 구멍이 났다. 올이 풀려 튀어나온 뜨개코가 화환 같다. 내게는 가시화환이다.

롤라는 침대에 앉아 이데올로기에 입각한 당 활동 개선책에 관한 책자를 읽었다.

올을 당긴다, 라고 롤라는 쓴다. 가시화환이 아래로 빙그르르 돌며 내려간다. 어머니가 찬송가를 부른다, 주여 우리를 가엾이 여기소서. 나는 장갑의 실을 계속 당겨 엄지를 푼다.

롤라는 얄팍한 소책자에 빽빽하게 밑줄을 그었다. 손을 떼면 의미가 달아날 거라고 생각하는 것 같았다. 침대 옆에 놓인 롤라의 책자들은 점점 높이 쌓여 경사진 보조테이블처럼 보였다. 밑줄을 긋고 나서 다음 문장으로 넘어가기 전에 롤라는 한참 생각했다.

완전히 뒤엉켜도 털실을 버리지 않을 것이다, 라고 롤라는 쓴다.

롤라는 소책자의 문장들에 괄호를 쳤다. 괄호 옆 귀퉁이에는 매번 두껍게 십자가를 그렸다.

어머니가 엄지손가락을 다시 떠주신다, 라고 롤라는 쓴다. 엄지 끝은 새 양모실로 뜬다.

롤라가 사 학년이 되던 해 어느 날 오후, 여자애들의 옷이 모두 침대 위에 펼쳐져 있었다. 롤라의 트렁크는 열어놓은 창문 아래 열린 채 놓여 있었고, 그녀의 옷 몇 벌과 소책자가 그 안에 들어 있었다.

그날 오후 나는 그 당시 유리창에서 롤라의 남자 중 하나가 보이지 않았던 이유를 알게 되었다. 그는 한밤중에 롤라가 만나는 누구와도, 야근을 하는 누구와도 달랐다. 그는 당 부속대학에서 밥을 먹었고, 전차를 타지 않았으며, 롤라의 뒤를 쫓아 덤불진 공원에도 가지 않았고, 자동차와 기사가 있었다.

그는 하얀 셔츠를 입은 첫 남자다, 라고 롤라는 공책에 쓴다.

그날 오후 세시가 되기 조금 전까지 롤라는 사 학년이었고 뭔가 되어가던 중이었다. 여자애들의 옷은 침대 위에 롤라의 옷과 떨어져 놓여 있었다. 해가 네모 안을 달궜고 먼지는 리놀륨 바닥에 잿빛 모피처럼 쌓여 있었다. 소책자들이 사라진 롤라의 침대 옆엔 휑하고 어두운 자국이 남아 있었다. 롤라는 벽장 안에 내 허리띠로 목을 맨 채 매달려 있었다.

잠시 후 세 남자가 왔다. 남자들은 카메라로 옷장 안의 롤라를 찍었다. 그러고는 허리띠를 풀어 투명한 비닐봉투에 넣었다. 봉투는 여자애들의 스타킹이 그렇듯 살갗처럼 얇았다. 남자들은 주머니에서 조그만 상자 세 개를 꺼냈다. 그들은 롤라의 트렁크를 닫고 상자를 열었다. 상자마다 청록색 가루가 들어 있었다. 그들은 그것을 트렁크와 옷장 문에 뿌렸다. 그것은 침을 묻히지 않은 마스카라 가루처럼 바싹 말라 있었다. 나는 다른 여자애들처럼 그들을 지켜보았다. 청록색 검댕도 있다는 게 놀라웠다.

남자들은 우리에게 아무것도 묻지 않았다. 이미 이유를 알고 있었으니까.

여자애 다섯 명이 기숙사 출입문 옆에 서 있었다. 유리게시판에 롤라의 사진이 걸렸다. 당원수첩에 있던 것과 같은 사진이었다. 사진 밑에 종이가 한 장 붙어 있었다. 누군가가 큰 소리로 읽었다.

이 여학생은 자살했다. 우리는 그녀의 행동을 부끄럽게 여기며, 그녀를 경멸한다. 이는 국가적 수치다.

늦은 오후, 나는 내 트렁크에서 롤라의 공책을 발견했다. 그
녀는 내 허리띠를 꺼내기 전에 스타킹 밑에 공책을 감춰두었다.

나는 공책을 가방에 넣고 정거장으로 갔다. 전차에 올라 공책
의 마지막 장부터 읽었다. 체육 강사가 저녁에 나를 체육관으로
불러 안에서 문을 잠갔다, 라고 롤라는 썼다. 두꺼운 가죽공들만
이 우리를 지켜보았다. 그는 한 번으로 족했을 것이다. 그러나
나는 몰래 그를 뒤쫓아가 그의 집을 알아냈다. 그의 셔츠를 하얗
게 유지하기는 어려울 것 같다. 그가 교수회의에서 나를 신고했
다. 나는 메마름을 떼어내지 못할 것이다. 내가 해야만 하는 일
을 신은 용서치 않을 것이다. 그리고 내 아이는 결코 발이 붉은
양 떼를 몰지 않으리라.

저녁에 롤라의 공책을 다시 내 트렁크의 스타킹 밑에 감춰놓
았다. 나는 트렁크를 잠그고 열쇠를 베개 밑에 밀어넣었다. 그리
고 아침이 되면 열쇠를 들고 나갔다. 나는 열쇠를 바지 고무줄에
묶었다. 매일 아침 여덟시에 체육 수업이 있기 때문이었다. 열쇠
때문에 나는 조금 늦었다.

여자애들이 이미 검은색 반바지와 흰색 체육복 티셔츠를 입
고 모래밭 출발점에 일렬로 서 있었다. 모래밭 반대편 끝에는 여

자애 두 명이 줄자를 들고 서 있었다. 두꺼운 나뭇잎 사이로 바람이 불었다. 체육 강사는 팔을 들어올리고 손가락을 부딪쳐 소리를 냈다. 여자애들이 모두 발끝을 쳐다보며 공중을 날았다.

모래밭의 모래는 부슬부슬해 보였지만 발가락이 파고 들어간 곳은 축축했다. 발끝에 닿는 모래가 배에 닿는 열쇠만큼이나 차가웠다. 나는 도움닫기를 하기 전에 나무를 바라보았다. 그리고 내 발끝을 보며 날았다. 발은 멀리 나가지 못했다. 몸을 날릴 때마다 트렁크 열쇠가 생각났다. 여자애 둘이 줄자를 바닥에 대고 숫자를 불렀다. 체육 강사가 뛴 거리를 자신의 공책에 적었다. 나는 그가 쥐고 있는 뾰족하게 깎은 연필을 바라보며 그에게 어울린다고 생각했다. 착지점을 잴 수 있는 건 죽음뿐이다.

두번째 날아올랐을 때 열쇠는 내 피부처럼 따뜻해져 있었다. 더이상 눌리는 기분이 들지 않았다. 발가락이 축축한 모래를 파고들면 체육 강사가 나를 만지지 못하도록 재빨리 일어났다.

목을 맨 롤라는 이틀 뒤 오후 네시에 대강당에서 당원 자격을 박탈당했고, 대학에서도 제적되었다. 수백 명이 모였다.

누군가가 연설대에 서서 말했다, 그녀는 우리 모두를 기만했습니다. 그녀는 우리 나라의 대학생, 우리 당의 당원으로서 자격이 없습니다. 모두 박수를 쳤다.

모두 눈물이 날 것 같아서 그렇게 오래 박수를 쳤나봐, 저녁에 네모 안에서 누가 말했다. 누구도 먼저 박수를 멈출 엄두를 내지 못했다. 박수를 치면서 서로 다른 사람들의 손을 바라보았다. 몇 사람은 박수를 늦췄다가 지레 겁을 먹고 또다시 손에 힘을 주었다. 그러다 절반 정도가 박수를 멈추자 박자가 뚜렷이 허물어졌다. 그때 남은 소수가 새롭게 힘을 주기 시작하면서 차츰 견고한 박자를 갖추자 그만두었던 절반이 다시 합류해 박수를 쳤다. 거대한 신발이 벽을 쿵쿵 울리는 듯한 소리가 가라앉고 나서야 연설자가 그만하라는 손짓을 했다.

롤라의 사진은 이 주 동안 유리게시판에 걸렸다. 그리고 잠긴 내 트렁크에 들어 있던 롤라의 공책이 이틀 뒤에 사라졌다.

청록색 검댕을 가져온 남자들은 롤라를 눕힌 침대를 들고 네모를 빠져나갔다. 그들은 왜 발 쪽부터 들고 나갔을까. 롤라의 머리맡에 선 남자가 옷이 든 트렁크와 내 허리띠가 든 봉투를 쥔 채 따라 나갔다. 트렁크와 허리띠는 오른손에 들고 있었다. 왼손이 비었는데 왜 그는 문을 닫지 않았을까.

다섯 명의 여자애, 다섯 개의 침대, 다섯 개의 트렁크가 네모 안에 남았다. 롤라의 침대가 밖으로 나가자 누가 문을 닫았다. 방에서 누가 움직일 때마다 실먼지가 뜨겁고 환한 공기 속에 엉겼다. 누가 벽 가까이 서서 머리를 빗었다. 누가 창을 닫았다. 누가 신발 끈을 고쳐 묶었다.

그 방에서 이루어지는 어떤 행동에도 이유가 없었다. 누구도 침대 위의 옷을 다시 옷장에 걸 엄두를 내지 못했기에 모두 입을 다물고 손으로 뭔가를 했다.

어머니가 말한다, 사는 게 정 힘들 때는 옷장 정리를 해라. 그러면 근심이 손으로 빠져나가고 머리가 맑아질 게다.

어머니는 그런 말을 할 만하다. 어머니 집에는 옷장이 다섯 개 있고 반닫이도 다섯 개나 된다. 사흘 연달아 옷장과 반닫이를 치워도 여전히 치울 게 남은 것처럼 보인다.

나는 덤불진 공원으로 가서 관목 덤불 속에 열쇠를 떨어뜨렸다. 여자애들이 방에 없을 때 낯선 자의 손을 막아낼 열쇠는 없었다. 그러나 네모 안에서 이쑤시개로 마스카라를 젓고, 불을 켰다 끄고, 롤라가 죽은 뒤 다리미를 닦아내는 익숙한 손들을 막아

낼 열쇠도 없는지 몰랐다.

어쩌면 롤라가 방에 있을 때 누구도 귓속말을 주고받거나 침묵하지 말았어야 했는지도 모른다. 누군가는 롤라에게 모든 걸 말할 수도 있었을 것이다. 어쩌면 내가 롤라에게 모든 걸 말할 수 있었을지도 모른다. 트렁크 자물쇠는 이름만 자물쇠라고. 노동 합창가처럼 나라 안에는 똑같은 트렁크 열쇠가 수없이 많았다. 모든 열쇠가 거짓이었다.

공원에서 돌아왔을 때 네모 안에서 누군가가 롤라가 죽은 뒤 처음으로 롤라의 노래를 불렀다.

> 어제 저녁 바람이 불어
> 나를 사랑하는 사람의 품으로 데려갔네
> 바람이 더 세게 불었다면
> 나는 그의 품속에서 으스러졌겠지
> 다행히도 바람은 멈췄네

누가 루마니아 노래를 불렀다. 나는 노래가 흐르는 저녁에 발이 붉은 양들이 지나가는 모습을 보았다. 그 노래 속에서 바람이 멎는 소리를 들었다.

한 아이가 침대에 누워서 말한다, 불 끄지 마, 그러면 까만 나무들이 들어온단 말이야. 할머니가 아이에게 이불을 덮어준다. 어서 자라, 할머니가 말한다. 모두가 잠들어야 나무 속의 바람도 눕는단다.

바람은 일어날 수 없었다. 잠자리에 드는 아이 나라의 말 속에서 바람은 눕기만 했다.

대강당에서 총장이 박수를 멈추라는 손짓을 하자 체육 강사가 강단으로 걸어갔다. 그는 하얀 셔츠를 입고 있었다. 롤라를 당에서 제명하고 대학에서 제적하는 사안이 표결에 부쳐졌다.

체육 강사가 제일 먼저 팔을 들었다. 다른 팔들도 일제히 따라 올라갔다. 팔을 들며 사람들은 다른 사람들의 팔을 바라보았다. 허공에 치켜든 팔 높이가 다른 사람들에 미치지 못하면 팔꿈치를 더 곧게 뻗는 사람들도 있었다. 손가락에 힘이 빠져 구부러지고 팔꿈치가 꺾일 때까지, 그들은 팔을 한껏 뻗었다. 그들은 주변을 둘러보며 누구도 팔을 내리지 않은 것을, 손가락과 팔꿈치를 꼿꼿이 펴고 있는 것을 보았다. 겨드랑이의 땀자국과, 셔츠나 블라우스가 밖으로 빠져나온 것을 보았다. 목은 앞으로 쭉 내

밀어져 있고, 귀는 빨개지고, 입은 반쯤 벌어졌다. 머리는 꼼짝하지 않았지만 눈은 요리조리 움직였다.

손과 손 사이가 너무 고요했어, 누가 네모 안에서 말했다. 나무의자를 타고 오르내리는 숨소리까지 들릴 만큼. 체육 강사가 팔을 연설대에 올리고 입을 열 때까지 그렇게 고요했다. 셀 필요가 없겠습니다. 당연히 모두 동의하실 테지요.

다음 날 시내에서 나는 생각했다. 지금 거리를 지나는 사람들이 강당에 모여 있었다면 체육 강사를 따라 손을 들었을 거라고, 이들 모두가 손가락을 꼿꼿이 세우고 팔꿈치를 쭉 편 채 고요 속에 눈동자를 이리저리 굴렸을 거라고. 나는 찌는 더위 속에서 지나가는 사람들의 얼굴을 빠짐없이 세었다. 구백구십구 명까지. 그러자 신발 밑창이 뜨거워졌다. 나는 벤치에 앉아 발가락을 오므리며 등을 기댔다. 집게손가락을 뺨 위에 얹어 나까지 세었다. 천. 그렇게 말하고 숫자를 삼켰다.

벤치 옆에 비둘기 한 마리가 돌아다녔다. 비둘기는 머뭇머뭇 걸어가며 날개를 내렸다. 뜨거운 공기 때문에 부리를 반쯤 벌리고 있었다. 비둘기가 모이를 쪼자 부리에서 양철 같은 소리가 났다. 비둘기는 돌을 쪼아 먹었다. 비둘기가 돌을 삼킬 때 나는 생각했다. 롤라도 손을 들었을 거야, 이제는 소용없겠지만.

나는 정오에 공장에서 오전 근무를 마치고 돌아오는 롤라의 남자들을 보았다. 그들은 시골에서 불러올린 농부들이었다. 양은 절대로 안 돼, 수박도 절대로 안 돼, 그들도 말했다. 어리석게도 그들은 도시의 검댕에 뒤따라 합류했고, 들판을 지나 시골 구석구석까지 기어간 두꺼운 파이프에 올라탔다.

남자들은 그들의 철, 그들의 나무, 그들의 세제가루에 일말의 가치도 없다는 것을 알고 있었다. 그래서 그들의 손은 여전히 얼떴다. 그들은 공산품 대신 농사짓듯 토막과 덩어리를 만들었다. 그들이 손으로 크고 모난 것을 만들려고 하면 그것은 모두 양철로 만든 양이 되었다. 그들이 손으로 작고 둥그스름한 것을 만들려고 하면 무엇이든 나무로 된 수박이 되었다.

양철양과 나무수박을 만드는 프롤레타리아는 퇴근 후 처음 눈에 띈 술집으로, 늘 떼를 지어 주점의 야외좌석으로 갔다. 녹초가 된 몸으로 의자에 주저앉으면 종업원이 붉은 테이블보를 뒤집었다. 코르크, 빵 껍질과 살을 발라낸 뼈가 커다란 화분 옆 바닥에 떨어졌다. 초록 식물은 말라죽고 흙은 급히 눌러 끈 담배 꽁초로 넘쳐났다. 주점 울타리에 줄기만 남은 제라늄 화분이 걸려 있었다. 줄기 끝에 여린 이파리가 서너 개 매달려 있었다.

테이블은 먹는 열기로 가득했다. 손과 숟가락뿐, 나이프와 포크는 없었다. 입으로 당기고 끊고, 도축당한 가축의 일부가 접시에 놓이면 모두 그렇게 먹었다.

주점도 거짓이었다. 테이블보며 식물, 병과 종업원의 붉은 포도주색 유니폼도 그랬다. 이곳에 손님은 없었다. 의미 없는 오후의 떠돌이들만 있을 뿐.

남자들은 비틀거리며 고함을 지르다 빈 병으로 머리를 쳤다. 피가 났다. 이 하나가 바닥에 떨어지면 그들은 단추라도 떨어진 듯 웃었다. 누군가가 몸을 숙여 빠진 이를 주워 유리잔에 던졌다. 행운이 온다고 믿기 때문에 빠진 이는 이 잔 저 잔으로 옮겨갔다. 갖고 있는 동안 모두가 행운이 오기를 바랐다.

그러다가 어느 결에 이가 사라졌다. 주방 냉장고 안에 들어 있던 롤라의 혓바닥과 콩팥처럼. 누군가 언제인지 이를 삼켰다. 삼킨 사람이 누군지 알 수 없었다. 사람들은 제라늄 줄기에서 마지막 여린 이파리를 뜯어내 의심하며 씹었다. 그들은 유리잔을 차례로 확인해보며 입에 초록 이파리를 문 채 고함쳤다. 자두를 먹어야지, 이가 아니라.

사람들이 한 사람을 가리켰다. 연두색 셔츠를 입은 남자였다. 그는 부인했다. 그는 손가락을 목에 집어넣었다. 그가 욕지기를 하며 말했다. 자, 찾아봐. 제라늄 이파리, 고기, 빵, 맥주가 다 있지만 이는 없잖아. 종업원이 그를 문밖으로 몰아냈다. 남은 사람들은 박수를 쳤다.

그러자 체크무늬 셔츠를 입은 남자가 말했다, 나였어. 그는 웃다가 울기 시작했다. 모두가 조용히 테이블을 바라보았다. 이곳에 손님은 없었다.

농사꾼, 나는 생각했다. 웃다가 우는 건 농사꾼뿐이다. 그들은 소리를 지르다 침묵한다. 멋모르고 기뻐하다 끝 모를 분노를 터뜨린다. 그들의 삶을 향한 탐욕 속에서는 찰나가 삶을 끝장낼 수 있었다. 그들 모두 어둠 속에서 롤라의 뒤를 따라 똑같은 개의 눈을 하고 관목 덤불로 갈 수 있을 것이다.

다음 날 술이 깨면 그들은 홀로 공원으로 갔다. 맑은 정신으로 돌아가기 위해서였다. 그들의 입술은 음주 때문에 하얗게 트고, 입가는 찢어졌다. 그들은 풀밭에 조심스레 발을 디디며 취해서 내지른 말들을 빠짐없이 머릿속에서 속수무책으로 되풀이했다. 그들은 주점에서 뭔가 정치적인 문제로 고함친 사실을 두려워했다. 종업원이 모든 것을 고해바친다는 걸 알고 있었으니까.

음주는 뇌를 금기로부터 지키고, 폭식은 입을 지킨다. 혀가 꼬일 때도 익숙한 두려움은 목소리를 떠나지 않는다.

그들에게는 두려움이 곧 집이었다. 공장, 주점과 상점, 주거지역, 기차역 역사, 밀밭, 해바라기밭, 옥수수밭을 지나온 기차의 승객들이 그들을 감시했다. 전차와 병원과 묘지가, 벽과 천장과 열린 하늘이. 그럼에도 진실을 말하지 말아야 할 곳에서 술을 먹고 주의를 잃었다면, 흔히 그렇듯 그건 사람의 뇌가 의도한 것이 아니라 벽과 천장과 열린 하늘의 실수였다.

어머니가 원피스 허리띠로 아이를 의자에 묶어놓고 할아버지의 이발사를 데려와 머리를 자르던 시절, 아버지가 초록 자두를 먹지 말라고 하던 시절, 그 시절에 할머니는 늘 방 한구석에서 있다. 집에서 사람들이 걸을 때나 말할 때나 할머니의 눈길은 텅 비어 있다. 아침부터 바람이 잔잔하고, 하루가 하늘에서 잠든 듯하다. 할머니는 그 세월 내내 귀에 못이 박이도록 노래 한 곡만 흥얼거린다.

아이는 할머니가 둘이다. 한 할머니는 저녁이면 다정하게 침대로 온다. 곧 기도를 올릴 것이므로 아이는 하얀 천장을 바라본다. 다른 할머니도 저녁이면 다정하게 침대로 온다. 곧 노래가 흘러나올 것이므로 아이는 할머니의 검은 눈을 들여다본다.

천장도 검은 눈도 보이지 않으면 아이는 자는 척한다. 기도하는 할머니는 도중에 일어나 방을 나간다. 노래하는 할머니는 노래를 끝까지 부른다. 노래 부르기를 좋아해 할머니의 얼굴은 늘 한쪽으로 치우쳐 있다.

오늘도 실컷 뛰어놀았으니, 이제 네 마음짐승을 쉬게 하려무나, 노래가 끝나면 할머니는 아이가 깊이 잠들었다고 믿는다. 할머니는 말한다.

노래하는 할머니는 기도하는 할머니보다 구 년을 더 산다. 그중 육 년은 정신줄을 놓은 채 살아간다. 훗날 할머니는 집안 식구 누구도 알아보지 못한다. 오직 그녀가 부르던 노래만 기억한다.

어느 날 저녁 할머니는 방 한구석에서 나와 테이블 앞의 조명이 있는 곳에서 말한다. 너희를 이렇게 하늘에서 다 만나다니 정말 기쁘구나. 할머니는 당신이 살아 있는 줄 모르고 죽을 때까지 노래를 불러야 한다. 죽을 수 있도록 도와줄 병마도 그녀를 찾아와주지 않는다.

롤라가 죽은 뒤 나는 이 년 동안 허리띠를 매지 않았다. 도시에서 들려오는 가장 큰 소리들이 머릿속에서는 나직했다. 화물트럭이나 전차가 가까이 다가오면 끼익 소리가 머리를 시원하게 했다. 발밑에서 바닥이 흔들렸다. 나는 바퀴 밑으로 들어가고 싶었으나 마지막 순간에 아슬아슬하게 길을 건넜다. 반대편으로 건너갈 수 있을지는 생각하지 않았다. 바퀴가 나 대신 결정을 내리도록 두었다. 먼지가 잠깐 동안 나를 삼키고 머리카락은 행운과 죽음 사이에서 날렸다. 나는 길 건너편으로 가서 웃었고 이겼다. 그러나 웃음소리는 저 바깥 먼 곳으로부터 들려왔다.

나는 진열장에 혓바닥과 간과 콩팥이 담긴 양은그릇이 놓여있는 가게에 자주 들렀다. 다니는 길에는 그런 곳이 없어 일부러 전차를 타고 갔다. 그 가게에 가면 사람들의 얼굴에 담긴 지방을 잘 볼 수 있었다. 그들은 남녀 할 것 없이 모두 오이와 양파가 든 봉투를 손에 들고 있었다. 나는 그들이 살던 지방에서 가지고 나온 뽕나무가 그들의 얼굴로 옮겨가는 것을 보았다. 나는 나보다 어려 보이는 사람을 골라 뒤따라 걸었다. 가다보면 언제나 신축 주거지에 이르렀다. 높이 자란 엉겅퀴를 지나 농촌으로 가는 길이었다. 엉겅퀴 사이에 비명을 지르듯 붉은 토마토와 하얀 순무밭이 띄엄띄엄 가꿔져 있었다. 서투르게 흉내만 내다 만 밭이었다. 발치에 뭔가가 채여 내려다보니 가지였다. 가지는 두 손 가득 담은 오디처럼 반짝였다.

세상은 아무도 기다리지 않았어, 나는 생각했다. 나는 두려움 속에서 걷고, 먹고, 자고, 누군가를 사랑할 필요가 없었다. 나는 이발사도 손톱가위도 필요하지 않았고, 단추도 잃어버리지 않았다. 이 세상에 존재하기 이전에는. 아버지는 여전히 마음이 전쟁터에 남아 풀밭에서 노래하고 총을 쏘며 살았다. 사랑은 할 필요가 없었다. 아버지는 그 풀밭에서 죽었어야 했다. 고향에 돌아와 마을의 하늘을 보자 그의 셔츠 안에서 다시 농부가 자랐고, 손에 익은 농사일을 다시 시작했다. 묘지를 만들고 고향으로 돌아온 그는 엄마 몸속에 나를 만들어야 했다.

　나는 아버지의 아이가 되었고 죽음에 맞서 커야 했다. 얘기할 때면 핏대 선 목소리를 들어야 했다. 사람들은 찰싹 내 손을 때리며 섬광 같은 눈초리로 노려보았다. 그러나 누구도 어느 마을, 어느 집, 어느 테이블, 어느 침대, 어느 나라에서 태어나 걷고, 먹고, 자고, 두려움 속에 누군가를 사랑하고 싶냐고 내게 묻지 않았다.

　풀어주다는 말이 될 때까지 오래 걸렸으므로 늘 묶다뿐이었다. 나는 롤라에 대해 얘기하고 싶었다. 네모 안의 여자애들은 나더러 제발 입 좀 다물라고 했다. 그들은 롤라가 사라지자 머릿속이 가벼워졌다는 걸 알았다. 네모 안 롤라의 침대가 있던 자리에는 이제 테이블과 의자가 놓였다. 테이블 위의 병조림용 유리병에는 덤불진 공원에서 가져온 긴 가지가 꽂혀 있었다. 이파리 끝이 뾰족뾰족한 하얀 미니장미였다. 가지는 물속에 뿌리를 내렸다. 여자애들은 네모 안에서 걷고, 먹고, 잘 수 있었다. 심지어 롤라의 이파리 앞에서 노래를 부르면서도 두려워하지 않았다.

나는 롤라의 공책을 머릿속에 간직하고 싶었다.

에드가와 쿠르트, 게오르크는 롤라와 같은 방에서 지내던 누군가를 찾고 있었다. 롤라의 공책을 혼자 머릿속에 간직할 수 없어 나는 그들을 만났다. 구내식당에서 그들이 내게 말을 건 날부터 매일, 그들은 롤라의 죽음이 자살이라는 사실을 의심했다.

나는 나뭇잎벼룩에 대해 말했다. 발이 붉은 양과 뽕나무와 롤라의 얼굴에 보이던 지방에 대해서도 얘기했다. 혼자 롤라에 대해 생각하면 별로 떠오르는 게 없다가도 그들이 귀 기울이는 모습을 보면 다시 생각났다. 나는 나를 빤히 들여다보는 그들의 눈앞에서 머릿속의 문장을 읽는 법을 배웠다. 나는 머리가 깨지도록 생각을 거듭하며 롤라의 공책에서 사라졌던 문장들을 찾아냈다. 에드가가 내 말을 자신의 공책에 받아 적었다. 너의 공책도 곧 사라질 거야, 내가 말했다. 에드가와 쿠르트, 게오르크도 덤불진 공원 맞은편에 있는 남학생 기숙사에 살고 있었으므로. 에드가가 말했다. 도시에 안전한 곳이 있어. 아무도 돌보지 않는 정원에 있는 여름별장이야.

우린 공책을 아마포 자루에 넣어 우물 뚜껑 밑면에 걸어둬, 그들은 웃으며 계속 말했다. 안에 고리가 달려 있어, 게오르크가 말했다. 우물이 집 안에 있어, 여름별장과 아무도 돌보지 않는 정원은 눈에 잘 띄지 않는 사내 거야. 거기엔 책도 있어, 쿠르트가 말했다.

여름별장의 책들은 먼 곳에서 왔다. 그럼에도 그 책들은 이 도시의 얼굴들이 가져온 모든 지방에 대해, 그들 각자의 양철양에 대해, 나무수박에 대해 속속들이 알고 있었다. 각자의 음주에 대해, 주점의 그 모든 웃음에 대해서도.

여름별장의 그 남자가 누군데, 내가 물었다. 그리고 묻는 순간 알고 싶지 않다는 생각이 들었다. 에드가와 쿠르트, 게오르크는 입을 다물었다. 그들은 눈길을 피했고, 실핏줄이 선 흰자위에 침묵이 불안하게 반짝였다. 나는 서둘러 이야기를 시작했다. 대강당에 대해, 쿵쿵 소리를 내는 큰 신발처럼 벽을 울리던 박수 소리에 대해, 다수결 투표에서 팔을 쳐들었을 때 나무의자를 타고 오르던 숨결에 대해.

말을 하면서 나는 혓바닥에 뭔가 버찌 씨처럼 남아 있는 것을 느꼈다. 진실은 내가 숫자를 센 사람들과 내 뺨 위의 손가락을 기다렸다. 그러나 천이라는 숫자는 입술 밖으로 나오지 않았다. 돌을 쪼던 비둘기의 양철 부리에 대해서도 나는 말하지 않았다. 나는 계속 뜀틀과 모래 위의 비행에 대해, 신체 접촉과 물 마시는 것에 대해, 바지 고무줄에 매단 트렁크 열쇠에 대해 말했다. 에드가는 손에 펜을 쥐고 내 말을 들었지만 공책에 한마디도 기록하지 않았다. 나는 그가 아직 진실을 기다린다고 생각했다. 그는 내가 말하면서 침묵하고 있다는 걸 눈치챘다. 나는 말했다, 그가 첫번째 하얀 셔츠인 거야. 그러자 에드가가 받아 적었다. 우리 모두 이파리를 가지고 있어, 내가 말했다. 머리가 복잡해지는군, 게오르크가 말했다.

롤라의 문장을 입으로는 말할 수 있었다. 그러나 옮겨 적을 수는 없었다. 적어도 나는 그럴 수 없었다. 그건 말로는 해도 종이에 적을 수는 없는 꿈같은 것이었다. 롤라의 문장들은 적으려고 하면 손안에서 지워졌다.

여름별장의 책들에는 내 예상보다 더 많은 것이 들어 있었다. 나는 책을 들고 묘지로 가서 벤치에 앉았다. 노인들이 왔다. 노인들은 곧 자기 것이 될 무덤 곁을 홀로 지나갔다. 꽃은 가져오지 않았다. 무덤에는 꽃이 차고 넘쳤다. 그들은 마른 눈으로 허공을 바라보았다. 이따금 손수건을 꺼내 신발의 먼지를 닦거나 신발 끈을 조이고 다시 집어넣었다. 뺨을 닦는 수고를 덜기 위해 그들은 울지 않았다. 동그란 사진 속 죽은 사람과 뺨을 맞댄 그들의 얼굴은 이미 묘비 위에 있었다. 그들은 자신을 미리 보내놓고 언제부턴가 묘비에서 만날 날을 기다렸다. 그들의 이름과 생년월일이 묘비에 새겨져 있었다. 손바닥만 한 매끈한 자리가 그들이 세상을 떠날 날을 기다렸다. 그들은 묘지에 오래 머물지 않았다.

노인들이 묘지의 좁은 꽃길 사이로 걸어나갈 때면 묘비와 내가 뒤따라가며 그들을 바라보았다. 묘지를 벗어나 밖으로 나가면 묘지의 매끈한 자리들이 꽃 언덕 때문에 무겁게 처진 여름날에 달라붙었다. 이곳의 여름은 도시의 여름과는 다르게 커갔다. 묘지의 여름은 뜨거운 바람을 꺼렸다. 묘지의 여름은 고요히 하늘을 따라 굽이지며 죽어가는 사람이 있는지 살폈다. 도시에서는 이랬다. 노인은 봄가을을 조심해야 해. 첫 온기와 첫 추위가 노인을 데려가는 법이거든. 그러나 묘지에서는 여름이 가장 그러기 쉬운 계절이라는 걸 알 수 있었다. 여름은 매일매일 늙은 사람들을 꽃으로 만드는 법을 알고 있었다.

사람 몸이 쪼그라들기 시작하면 이파리는 다시 난다. 사랑이 지나갔으므로, 라고 롤라는 공책에 썼다.

문장들이 롤라의 이파리 뒤에 서 있었으므로 책 속에서 발을 헛디디지 않도록, 나는 머릿속으로 롤라의 문장을 되새기며 가만히 숨을 쉬었다.

나는 떠도는 법을 배웠다. 거리를 내 발밑에 두었다. 거지를,

한탄하는 목소리를, 성호와 욕설, 벌거벗은 신과 누더기를 걸친 악마, 굽은 손과 절반뿐인 다리를 알게 되었다.

나는 도시 구석구석의 미친 사람들을 알았다.

말라붙은 꽃다발을 늘 들고 다니는, 검은색 나비넥타이를 맨 남자가 있었다. 그는 몇 년째 물이 나오지 않는 분수대 앞에 서서 거리를 올려다보았다. 거리 끝에는 감옥이 있었다. 내가 말을 걸면 그는 말했다, 지금은 얘기 못 해, 곧 그녀가 와. 나를 못 알아보고 지나칠지도 몰라.

곧 그녀가 와, 그는 몇 년째 말했다. 그가 그 말을 할 때면 이따금 거리 저편에서 경찰이 내려오거나 군인이 왔다. 그의 아내는 온 도시가 알듯 이미 오래전에 감옥에서 나왔다. 그녀는 묘지의 무덤에 묻혔다.

매일 아침 일곱시면 회색 커튼을 드리운 호송차가 거리를 내려왔다. 그리고 저녁 일곱시면 다시 거리를 올라갔다. 감옥으로 가는 길은 사실 전혀 가파르지 않았다. 막다른 곳도 분수대가 있는 곳보다 높지 않았다. 그러나 그렇게 보였다. 그곳에 감옥이 있고 경찰과 군인만 그곳으로 가기 때문에 그렇게 말하는 건지도 몰랐다. 거리를 올라간다고.

호송차가 분수대를 지나칠 때면 커튼 사이로 죄수들의 손가락이 보였다. 호송차가 움직일 때는 모터 소리도, 부딪치는 소리도, 붕 소리도, 브레이크 밟는 소리도, 바퀴 소리도 들리지 않았다. 개 짖는 소리만 들렸다. 마치 하루에 두 번 바퀴 달린 개가 분수대 곁을 지나가는 것처럼 요란했다.

뾰족구두를 신은 말들에 바퀴 달린 개들이 추가되었다.

한 어머니가 매주 한 번 기차를 타고 도시로 간다. 아이는 일 년에 두 번 어머니를 따라 도시로 갈 수 있다. 초여름에 한 번 초겨울에 한 번. 도시에 갈 때면 옷을 여러 겹 두껍게 껴입어 아이는 자기가 못나 보인다. 어머니는 새벽 네시에 아이를 데리고 기차역으로 간다. 초여름이라도 새벽 네시는 아직 차고, 춥다. 어머니는 상점이 문을 여는 아침 여덟시에 맞춰 도시에 도착하고 싶다.

상점을 누비며 아이는 옷을 하나씩 벗어 손에 들고 다닌다. 그러다 몇 벌을 잃어버린다. 그것도 어머니가 아이를 도시에 잘 데려가지 않으려는 이유 중 하나다. 어머니를 더 화나게 만들기 때문이다. 아이는 말이 아스팔트 위를 지나가는 걸 본다. 아이는 멈춰 서서 말이 다시 올 때까지 어머니와 자기와 함께 기다려주기를 바란다. 어머니는 기다릴 시간이 없고, 혼자 갈 수도 없다. 어머니는 도시에서 아이를 잃어버리고 싶지 않다. 그래서 아이를 끌고 가야 한다. 아이가 어머니에게 끌려가며 말한다, 어머니, 말발굽 소리가 우리 동네랑 달라요.

상점을 돌아다닌 뒤 집으로 돌아오는 기차 안에서, 그리고 며칠 뒤에도 아이는 묻는다, 어머니, 왜 도시에서는 말이 뾰족구두를 신어요.

나는 트라얀광장의 난쟁이 여인을 알고 있었다. 그녀는 하얀 두피가 머리카락보다 많이 보였다. 그녀는 귀머거리였고, 노인들 집의 뽕나무 밑에 놓인 폐기 처분된 의자처럼 꼬인 새끼줄을 머리에 달고 다녔다. 그녀는 채소 가게에서 버리는 쓰레기를 먹었다. 그녀는 해마다 한밤중에 야근을 하고 돌아오는 롤라의 남자들의 아이를 뱄다. 광장은 어두웠다. 난쟁이 여인은 누가 다가와도 소리를 듣지 못했으므로 제때 도망칠 수 없었다. 소리를 지를 수 없었다.

역 근처에는 철학자가 돌아다녔다. 그는 전신주와 나무줄기를 사람과 혼동했다. 그는 철과 나무에 대고 칸트와 먹이를 먹는 양들의 우주에 대해 얘기했다. 그는 주점의 테이블을 돌아다니며 남은 술을 마시고, 길고 흰 수염으로 잔의 물기를 닦았다.

시장 광장에는 신문지를 시침핀으로 연결한 모자를 쓴 노파가 앉아 있었다. 노파는 수년째 여름과 겨울에 자루를 실은 썰매를 끌고 다녔다. 한 자루에는 접은 신문지가 들어 있었다. 노파는 매일 새 모자를 만들었다. 다른 자루에는 헌 모자가 들어 있었다.

미친 사람들만이 대강당에서 손을 들지 않았을 것이다. 그들은 두려움과 광기를 맞바꿨다.

그러나 나는 거리에서 사람들 수를 더 셀 수 있었다. 나는 내게 말할 수 있었다. 거기 아무개. 혹은 거기 천(千). 도저히 미칠 수가 없었다. 나는 아직 제정신이었다.

나는 배가 고파 들고 가면서 먹을 수 있는 걸 샀다. 구내식당에 앉아 있으니 차라리 거리에서 고기를 입으로 물어뜯는 편이 나았다. 나는 더이상 구내식당에 가지 않았다. 식권을 팔아 살갗처럼 얇은 팬티스타킹 몇 켤레를 샀다.

여자애들의 네모 안에는 잘 때만 갔다. 그러나 자지 않았다. 어두운 방에서 베개에 머리를 대면 내 머리는 투명해졌다. 창문은 가로등 불빛으로 환했다. 유리창에 내 머리가 비쳤다. 작은 양파처럼 모근이 두피에 심어져 있었다. 돌아누우며 나는 머리가 빠진다고 생각했다. 창문을 보지 않기 위해 돌아누워야 했다.

그러면 문이 보였다. 롤라의 트렁크와 허리띠가 든 투명한 비닐봉투를 들고 나간 그 남자가 문을 닫고 나갔다 해도 죽음은 여기 머물렀을 것이다. 잠긴 문은 밤이면 가로등 불빛을 받아 롤라의 침대가 되었다.

모두 깊이 잤다. 나는 내 머리와 베개 사이에서 미친 사람들의 메마른 물건이 바스락거리는 소리를 들었다. 기다림의 마른 꽃다발, 난쟁이 여인의 새끼줄, 썰매 끄는 노파의 신문지 모자, 철학자의 흰 수염.

점심때 할아버지가 마지막 한 점을 베어 먹기 무섭게 포크를 내려놓는다. 그가 테이블에서 물러나 일어서며 말한다, 백 걸음. 그는 숫자를 세며 걷는다. 테이블에서 문까지, 문지방을 넘어 마당으로, 마당의 디딤돌을 딛고 잔디밭으로 간다. 할아버지가 나가네, 이제 숲으로 가시는 거야, 아이는 생각한다.

그리고 백 걸음이 찼다. 돌아오는 길에 할아버지는 숫자를 세지 않는다. 잔디밭에서 디딤돌로, 문지방으로, 테이블로. 할아버지는 자리에 앉아 체스 말들을 세운다. 여왕은 맨 마지막에 세운다. 할아버지는 체스를 두다가 팔을 테이블 위로 올린다. 머리를 감싸 쥐고 테이블 아래서 다리를 경망스레 떤다. 혀끝이 양 볼 안쪽을 더듬는다. 팔짱을 낀다. 할아버지의 표정이 굳으며 쓸쓸해진다. 할아버지가 백색 말, 흑색 말을 다 가지고 스스로 적이 되어 체스를 두므로 방은 사라진다. 점심으로 먹은 것이 입에서 장으로 갈수록 할아버지 얼굴의 주름은 짙어진다. 그렇게 외로이, 할아버지는 일차대전의 기억을 백색 말과 흑색 말 여왕으로 잠재워야 한다.

할아버지는 백 걸음 갔다가 돌아오듯 일차대전에 참전했다 돌아왔다. 이탈리아에는 내 팔뚝만 한 뱀들이 있어, 할아버지가 말한다. 마을 사이 돌들 위에 차바퀴처럼 똬리를 틀고 잠을 자지. 난 그런 차바퀴에 앉아 있었고, 군의발사가 머리카락이 빠진 자리에 나뭇진을 발라줬어.

할아버지의 체스 말들은 그의 엄지손가락만 했다. 여왕들만 가운뎃손가락 길이였다. 여왕들은 왼쪽 어깨 아래에 까만 돌이 박혀 있었다. 왜 가슴이 하나뿐이에요, 내가 물었다. 그 돌은 심장이란다, 할아버지가 말했다. 여왕들은 나중까지 남겨뒀다 맨 마지막에 깎았지. 공을 오래 들였어, 할아버지가 말했다. 군의발사가 내게 말하더구나. 당신 머리에 남아 있는 머리카락을 살릴 약은 이 세상 어디에도 없어. 잃은 건 잃은 거고, 빠진 자리만 어떻게 해볼 수 있겠는걸. 거기만 나뭇진을 발라 새 머리카락이 자라도록 해볼 수 있단 말이야.

여왕을 거의 다 깎았을 즈음 머리카락이 홀랑 다 빠졌더구나, 할아버지가 말했다.

에드가와 쿠르트, 게오르크와 나는 대화를 나눴다. 양철양과 나무수박을 만드는 프롤레타리아가 근무시간에 맞춰 오가는 걸 보면서 우리는 각자의 도시행에 대해 말했다. 에드가와 나는 작은 촌동네에서 왔고 쿠르트와 게오르크는 소도시에서 왔다.

나는 노인들의 마당과 롤라의 공책에 있는, 마을에서 도시로 가져온 뽕나무 자루에 대해 말했다. 에드가는 고개를 끄덕였고, 게오르크는 이렇게 말했다, 여기서도 촌사람이긴 마찬가지야. 우리는 머리로는 고향을 떠나왔지만 발은 또다른 시골에 있어. 독재 치하에서 도시란 있을 수 없어. 감시당하는 곳은 어디나 좁으니까.

이 도시에서 저 도시로 갈 수는 있지, 게오르크가 말했다. 그리고 이 시골 사람에서 저 시골 사람이 되는 거야. 자아 따윈 필요 없어, 쿠르트가 말했다. 기차를 타면 이 촌이 저 촌이 되는 거야.

떠나올 때 시골의 들판이 도시 쪽으로 빙그르 돌아앉았어, 에드가가 말했다. 옥수수는 아직 푸르고 가볍게 살랑였지. 정원이 길게 늘어나며 기차를 따라오는 것 같았어. 기차는 천천히 갔어.

차 타는 시간이 길었고 거리도 멀게 느껴졌어, 내가 말했다. 해바라기는 이파리가 다 떨어져 까만 줄기만 또렷한 선처럼 보였어. 씨가 얼마나 까만지 기차 객실에 앉은 사람들이 쳐다보다 피곤해할 정도였어. 나와 같은 칸에 앉았던 사람들 모두가 수마에 붙들렸어. 어떤 여자가 잿빛 거위 한 마리를 무릎에 안고 있었지. 여자가 잠들자 거위가 무릎에서 한동안 꽥꽥거렸어. 그러다 저도 날개에 목을 파묻고 잠이 들었어.

숲이 자꾸 유리창을 덮었어, 쿠르트가 말했다. 그러다 갑자기 나무들 틈으로 하늘 한 조각이 보였는데 나는 그게 강인 줄 알았지. 그 지역은 온통 숲이었어. 우리 아버지의 뇌에 어울려. 작별할 때 아버지는 얼마나 술에 취했는지 아들이 전쟁에 나간다고 생각하셨어. 아버지가 웃는 얼굴로 어머니의 어깨를 두드리며 말했어, 이제 우리 쿠르트가 전쟁에 나가는구려. 그 말을 듣고 어머니는 소리를 질렀어. 그러다 울기 시작했지. 술에 취해도 어쩜 그렇게 취할 수 있어요, 어머니가 외쳤어. 하지만 어머니가 운 건 아버지 말을 믿었기 때문이야.

우리 아버지는 나와 자전거를 사이에 두고 걸었어, 나는 트렁크를 손에 들고 있었지, 게오르크가 말했다. 기차가 역을 떠날 때 자전거를 밀며 시내로 돌아가는 아버지의 뒷모습을 보았지. 긴 선 하나와 짧은 선 하나가 겹쳤어.

쿠르트가 말했다, 우리 아버지는 미신을 잘 믿어. 어머니는 늘 아버지에게 초록색 재킷을 만들어주셔. 아버지는 초록색을 싫어하는 사람은 숲이 묻어버린다고 말해. 아버지는 보호색에 대한 걸 동물에게 배운 게 아냐. 전쟁터에서 배운 거지.

아버지는 걸을 때 내 옆에 너무 바짝 서지 않으려고 역까지 자전거를 끌고 오셨어, 게오르크가 말했다. 집으로 돌아갈 때는 혼자 빈손으로 간다는 느낌을 받고 싶지 않아서.

에드가와 쿠르트, 게오르크의 어머니는 모두 재단사이다. 그네들은 뻣뻣한 아마포와 안감, 가위, 실, 바늘, 단추, 다리미를 끼고 산다. 에드가와 쿠르트, 게오르크가 그네들의 병에 대해 얘기할 때면 나는 다리미에서 뿜어져나오는 증기에서 뭔가 물렁한 것이 그네들에게로 옮겨간 느낌을 받았다. 그네들에겐 속병이 있었다. 에드가의 어머니는 쓸개, 쿠르트의 어머니는 위, 게오르크의 어머니는 비장에 병이 있었다.

우리 어머니만 농사를 지었고, 들판에서 시간을 보내는 사람답게 단단한 데가 있었다. 그러나 그녀에겐 보이는 병이 있었다. 허릿병이었다.

나치친위대에 있었던 아버지가 아니라 각자의 어머니에 대해 얘기할 때면 우리는 깜짝 놀랐다. 평생 단 한 번도 만나본 적 없는 그네들이 아픔을 호소하는 똑같은 편지를 우리에게 보낸다는 사실에.

우리가 더는 타지 않는 기차에 어머니들은 자신들의 쓸개, 위, 비장, 허리 통증을 실어 보냈다. 냉장 칸에 들어 있는 도축한 가축의 일부처럼 몸에서 떼어낸 어머니들의 병은 편지에 실려 왔다.

어머니들은 병이 아이들을 옭아매는 올가미라고 생각했다. 그 올가미로 어머니들은 먼 곳의 자식들과 묶여 있었다. 어머니들은 자식이 기차를 타고, 해바라기 꽃이나 숲을 지나 얼굴을 보여주러 집에 오기를 원했다.

어머니들은 사랑에 묶인 뺨이나 이마를 보고 싶어했다. 자식들의 얼굴에 드문드문 생겨나는 첫 주름이 그네들에게 삶이 어린 시절보다 고되다고 말해주기를 원했다.

그러나 그네들은 그 얼굴을 더이상 쓰다듬을 수도 만질 수도 없다는 사실을 잊고 있었다.

그네들은 자식을 옭아매는 것보다 풀어주는 것이 더 바람직한 모습이라는 걸 알고 있었다.

우리는 뽕나무를 들고 나온 사람들에 속했지만, 대화하는 동안에는 그 사실을 반쯤만 인정했다. 우리는 책을 읽으며 그들과의 차이점을 찾았다. 머리카락 한 올만큼의 차이를 찾는 동안 우리는 가져온 자루를 다른 사람들처럼 문 뒤에 세워두었다.

그러나 책을 읽으면서 이 문이 자루를 숨길 만한 장소가 아니라는 걸 알았다. 틈이 생기도록 열어두거나, 갑작스레 열어젖히거나, 쾅 소리 나게 닫을 수 있는 건 우리의 머리뿐이었다. 그 뒤에서 우리는 편지에 병을 실어 보내는 어머니들과 그들의 양심의 가책을 가장 어리석은 식물 속에 감춰두는 아버지들과 함께 있었다.

여름별장의 책들은 밀반입한 것이었다. 바람이 잦아들다를 바람이 눕는다고 표현하는 모국어로 쓰인 것이었다. 그것은 우리가 살고 있는 나라의 국가어와 달랐지만, 그렇다고 잠자리에 드는 아이 나라의 말도 아니었다. 책에는 모국어가 있었지만 생각을 차단하는 시골의 적막은 없었다. 책이 오는 그곳, 독일에서는 모두 생각을 한다고 우리는 생각했다. 우리는 종이 냄새를 맡아보았다. 그리고 버릇처럼 손 냄새를 맡는다는 사실을 깨달았

다. 우리가 사는 나라의 신문이나 책을 읽을 때처럼 손이 까매
지지 않는 게 신기했다.

떠나온 지방을 얼굴에 담고 도시를 돌아다니는 사람들은 누
구나 손 냄새를 맡았다. 그들은 여름별장의 책을 알지 못했다.
그러나 그곳으로 가고 싶어했다. 이 책들이 오는 그곳에는 청바
지와 오렌지, 말랑말랑한 아이들 장난감과 아버지들을 위한 휴
대용 티브이와 살갗처럼 얇은 스타킹과 어머니들을 위한 제대로
된 마스카라가 있었다.

모두가 도주할 생각을 밥 먹듯이 하며 살았다. 외국의 물과 만
날 때까지 도나우 강 헤엄치기. 외국 땅이 나타날 때까지 옥수수
따라 달리기. 그들의 눈엔 이렇게 쓰여 있었다, 조만간 가진 돈
을 전부 털어 토지측량사한테서 지도를 사야지. 안개 낀 날 들판
과 강에서 감시원의 총탄과 개를 피하기 위해, 도망치기 위해,
헤엄쳐 빠져나가기 위해. 손에도 이렇게 쓰여 있었다, 머지않아
기구(氣球)를 만들 것이다. 침대 시트와 어린 나무로 엮은 금방
부러질 듯한 새를. 그들은 도망치기 위해 바람이 멈추지 않기를
바란다. 입술에도 이렇게 쓰여 있었다, 곧 철도원에게 가진 돈을
다 털어주고 귓속말을 주고받을 것이다. 그들은 떠나기 위해 화
물열차에 오를 것이다.

독재자와 그의 감시원들만이 도망치고 싶어하지 않았다. 그

들의 눈이, 손이, 입술이 그렇게 말했다. 그들은 오늘도 내일도 또다시 개와 총탄으로 묘지를 만들 것이다. 허리띠와 호두, 창문, 노끈으로도.

독재자와 그의 감시원들이 모든 도주 계획의 비밀을 능가하는 것이 느껴졌다. 그들이 매복한 채 두려움을 분배하는 것이 느껴졌다.

저녁이면 거리의 막다른 곳에서 마지막 불빛들이 한 차례씩 회전했다. 그 빛은 철저했다. 밤이 오기 전에 빛은 주변에 경고를 보냈다. 밤이 되면 집은 그 옆을 지나가는 사람들보다 작아졌다. 다리는 그 위를 지나는 전차보다 작아졌다. 나무는 그 아래를 지나는 사람들의 얼굴보다 작아졌다.

어디나 집으로 돌아가는 길이 있었고, 조심성을 잃은 성급함이 있었다. 거리의 어떤 얼굴에는 윤곽이 없었다. 가까이 다가오면 얼굴에 구름이 한 조각씩 걸려 있었다. 가까워질수록 사람들의 모습은 쪼그라들었다. 원래 크기를 유지하는 건 포석뿐이었다. 그리고 한 걸음 한 걸음 뗄 무렵이면 구름 대신 이마에 흰자위 두 개가 보였다. 거기서 한 발 더 나가면 얼굴들이 스쳐가는 순간 흰자위들이 액체처럼 섞였다.

나는 거리 끝에서 버텼다. 그곳은 다른 곳보다 밝았다. 구름은 구깃구깃한 옷 뭉치에 불과했다. 여자애들이 있는 네모 안에만 나를 위한 침대가 있으므로 더 머뭇거리고 싶었다. 나는 네모 안의 여자애들이 잠들 때까지 더 기다리고 싶었다. 그러나 경직된 불빛 속에서는 걸어야만 했고, 걸음은 점점 더 빨라졌다. 샛길은 밤을 기다리지 않고 트렁크를 챙겼다.

에드가와 게오르크는 시를 써서 여름별장에 숨겨두었다. 쿠르트는 덤불에 가려진 모퉁이에 서서 회색 커튼을 드리운 호송차 행렬을 찍었다. 호송차는 아침저녁으로 감옥에서 죄수를 태우고 나와 들판 뒤 공사장으로 갔다. 정말 소름 끼쳐, 쿠르트가 말했다. 사진에서까지 개 짖는 소리가 들리는 것 같아. 개가 사진 안에서 짖는다면, 에드가가 말했다, 사진을 여름별장에 숨길 수 없겠어.

나는 묘지 만드는 걸 방해하는 일이라면 뭐든 의미가 있다고 생각했다. 에드가와 쿠르트, 게오르크가 시를 쓰고, 사진을 찍고, 여기저기서 노래를 흥얼거림으로써 묘지를 만드는 이들에게 증오의 불을 붙이는 거다. 그 증오는 감시원들에게 독이 된다. 차차 감시원 모두, 그리고 결국에는 독재자도 증오 때문에 미치게 될 거다.

그때 나는 아직 몰랐다. 매일 거듭되는 그들의 피 묻은 노동을 구체화하기 위해, 그들에게 그 증오가 필요했다는 것을. 보수를 받기 위해 감시원들은 판결을 내려야 했다. 그들은 적에게만 판결을 내릴 수 있었다. 감시원들은 적의 숫자로 그들의 신뢰도를 입증했다.

사람들을 일부러 도망치게 한 다음 체포하기 위해 기관원들이 일부러 독재자의 병에 대한 소문을 퍼뜨린 거라고 에드가가 말했다. 그들은 귓속말을 주고받게 한 다음 덜미를 잡으려고 했다. 고기와 성냥, 옥수수와 세제가루, 초와 나사못, 머리핀이나 못 혹은 널빤지를 훔치는 사람을 체포하는 것만으로 그들은 성이 차지 않았다.

배회하는 동안 내가 본 건 미친 사람들과 그들의 물건만이 아니었다. 나는 이따금 거리를 지나가는 감시원들을 보았다. 이가 노리끼리한 젊은 남자들이 큰 건물 앞, 광장, 상점 앞, 정류장, 덤불진 공원, 학생기숙사 앞, 주점 안, 역전을 지켰다. 그들의 제복은 몸에 맞지 않았다. 헐렁하거나 꼈었다. 그들은 감시지역 어디에 자두나무가 있는지 알았다. 자두나무가 있는 곳을 지나가기 위해 그들은 부러 먼 길로 돌아가기도 했다. 자두나무 가지가 길게 늘어진 곳에서 감시원들은 주머니를 초록 자두로 꽉 채웠다. 그들은 후다닥 열매를 따 옷이 자두처럼 불룩 튀어나올 때까지 채워 넣었다. 한꺼번에 충분히 따서 오래 먹고 싶어서 였다. 그리고 재킷 주머니가 꽉 차면 재빨리 나무에서 떨어졌다. 자두 처먹는 놈이란 욕 때문이었다. 벼락출세한 자, 자기를 기만하는 자, 양심불량자, 목적 달성을 위해서라면 수단 방법을 가리지 않는 파렴치한을 그렇게 불렀다. 사람들은 독재자도 자두 처먹는 놈이라고 불렀다.

젊은 남자들은 오락가락하며 손을 주머니에 집어넣었다. 자두를 움켜쥐는 모습이 사람들 눈에 띌까봐 한 번에 한 움큼씩 자두를 꺼냈다. 그리고 입이 미어지도록 자두를 밀어넣은 다음에야 손가락을 다시 구부릴 수 있었다.

한꺼번에 욕심껏 자두를 따다보면 바닥에 떨어지기도 하고 재킷 소매 안으로 굴러들어가기도 했다. 감시원들은 신발 끝으로 바닥에 떨어진 자두를 작은 공처럼 잔디로 차 넣었다. 소매 안으로 들어간 자두는 팔오금에서 꺼내 이미 꽉 찬 볼에 더 밀어 넣었다.

나는 그들의 이에서 피어나는 거품을 보며 생각했다, 초록 자두는 먹으면 안 돼, 씨가 덜 여물어서 죽음을 물게 돼.

자두 처먹는 자들은 농사꾼이었다. 초록 자두가 그들을 취하게 했다. 먹으면서 그들은 임무에서 벗어났다. 그들은 어린 시절 마을 나무 밑에서 서리하던 아이들 틈으로 빨려 들어갔다. 배고파서 먹는 게 아니었다. 그들은 가난의 신맛에 주려 있었다. 일 년 전만 해도 아버지의 손 앞에서 눈을 깔고 고개를 푹 숙였던 그 시절의 가난.

그들은 주머니가 빌 때까지 먹고 구깃구깃한 주머니를 말끔히 편 다음 자두를 위장으로 힘겹게 날랐다. 그들은 신열이 나지 않았다. 그들은 몸만 비대해진 아이들이었다. 집에서 멀리 떠나온 그들 안의 열기가 임무 수행 중에 날뛰었다.

그들이 한 사람에게 소리를 질렀다. 태양이 작열해서, 바람이 불어서, 혹은 비가 와서. 두번째 사람은 휙 잡아당겼다가 보내주었다. 세번째 사람은 흠씬 팼다. 이따금 자두의 열기는 그들의 뇌 속에 조용히 머물렀다. 그들은 단호하게, 분노하지 않고 네번째 사람을 끌고 가 가두었다. 십오 분쯤 뒤 그들은 다시 근무지에 서 있었다.

젊은 여자가 지나가면 그들은 고개를 갸웃거리며 여자의 다리를 바라보았다. 그냥 보낼 것인지 멈춰 세울 것인지는 마지막 순간에 결정났다. 다리 같은 경우, 체포할 명분에 상관없이 오로지 기분에 좌우된다고 봐야 할 것이다.

행인들은 서둘러 조용히 그들 곁을 지나갔다. 그들은 과거의 일도 기억했다. 그것이 지나가는 남녀의 발걸음을 조심스럽게 만들었다. 교회탑의 시계가 울리며 햇빛 나는 날과 비 오는 날, 오전과 오후를 나눴다. 하늘이 빛을 바꾸고 아스팔트는 색을, 바람은 방향을, 나무는 속삭임을 바꿨다.

에드가와 쿠르트, 게오르크도 어릴 적에 초록 자두를 먹었다. 그들에게는 자두와 관련된 어떤 풍경도 머릿속에 남아 있지 않았다. 그 누구의 아버지도 자두 먹는 걸 말리지 않았으므로. 꼼짝없이 죽는 거야, 내가 이렇게 말하면 그들은 나를 놀렸다. 하얗게 열이 오르고 심장이 안에서부터 타버려. 그들은 고개를 저었다. 나는 죽음을 물 필요가 없었어, 아버지가 안 볼 때 먹었으니까. 감시원들은 대놓고 먹어, 내가 말했다. 그래도 그들은 죽음을 물지 않아, 행인들도 자두 딸 때 나는 가지 부러지는 소리와 가난의 시큼한 트림을 알고 있거든.

에드가와 쿠르트, 게오르크는 같은 기숙사의 다른 방에 살았다. 에드가는 오 층, 쿠르트는 삼 층, 게오르크는 사 층이었다.

각 방에 다섯 명의 남자애와 다섯 개의 침대가 있고, 침대 밑에 다섯 개의 트렁크가 놓여 있었다. 창문 하나, 출입문 위의 스피커 하나, 벽장 하나. 트렁크마다 양말이, 양말 밑에는 면도 크림과 면도날이 들어 있었다.

에드가가 방으로 들어가자 누가 에드가의 신발을 창밖으로 내던지며 소리를 질렀다, 너도 따라 떨어져, 신발은 날아가면서 신든가. 삼 층에서는 누가 쿠르트를 벽장 문에 몰아붙이며 소리쳤다, 그따위 더러운 짓은 딴 데 가서 해. 사 층에서는 게오르크의 소책자들을 얼굴에 던지며 누가 소리쳤다, 네가 싼 똥, 네가 먹든가.

남자애들은 에드가와 쿠르트, 게오르크를 때리며 협박했다. 세 남자가 막 다녀갔다. 남자들은 방을 다 뒤졌고 남자애들에게 말했다, 우리 방문이 달갑지 않으면 지금 여기에 없는 사람한테 물어봐, 물어보라고. 남자들은 그렇게 말하며 주먹을 쥐어 보였다.

에드가와 쿠르트, 게오르크가 네모 안에 들어가자 미리 기다리고 있던 분노가 한꺼번에 폭발했다. 에드가는 웃으며 트렁크를 창밖으로 던졌다. 쿠르트는 말했다, 조심해, 벌레 같은 자식. 게오르크가 말했다, 똥이라고 했냐, 네 이빨이 죄다 똥 이빨이 돼가는 줄도 모르고.

방마다 넷 중에 한 명만 길길이 날뛰었다고 에드가와 쿠르트,

게오르크가 말했다. 분노는 빈 곳으로 흘렀다. 다른 셋은 같은 생각을 품고 있었다. 에드가와 쿠르트, 게오르크가 오면 길길이 날뛰는 녀석을 내버려두기로 했다. 그들은 꺼진 불처럼 서 있었다.

에드가의 방에서 날뛰던 친구는 소리 나게 문을 닫고 나갔다. 그는 내려가 자신의 트렁크와 에드가의 신발을 가져왔다.

작은 네모 안엔 별로 수색할 것도 없었어, 그들은 아무것도 찾지 못했지, 에드가가 말했다. 벼룩을 잡았나봐, 리넨 시트에 까만 자국투성이더라고, 게오르크도 말했다. 남자애들은 불안한 잠을 잤고, 밤이면 뻣뻣한 걸음으로 방 안을 오갔다.

에드가와 쿠르트, 게오르크의 부모 집에는 수색할 것이 많았다. 게오르크의 어머니가 두려움 때문에 더 심해진 비장의 통증을 담은 편지를 보냈다. 쿠르트의 어머니는 위경련의 고통을 담은 편지를 보냈다. 아버지들이 난생처음 편지 귀퉁이에 한 줄씩 적어 넣었다, 네 어머니한테 그러면 못 쓴다.

에드가의 아버지는 기차를 타고 도시로 와 전차를 탔다. 그는 전차에서 내려 덤불진 공원을 피해 먼 길을 돌아 학생기숙사로 왔다. 그는 한 남자애에게 에드가를 입구로 불러달라고 부탁했다.

계단을 내려가면서 보니 아래에 아버지가 있었어. 키 작은 남자애가 유리게시판 앞에 서서 공고문을 읽고 있었지, 에드가가 말했다. 뭘 그렇게 읽으세요, 내가 물었어. 아버지가 집에서 막 따 온 개암나무 열매 한 봉지를 주었어. 그리고 안주머니에서 어머니의 편지를 꺼내며 말했지. 공원이 방치되었더구나, 들어갈 수가 없더라. 에드가가 고개를 끄덕이며 쓸개의 통증이 참을 수 없을 지경이라고 쓴 편지를 읽었다.

에드가는 아버지와 함께 공원을 지나 정거장 뒤편 주점으로 갔다.

차를 타고 남자 셋이 왔다, 에드가의 아버지가 말했다. 한 사람은 집 바깥에 서 있더구나. 도랑 위의 다리에 자리를 잡고 기다리더라. 운전기사였어. 둘이 집 안으로 들어왔다. 젊은 사람은 대머리였고, 나이 든 쪽은 머리가 희끗희끗했다. 에드가의 어머니가 방의 덧창을 올리려 하자 대머리가 말했다, 그냥 두고 불켜. 나이 든 남자는 침대를 밖으로 내간 다음 베개와 이불, 매트리스를 샅샅이 뒤졌다. 그는 드라이버를 하나 달라고 했다. 대머리가 침대틀을 분해했다.

에드가는 천천히 걸었다. 그 옆에서 아버지가 뻣뻣한 걸음으로 공원길을 걸었다. 그는 얘기를 하며 나뭇잎이라도 세듯 덤불을 바라보았다. 뭘 찾으세요, 에드가가 물었다. 아버지가 대답했다, 그들이 카펫을 들어내고 옷장을 다 비웠다. 난 아무것도 찾지 않는다, 잃어버린 것도 없잖니.

에드가가 아버지의 재킷을 가리켰다. 아버지가 안주머니에서 편지를 꺼낼 때 이미 재킷 단추 하나가 떨어지고 없었다. 에드가가 웃으며 말했다, 단추 찾으시나보죠. 그의 아버지가 대답했다, 그건 분명히 기차에서 떨어졌을 거다.

오스트리아와 브라질에 사는 두 삼촌이 보낸 편지는 못 읽더라, 에드가의 아버지가 말했다. 독일어로 쓴 거니까. 대신 편지를 가지고 갔어. 편지와 같이 부친 사진들도. 두 삼촌이 식구들과 함께 사는 집 찍은 것 말이다. 쌍둥이처럼 닮은 집이었다. 오스트리아에는 방이 몇 개요, 나이 든 사람이 물었다. 대머리는 이건 무슨 나무인가, 라고 물으며 브라질에서 온 사진을 가리켰다. 에드가의 아버지는 어깨를 으쓱했다. 당신 아들 앞으로 온 편지는 어딨소, 나이 든 남자가 물었다. 그 녀석 사촌누이에게서 온 거 말이오. 걔는 편지를 보내온 적이 없어요, 에드가의 어머니가 말했다. 그가 물었다, 확실한가. 아뇨, 어쩌면 보냈을지도 모르죠, 우리 아이가 못 받은 것뿐, 에드가의 어머니가 말했다.

나이 든 남자가 단추와 지퍼가 든 상자를 테이블 위에 엎었다.

대머리가 옷감, 빳빳한 아마포, 안감 등을 마구 헝클어놓았다. 너희 어머니는 이제 어느 게 어느 손님 것인지 못 찾는다, 에드가의 아버지가 말했다. 제본 책은 어디서 오나, 그들이 물었다. 에드가의 어머니는 편지와 사진이 들어 있는 서류가방을 가리켰다. 오스트리아에 사는 오빠한테서요. 줄무늬가 어떻게 생겼는지 아나, 나이 든 남자가 말했다. 머지않아 당신들도 줄무늬 옷을 입게 될 거야.

주점에서 에드가의 아버지는 누가 이미 그 자리에 앉아 있기라도 하듯 조심스레 의자에 앉았다. 대머리는 에드가의 방에서 커튼 단을 뜯었다. 그리고 책장에서 고서들을 빼 내던지고 책갈피를 훌훌 넘기고 책을 흔들어 털었다. 에드가의 아버지는 떨리는 손을 테이블 위에 납작 올려놓았다. 그가 말했다, 고서 안에 뭐가 들어 있었겠니, 먼지만 떨어졌지. 아버지가 유리잔에 든 화주를 마시는데 술 몇 방울이 떨어졌다.

그들이 창틀에 있던 화분에서 꽃을 뽑아내고 흙을 손으로 부쉈다, 에드가의 아버지가 말했다. 흙이 싱크대 위로 떨어졌지. 그들의 손가락 사이에 실뿌리가 매달렸다. 대머리가 요리책을 한 자 한 자 읽었다. 브라질식 간 요리, 닭 간에 밀가루 입히기. 에드가의 어머니가 번역을 해주어야 했다. 당신들은 소 눈알 두 개가 둥둥 뜬 수프 맛을 보게 될 거야, 대머리가 말했다. 나이 든 남자는 마당을 수색했다. 정원도 뒤졌다.

천천히 드세요, 에드가는 아버지의 빈 화주 잔을 채우며 말했다. 운전기사가 일어나 도랑에다 오줌을 누었다, 에드가의 아버지가 말했다. 그는 빈 잔을 테이블 위에 놓았다. 천천히라니, 그가 말했다. 내가 뭘 서두른다고. 운전기사가 오줌을 누었어, 에드가의 아버지가 말했다. 오리가 몰려들어 그를 쳐다보았지. 평소 오후처럼 물을 주나보다 했던 거야. 운전기사가 웃으며 바지 단추를 잠그다 다리 난간의 썩은 나무 부분을 부러뜨렸다. 손아귀에 힘을 줘 나무를 으스러뜨린 다음 풀밭으로 던졌다. 오리들은 언제나처럼 오후가 되어 밀을 던져주나보다 하고 으스러진 나무를 먹었다.

그들이 다녀간 뒤 침대 옆 보조테이블에 있던 작은 나무인형이 없어졌다. 브라질에 있는 에드가의 삼촌이 어릴 적에 깎은 거였다.

에드가의 삼촌들은 먼 곳으로 가서 정착한 나치친위대 출신 군인이었다. 패전은 그들을 예기치 못한 방향으로 내몰았다. 그들은 친위대 해골단에 들어가 묘지를 만들었고 전쟁이 끝난 후 헤어졌다. 그들은 머릿속에 똑같은 짐을 넣고 다녔다. 그들은 서로를 다시 찾지 않았다. 고향에서 여자를 데리고 떠나 각각 오스트리아와 브라질에서 뾰족한 지붕 집, 뾰족한 합각머리, 초록빛

십자 격자 창문 네 개, 초록빛 목책 울타리가 있는 집을 지었다.
그들은 낯선 고장으로 가서 두 채의 슈바벤 집을 지었다. 모든
것이 다른 낯선 곳에서 그들의 뇌처럼 철저히 슈바벤식으로. 집
을 다 짓고 나서 그들은 아내와 슈바벤 아이 둘을 만들었다.

　전쟁 전 고향 집에서 그랬듯 매년 가지를 치는 나무들만 슈바
벤무늬 위로 뻗어나갔다. 다른 하늘, 다른 땅, 그리고 다른 날씨
속으로.

　우리는 덤불진 공원에 앉아 에드가가 가져온 개암나무 열매
를 먹었다. 열매에서 쓸개즙 냄새가 나는데, 에드가가 말했다.
그는 신발을 벗고 뒷굽으로 껍질을 두드렸다. 그리고 열매를 신
문지 위에 놓았다. 자신은 먹지 않았다. 게오르크가 내게 열쇠를
주며 처음으로 나를 여름별장으로 보냈다.

　나는 신발 속에서 열쇠를 꺼냈다. 문을 열고 불을 켜는 대신
성냥불을 붙였다. 외팔이 사내처럼 생긴 크고 가는 펌프가 있었
다. 파이프 위에 낡은 재킷이 걸려 있었고, 그 아래 녹슨 물뿌리
개가 있었다. 벽에는 흙이 묻은 괭이, 삽, 갈퀴, 포도가위, 빗자

루가 기대어 있었다. 나는 우물 뚜껑을 활짝 열었다. 아마포 자루가 깊은 구멍 위에 대롱대롱 매달려 있었다. 나는 고리에 매달린 자루를 내려 책들을 집어넣고 다시 걸었다. 문을 잠그고 나왔다.

돌아올 때는 발로 밟았던 자리를 가로질렀다. 골무 모양 꽃이 무성히 매달린 자줏빛 당아욱, 노란 현삼(玄蔘)꽃이 허공을 부여잡았다. 메꽃이 저녁 어스름 속에 달콤한 향기를 퍼뜨렸다. 어쩌면 그것은 내 두려움의 냄새였을지도 몰랐다. 지푸라기 한 올한 올이 장딴지를 찔렀다. 길 잃은 어린 닭이 *꼬꼬거리다* 내 신발을 보고 달아났다. 풀은 닭의 등보다 세 배는 높아 닭을 빈틈없이 가두었다. 닭은 흐드러지게 핀 꽃무더기 속에서 신음하며 어지럽게 살길을 찾아 달렸다. 귀뚜라미가 울었다. 그러나 닭 울음소리가 더 컸다. 닭이 두려워서 나를 고발할 거라는 생각이 들었다. 식물의 눈이 빠짐없이 뒤통수에 달라붙었다. 이마부터 배까지 살갗이 떨렸다.

여름별장에는 아무도 없었어, 다음 날 내가 말했다. 우리는 주점 뜰에 앉아 있었다. 병이 초록색이어서 맥주도 초록색이었다. 에드가와 쿠르트, 게오르크는 맨팔로 테이블의 먼지를 닦았다. 테이블에 그들의 팔이 스쳐간 흔적이 남았다. 그들의 머리 뒤로 밤나무의 초록 잎이 매달려 있었다. 노란 잎은 아직 제 몸을 숨기고 있었다. 잔을 부딪치고 우리는 침묵했다.

해가 비치자 에드가와 쿠르트, 게오르크의 이마, 관자놀이, 뺨에 흘러내린 머리카락이 투명해졌다. 돌아가며 맥주병을 테이블에 내려놓을 때 쿨럭 소리가 나서였을까. 이따금 노란 이파리가 나무에서 떨어졌다. 우리 중 한둘이 나뭇잎 떨어지는 모습을 반추해보려는 듯 위를 올려다보았다. 곧 떨어질 다음 잎은 기다리지 않았다. 우리의 눈에는 인내가 보이지 않았다. 우리는 나뭇잎을 우리 안에 받아들이지 못했다. 이파리는 단지 날아가는 노란 점, 우리 얼굴을 서로에게서 가려주는 점일 뿐이었다.

테이블이 다리미처럼 뜨거웠다. 얼굴이 팽팽하게 땅겼다. 정오가 쏟아져 들어왔다. 주점은 한산했다. 노동자들은 아직 공장에서 양철양과 나무수박을 만들고 있었다. 우리는 다시 맥주를 시켰다. 서로의 팔 사이에 병이 가로막혀 있도록.

게오르크가 고개를 숙이자 이중턱이 되었다. 그가 읊조리듯 노래를 불렀다.

달걀노른자처럼
노란 카나리아

날개는 부드럽고

눈은 텅 비었구나

　온 나라에 파다하게 퍼진 노래였다. 노래를 부른 가수가 두 달 전에 국경을 넘었기 때문에 더이상 그 노래를 불러선 안 되었다. 게오르크가 맥주로 목을 축이며 노래를 제 안으로 흘려보냈다.

　종업원이 나무 그루터기에 기대서서 엿들으며 하품을 했다. 우리는 이곳의 손님이 아니었다. 우리는 기름때가 반질거리는 종업원의 재킷을 보았다. 아버지들은 자식 문제라면 이해 못 하는 게 없어, 에드가가 말했다. 우리 아버지가 작은 나무인형을 가져간 그 자식을 이해하시더라. 아버지가 그러시는 거야, 그 사람들도 노는 걸 좋아하는 고만고만한 자식이 있는 게지.

　우리는 우리 나라를 떠나고 싶지 않았다. 도나우 강으로, 하늘로, 화물트럭을 타고 떠나고 싶지 않았다. 우리는 덤불진 공원으로 갔다. 정말 가야 할 사람이 간다면, 다른 사람들은 모두 이곳에 머물러도 돼, 에드가가 말했다. 스스로도 믿지 않으면서. 아무도 갈 사람이 가야 한다는 사실을 믿지 않았다. 매일 독재자의 지병과 새로운 병에 대한 소문이 들려왔다. 그 소문을 믿는 사람은 없었다. 그럼에도 귓속말은 이 귀에서 저 귀로 전해졌다. 소문 안에 스멀스멀 퍼지는 죽음의 병균이 있어 끝내는 독재자에게 전달될 것 같았다. 우리는 폐암, 편도암이라고 소곤댔다. 장암, 뇌수축, 마비, 혈액암.

그가 다시 떠나야 한대, 사람들은 소곤거렸다. 프랑스, 중국, 벨기에, 영국이나 한국, 리비아나 시리아, 독일이나 쿠바로. 그가 떠나면 떠나고 싶어하는 사람들의 소곤거리는 염원들도 함께 따라나섰다.

모든 도주는 죽음을 향한 프러포즈였다. 그래서 소곤거림은 매혹적이었다. 도주의 절반은 감시원의 개에게 들키거나 총탄에 맞아 좌절되었다.

흐르는 물, 움직이는 화물트럭, 가만히 있는 들판이 죽음의 궤적이었다. 농부들은 추수 때 옥수수밭에서 말라붙거나 터지거나 까마귀들이 쪼아 먹은 시체들을 발견했다. 보지 않는 편이 나았기에 옥수숫대를 부러뜨려 시체를 덮고 그대로 두었다. 늦가을에 트랙터가 밭을 갈았다.

독재자가 나라를 떠날 때면 사람들은 그가 급히 의사를 찾아 여행을 떠나는 거라고 믿었다. 폐암에는 먼 동방의 공기, 편도암에는 야생뿌리, 장암에는 찜팩, 노인성 치매에는 침, 중풍에는 목욕. 그는 한 가지 병세만으론 떠나지 않았다. 혈액암에 좋다는 아이 피는 나라 안에서 조달했다. 산부인과에서 갓 태어난 아이의 이마에 일본제 흡입주삿바늘을 꽂고 피를 뽑아냈다.

독재자의 병에 대한 소문은 에드가와 쿠르트, 게오르크와 내가 어머니들로부터 받는 편지와 비슷했다. 소문이 퍼지면 사람들은 도주를 보류했다. 확인되지 않은 불행에 모두가 속으로 쾌재를 불렀다. 독재자의 시체가 마치 그 자신의 망친 삶처럼 뇌리를 스쳐갔다. 모두 그보다 오래 살아남고 싶어했다.

나는 구내식당으로 들어가 냉장고 문을 열었다. 마치 내가 밖에서 던져 넣은 것처럼 불이 켜졌다.

롤라가 죽은 뒤로 냉장고에서 혓바닥과 콩팥은 볼 수 없었다. 그러나 내게는 그것들이 보이고 냄새가 났다. 나는 냉장고 문을 연 채 투명한 남자를 상상했다. 투명한 남자는 병이 났고 오래 살기 위해 건강한 짐승의 내장을 훔쳤다.

나는 그의 마음짐승을 보았다. 그것은 백열등 안에 갇힌 채 매달려 있었다. 구부러지고 지쳐 있었다. 마음짐승이 도난당하지 않았으므로 나는 냉장고를 닫았다. 투명한 남자의 것일 수밖에 없는 마음짐승은 이 세상 어떤 동물의 것보다 흉물스러웠다.

밖이 어두워져도 여자애들은 네모 안을 오가며 웃고, 불도 켜지 않은 채 포도와 빵을 먹었다. 잠자리에 들기 위해 누가 불을 켰다. 모두 침대에 누웠다. 나는 불을 껐다. 여자애들의 숨결이 금세 곤해졌다. 나는 그네들의 숨결이 보일 것만 같았다. 밤이 아니라 그 숨결이 검고, 고요하고, 따뜻한 것 같았다.

나는 이불을 덮고 침대에 깐 하얀 리넨 시트를 보았다. 생각한 대로 살려면 어떻게 해야 할까, 나는 생각했다. 어떻게 거리에 팽개쳐진 물건들을 그 앞을 지나가는 사람들 눈에 띄지 않게 할 수 있는 걸까, 누군가가 잃어버린 것인데도.

그리고 아버지가 죽었다. 간이 술 때문에 먹이를 쑤셔 넣은 거위 간처럼 부었어요, 의사가 말했다. 그의 얼굴 옆 유리장에 펜치와 가위가 놓여 있었다. 아버지의 간은 지도자를 위해 부르는 노래만큼 커요, 내가 말했다. 의사가 집게손가락을 입술에 가져다 댔다. 그는 지도자가 아니라 독재자를 위한 노래라고 여기는 듯했지만 나는 지도자를 생각했다. 희망이 없어요, 의사가 여전히 손가락을 입술에 올린 채 말했다. 아버지를 두고 한 말이었다. 그러나 나는 독재자를 생각했다.

아버지는 죽음을 기다리기 위해 병원에서 퇴원했다. 아버지는 이제껏 본 적 없는 여위디여윈 얼굴로 웃었다. 바보처럼 기뻐했다. 의사가 별로더라, 병실도 그렇고, 아버지가 말했다. 침대는 딱딱하고 베개에는 깃털 대신 헝겊 나부랭이가 들어 있었어. 그래서 병이 더 악화된 거야. 손목시계가 헐렁했다. 잇몸이 수축돼 있었다. 아버지는 틀니를 작업복 주머니에 넣었다. 더이상 크기가 맞지 않아서였다.

아버지의 몸은 마른 콩깍지 같았다. 간과 눈, 코만 불어났다. 아버지의 코는 거위의 부리였다.

다른 병원으로 가자, 아버지가 말했다. 나는 그의 트렁크를 들었다. 거기 의사들이 좋아.

거리 모퉁이에서 바람이 불어 머리가 헝클어지고 우리는 서로를 바라보았다. 그 틈에 아버지가 말했다, 이발도 하러 가야 하는데.

죽기 사흘 전에 이발사를 찾을 만큼 아버지는 어리석었다. 아버지는 헐렁한 시계를 보고, 나는 고개를 끄덕일 만큼 우리는 둘 다 어리석었다. 그로부터 몇 분 뒤에 아버지는 이발소에 조용히 앉아 있고 나는 조용히 서 있을 만큼. 죽기 사흘 전에 이발사가 흰 가운을 입고 아버지 머리에 가위를 들이대는 모습을 함께 지켜볼 만큼 우리는 서로 느슨했다.

나는 아버지의 작은 트렁크를 들고 도시로 갔다. 트렁크에는 손목시계와 틀니, 흰색과 밤색 체크무늬가 쳐진 실내화가 들어 있었다. 장의사가 죽은 아버지 발에 외출용 신발을 신겼다. 아버지가 갖고 있던 것은 모두 관에 들어가야 해, 나는 생각했다.

흰색과 밤색 체크무늬 실내화의 발목 부분에 밤색 테두리 천
이 둘려 있다. 둥근 컬러 모양 테두리가 매듭지어지는 곳에는 흰
색과 밤색 체크무늬 술이 두 개 달려 있다. 아이가 세상에 나올
때부터 아버지는 실내화를 신고 있었다. 실내화를 신으면 그의
발목은 맨발일 때보다 가늘어진다. 잠자리에 들기 전 아이는 손
으로 술을 만질 수 있다. 맨발이어도 발로 찰 수는 없다.

아버지는 침대 가장자리에, 아이는 바닥에 앉아 있다. 아이는
괘종시계의 시계추 소리를 들으며 박자에 맞춰 술을 쓰다듬는
다. 어머니는 이미 잠들었다. 아이가 쓰다듬으며 말한다, 똑딱똑
딱. 아버지는 오른발로 왼발을 밟는다. 아이의 손이 발 사이에
낀다. 아파, 아이는 숨을 멈추고 말을 잇지 못한다.

아버지가 발을 치우자 손이 납작하게 눌려 있다. 날 좀 내버려
둬, 안 그랬다간…… 그는 아이의 눌린 손을 잡으며 말한다, 아
무것도 아니다.

사람들은 선한 사람이 죽으면 눈이 온다고 한다. 그건 진실이
아니다.

아버지가 죽은 뒤 그의 작은 트렁크를 들고 도시로 올 때 눈이 내리기 시작했다. 천 조각 같은 눈송이가 허공에 흩날렸다. 눈은 돌 위에, 울타리의 철 장식에, 정원 쪽문의 손잡이에, 우편함 뚜껑에 머물지 않았다. 사람들의 머리 위에만 하얗게 머물렀다.

아버지가 죽음을 맞을 준비는 하지 않고 이발사와 뭔가를 시작했다고 나는 생각했다. 죽음과 뭔가 옳지 못한 일을 시작하듯 그는 거리 첫 모퉁이에 있는 으뜸가는 이발사와 뭔가 옳지 못한 일을 시작했다. 그는 이발사에게 죽음에 대해 한마디도 하지 않았다. 죽음을 감지하면서도 그는 살 거라고 계산했다.

나는 그렇게 어리석었다. 사람들의 머리 위에만 하얗게 머무는 눈이 천 조각 흩날리듯 내리니 뭔가 스스로 옳은 일을 시작해야 한다고 생각했을 만큼. 나는 작은 트렁크를 들고 장례식 하루 전날 나의 미용사를 찾아가 죽음에 대해 얘기해야 했다.

나는 오래오래 미용사 곁에 머물며 아버지의 삶에 대해 알고 있는 전부를 얘기했다.

죽음에 대해 얘기하다보니 아버지 삶의 어느 시기에 이르렀다. 그 시기에 대해서는 대부분 에드가와 쿠르트, 게오르크의 책을 통해 알았을 뿐 아버지에게 직접 들은 건 거의 없었다. 아버지는 묘지를 만들고 서둘러 그곳을 떠나 고향으로 돌아온 친위대 군인이었어요, 나는 미용사에게 말했다. 아이를 임신시키고 늘 자신의 실내화에 신경을 써야 했던 사람. 아버지의 가장 어리석은 식물에 대해, 그의 가장 짙은 색 자두에 대해, 지도자에게 바치는 술 취한 그의 노래에 대해, 그리고 거위처럼 큰 간에 대해 얘기하며 나는 장례식용 파마머리를 했다.

내가 가기 전에 미용사가 말했다, 내 아버지는 스탈린그라드에 갔었지요.

나는 기차를 타고 아버지의 장례식, 어머니의 허리 통증을 향해 떠났다. 들판의 갈색 흙 위에 흰 점이 점점이 흩어져 있었다.

나는 관 옆에 섰다. 노래하는 할머니가 누비이불을 뒤집어쓰고 방으로 들어왔다. 할머니는 관 주변을 빙빙 돌다가 이불을 베일 위에 덮었다. 할머니의 코는 아버지의 코와 닮았다. 나는 아버지가 죽어서도 할머니를 부려먹는다고 생각했다. 그녀의 입술은 이성을 잃고 노래를 부르는, 쉰 소리가 나는 고독한 피리였다. 노래하는 할머니는 몇 년째 집안의 누구도 알아보지 못했다. 이제야 할머니는 아버지를 알아보았다. 할머니는 미쳤고, 아버지는 죽었기 때문에. 아버지의 마음짐승이 할머니 안에 둥지를 틀었다.

할머니는 어머니에게 말했다. 이불을 관 위에 놔둬. 눈기러기가 올 거야. 어머니는 한 손으로 아픈 허리를 짚고 다른 손으로 베일 위의 이불을 걷어냈다.

에드가와 쿠르트, 게오르크는 가택수색 이후로 재킷 주머니에 조그만 수건과 칫솔을 넣어가지고 다녔다. 그들은 체포될 수도 있음을 늘 염두에 두었다.

네모 안에서 누군가 그들의 트렁크를 뒤지는지 알아보기 위해 그들은 아침마다 트렁크 위에 머리카락을 두 올씩 올려놓았다. 저녁이면 머리카락은 사라졌다.

쿠르트가 말했다. 밤에 자려고 누우면 등 밑에 차가운 손이 놓여 있는 것 같아. 그럼 모로 돌아누워 몸을 새우처럼 구부리지. 자야 한다는 게 공포야. 나는 물속에 돌이 가라앉듯 곧장 잠이 들어.

꿈을 꿨어, 에드가가 말했다. 막 면도를 끝내고 극장에 가려는데 말이지. 출입구의 유리게시판에 기숙사를 나갈 때는 반드시 면도를 하라는 규정이 적혀 있잖아. 나는 전차를 타러 갔어. 전차 안에는 자리마다 요일이 적힌 쪽지가 놓여 있었어. 월요일,

화요일, 수요일, 일요일까지 전부 읽었어. 오늘은 이중 아무 날도 아닌데요, 나는 전차 기관사에게 말했어. 그런데 기관사 말이, 그러니 모두 서 있어야 한다는 거야. 사람들이 모두 뒷문 근처에 비좁게 서 있었어. 아이를 하나씩 안고서 말이야. 어른들 사이에 묻혀 서로 얼굴이 보이지 않는데도 아이들이 합창을 했지. 박자에 맞춰서.

에드가와 쿠르트, 게오르크의 네모와 부모들의 집은 이후로도 세 번 더 가택수색을 당했다. 수색이 끝날 때마다 어머니들은 통증이 담긴 편지를 보내왔다. 에드가의 아버지는 도시로 오지 않았다. 그의 어머니의 편지가 우편으로 배달되었다. 에드가의 아버지가 한 귀퉁이에 썼다, 네가 네 어미를 아파 죽게 하려는 모양이구나.

내 방도 수색을 당했다. 네모 안으로 들어가자 여자애들이 방을 치우고 있었다. 내 시트, 매트리스와 마스카라가 바닥에 널브러져 있었다. 트렁크는 열린 채 창 밑에 놓여 있었고, 골지무늬 나일론스타킹은 트렁크 뚜껑 안에 있었다. 스타킹 위에 어머니에게서 온 편지가 놓여 있었다.

누가 소리를 질렀다, 네가 롤라를 죽게 했어. 나는 편지를 뜯으며 발로 트렁크 뚜껑을 닫고 말했다, 너희는 나와 체육 강사를 혼동하는구나. 누가 아주 조용히 말했다, 그럴 리가. 롤라는 네 허리띠로 목을 맸어. 나는 마스카라 통을 들어 있는 힘껏 던졌다. 전나무 가지를 꽂아놓은 병조림용 유리병에 맞았다. 가지 끝이 벽에 박혔다.

나는 편지를 읽었다. 어머니의 허리 통증 다음에 이런 내용이 쓰여 있었다.

세 남자가 차를 타고 왔었다. 그중 둘이 집 안을 엉망으로 만들었지. 한 남자는 그냥 기사였다. 그는 다른 둘이 조용히 일을 볼 수 있도록 할머니랑 얘기를 나눴어. 기사는 독일 말을 하더라. 표준어뿐 아니라 슈바벤 사투리까지 써가며. 옆 마을에 산다는데 어딘지는 안 가르쳐주려고 하더라. 할머니가 그를 너희 아버지로 착각하고 머리를 빗기려고 했지. 그가 빗을 빼앗자 할머니가 노래를 불렀다. 기사는 할머니의 노래 솜씨에 놀랐지. 한 곡은 함께 불렀다.

아이들아 어서 집으로 오려무나
어머니가 어느새 불을 끄신다

그가 아는 멜로디와 조금 다르다고 했어. 그는 할머니와 비슷하게 그 노래를 불렀지.

남자들이 가고 나서 네 할아버지는 마음의 안정을 찾지 못하고 있다. 백색 여왕 말이 사라졌거든. 아무리 찾아봐도 없구나. 할아버지가 그걸 애타게 찾으시는데. 없어진 여왕 말을 찾지 못하면 할아버지는 다시는 체스를 못 두실 거다. 얼마나 정성 들여 만든 말들이니. 전쟁과 감옥 생활을 겪고도 살아남은 말들인데. 집에 와서 여왕 말이 사라진 거야.

할아버지가 네게 편지를 쓰라고 하셨다. 너도 다른 사람들을 따라 박수치고 돈을 벌라고. 너 할아버지에게 그러면 못쓴다.

눈이 왔다. 얼굴에 떨어지는 눈송이가 아스팔트에서는 이미 물이 되었다. 발이 시렸다. 저녁은 거리에서 반짝이는 것들을 나무 위로 들어 올렸다. 앙상한 나뭇가지 사이로 가로등 불빛이 서로 뒤섞여 아련했다.

분수대 앞 웅덩이에 검은색 나비넥타이를 맨 남자의 모습이 비쳤다. 그는 감옥으로 가는 길을 올려다보았다. 그의 시든 꽃다발 위에도 머리 위처럼 눈이 쌓였다. 늦었다. 죄수 호송차는 이미 오래전에 감옥으로 돌아갔다.

바람이 우리 얼굴에 눈을 흩뿌렸다. 에드가와 쿠르트, 게오르크와 내가 바람을 등지고 걷고 있었음에도. 우리는 따뜻한 곳을 찾고 싶었다. 그러나 주점에는 고함 소리뿐이었다. 우리는 극장으로 갔다. 그날의 마지막 영화가 상영되고 있었다. 영화는 이미 시작했다.

스크린에서 공장이 윙윙거렸다. 어둠에 눈이 익숙해질 무렵 에드가가 관람석의 그림자 수를 세었다. 우리를 빼고 극장 안에는 아홉 명이 있었다. 우리는 맨 뒷줄에 앉았다. 여기서는 얘기할 수 있겠다, 쿠르트가 말했다.

스크린 속 공장은 어두웠다. 우리는 서로를 볼 수 없었다. 얼굴은 환한 데서 봤으니 알고, 에드가가 웃으며 말했다. 모르는 사람도 있어, 게오르크가 말했다. 그는 재킷 주머니에서 칫솔을 꺼내 입에 넣었다. 스크린에서 쇠파이프를 든 프롤레타리아가 공장 안을 지나갔다. 철근이 용광로 속으로 들어갔다. 쇳물이 극장 안을 환히 비췄다. 우리는 서로 얼굴을 쳐다보며 웃었다. 입에서 칫솔 빼, 쿠르트가 말했다. 게오르크가 칫솔을 주머니에 넣었다. 이 슈바벤 놈아, 게오르크가 말했다.

꿈에서 자주 가는 이발소에 갔었어, 쿠르트가 말했다. 여자들만 앉아서 뜨개질을 하더라. 저 여자들 여기서 뭐 하는 거예요, 내가 물었어. 바깥양반들 기다리지요, 이발사가 대답했어. 처음 뵙는 분이시군, 그가 손을 내밀며 말했어. 여자들한테 한 말인 줄 알았는데 나를 빤히 바라보더군. 저 아시잖아요, 내가 말했어. 여자들이 킬킬거렸어. 여기 머리 자르러 오는 대학생이요. 그러자 이발사가 말했어, 생각해봐도 모르겠는데. 당신 비슷한 사람을 알긴 하는데 당신은 아니야.

영화관 안의 관람객들이 휘파람을 불며 외쳤다. 루푸, 한번 해라. 루푸, 여자랑 한번 하라니까. 공원과 여공이 늦은 저녁 공장 문 옆에서 바람을 맞으며 키스를 했다. 다음 순간 공장 문 앞은 다시 날이 밝았고, 키스를 했던 여공에게 아이가 생겼다.

내가 거울 앞 의자에 앉으려고 하는데 이발사가 고개를 저었어, 쿠르트가 말했다. 안 되겠는데. 어째서요, 내가 물었어. 그가 손가락으로 거울을 두드렸어. 내 얼굴에 음모가 나 있었어.

게오르크가 내 팔을 당기며 여름별장 열쇠를 손에 쥐여주었다. 어디다 두지, 내가 물었다.

스크린에서 아이들이 학교 정문에서 거리로 쏟아져나왔다. 아버지 루푸가 키스했던 여공의 아이를 기다리고 있었다. 그는 아이의 이마에 입을 맞추고 책가방을 받아들었다.

게오르크가 말했다, 나는 학교 다닐 때 성적이 나빴어. 어느 날 아버지가 말했지. 교장 선생님 옷 한 벌 해드릴 때가 됐어, 바지가 좋겠군. 어머니는 다음 날 회색 옷감, 여밈 천, 주머니용 캔버스 천과 바지 개폐부에 쓸 단추를 샀어. 가게에 빨간 지퍼밖에 없었거든. 아버지가 학교에 가서 교장 선생님께 치수를 재러 오시라고 했지. 그는 기다렸다는 듯 아버지와 함께 집으로 왔어.

교장 선생님이 재봉틀 옆에 섰어. 어머니가 발끝부터 치수를 재기 시작했어. 교장 선생님, 다리 힘 빼시고요, 어머니가 말했지. 그리고 물었어, 길이는요. 조금 길게. 통은요. 조금 붙게. 교장 선생님, 바짓단은 어떻게 해드릴까요, 어머니가 교장 선생님이 입은 바지에 바짝 붙어 올려다보며 물었어. 주머니는요, 교장 선생님, 바지 앞트임 부근에서 어머니가 숨을 깊이 쉬며 물었어. 지하실 열쇠는 어느 쪽에 거세요, 교장 선생님. 늘 오른쪽이지, 그가 말했어. 그럼 상비약은요, 어머니가 물었어. 단추가 좋으세요, 지퍼가 좋으세요. 어떤 게 나을까, 교장 선생님이 물었어. 지퍼가 편하긴 하지만, 단추가 더 폼이 나지요, 아버지가 말했어. 단추로 하지, 교장 선생님이 말했어.

영화가 끝난 후 나는 내 여재단사에게 갔다. 아이들은 이미 잠들었다. 우리는 주방에 앉았다. 그렇게 늦은 시간에 그녀에게 간 건 처음이었다. 여재단사는 놀라지 않았다. 우리는 찐사과를 먹었다. 그녀는 담배를 피웠다. 볼이 쑥 들어갈 때는 얼굴이 할아버지가 만든 체스 여왕 말같이 보였다. 그 건달은 지금 캐나다에 있어, 그녀가 말했다. 오늘 그의 누이를 만났어. 여재단사의 남편은 그녀에게 한마디 말도 없이 도나우 강을 헤엄쳐 도주했다. 여재단사에게 할아버지의 군이발사와 흑색 말, 백색 말 이야기를 들려준 적이 있었다. 기도하는 할머니와 노래하는 할머니, 아버지의 가장 어리석은 식물과 어머니의 허리 통증에 대해서도.

그녀가 말했다, 두 할머니는 네 할아버지의 체스 여왕들 같구나. 기도하는 할머니는 흑색 말 여왕, 노래하는 할머니는 백색 말 여왕. 기도는 늘 어두워.

나는 반박하지 않았다. 그러나 그 반대라고 생각했다.

노래하는 할머니야말로 어두운 사람이었다. 그녀는 누구나 마음짐승을 가지고 있다는 걸 알았다. 그녀는 다른 여자의 남편을 빼앗는다. 그 남자는 다른 여자를 사랑한다, 노래하는 여자를 사랑하지 않는다. 그러나 그녀는 그를 얻는다, 그녀가 그를 갖고자 하므로. 그가 아닌, 그의 들판을. 그리고 그녀는 그를 소유한다, 그는 그녀를 사랑하지 않지만 그녀는 그를 지배할 수 있다. 이렇게 말하면서, 당신 마음짐승은 생쥐야.

그러나 전쟁 후에 들판을 나라에 빼앗겼으므로 모든 것이 부질없어졌다.

그 끔찍한 일 이후로 할머니는 노래를 부르기 시작했다.

여재단사는 자신이 나에 대해 얼마나 아는 게 없는지 깨닫지 못했다. 내가 대학생이고 허리띠를 매지 않는다는 사실을 아는 것만으로도 충분했던 것 같다.

나는 여름별장 열쇠를 여재단사의 창틀에 놓고 더는 신경 쓰지 않았다. 나는 열쇠를 버리는 사람은 없을 거라고 생각했다.

에드가와 쿠르트, 게오르크는 여재단사를 믿지 않았다. 너희 어머니들이 재단사라서 못 믿는 거야. 나는 우리와 관련된 일은 여재단사에게 절대 말하지 않겠다고 약속해야 했다. 에드가와 쿠르트, 게오르크라면 열쇠를 창틀에 놓아두지 않았을 것이다. 그들은 못 미더울 때 자주 그러듯 이런 시를 읊었을 것이다.

> 구름 한 점마다 친구가 들어 있네
> 공포로 가득한 세상에서 친구란 그런 거지
> 어머니도 원래 그런 거라 하셨네
> 친구야 아무렴 어떠니
> 진지한 일에나 마음을 쓰렴

늦은 밤 나는 걸어서 학생기숙사로 갔다. 가는 길에 감시원 셋을 만났지만 나에게 신경 쓰지 않았다. 그들은 낮과 다름없이 초록 자두를 먹느라 정신이 없었다.

도시가 조용해 씹는 소리가 가까이 들렸다. 나는 방해하지 않으려고 조심조심 걸었다. 발꿈치를 들고 싶었지만, 그러면 너무 눈에 띌 것 같았다. 나는 걸으며 스스로를 그림자처럼 가볍게 만들었다. 누구도 나를 만질 수 없었을 것이다. 나는 너무 느리지도 빠르지도 않게 걸었다. 감시원들의 손에 들린 초록 자두는 하늘처럼 까맸다.

그로부터 이 주 후 이른 오후에 나는 여재단사에게 갔다. 그녀가 나를 보자마자 말했다. 열쇠를 두고 갔데. 다음 날 봤어. 하루 종일 생각했어. 밤인데 기숙사에 들어갈 수 있었을지.

여재단사의 목에 줄자가 걸려 있었다. 기숙사 열쇠 아녜요, 집에서 가져온 거죠, 내가 말했다. 그녀의 목에 매달린 줄자가 허리띠 같다고 생각했다.

주전자에서 차가 끓었다. 쟤들이 커서 너보다 자주 이 집 열쇠를 써야 할 텐데, 여재단사가 말했다. 그녀가 내 잔 옆에 설탕을

쏟았다. 내 말 뜻 알겠어, 그녀가 물었다. 나는 고개를 끄덕였다.

우리는, 에드가와 쿠르트, 게오르크와 나는 두려워서 매일 함께 있었다. 만날 때면 우리는 한 테이블에 앉았지만 두려움은 각자가 가져온 그대로 각자의 머릿속에 머물렀다. 그걸 감추느라 우리는 많이 웃었다. 그럼에도 두려움은 결국 머리를 벗어났다. 두려움은 표정을 관리하면 목소리로 숨어들었다. 표정도 목소리도 죽은 물건처럼 통제하는 데 성공하면 두려움은 손가락으로 빠져나갔다. 피부를 뚫고 나가 멋대로 떠돌다가 주변 사물을 통해 자신을 드러냈다.

안 지 오래된 사이기에 우리는 누구의 두려움이 어느 자리에 앉는지 볼 수 있었다. 서로를 참아내기 힘든 경우가 종종 있었다. 서로를 의지하면서도 서로에게 상처를 입혀야 했다.

네 슈바벤 건망증. 네 슈바벤 성급함 혹은 태평함. 슈바벤 계산속. 슈바벤 조야함. 슈바벤 딸꾹질 혹은 재채기. 네 슈바벤 양말 혹은 셔츠, 우리는 말했다.

슈바벤 엉덩이싸개 같은 놈, 슈바벤 멍청이, 슈바벤 머리빗 주머니. 우리를 서로에게서 떨어뜨려줄 긴 단어로 된 분노가 필요했다. 우리는 서로에게 거리를 두기 위해 욕을 만들었다. 웃음은 딱딱했고, 우리는 그 위에 고통의 구멍을 뚫었다. 서로의 마음을 들여다볼 수 있었으므로 그 과정은 빨랐다. 우리는 어떻게 하면 상대에게 상처를 입힐 수 있는지 알고 있었다. 상대가 괴로워하면 우리는 짜릿함을 느꼈다. 상대는 날것인 사랑 아래서 깨져야 했고, 그것이 얼마나 견디기 힘든 일인지 느껴야 했다. 굴욕은 바늘귀에 꿰인 실처럼 이어졌다. 당사자가 침묵할 때까지, 아니 그러고도 한동안. 시간이 한참 더 흐르면, 내뱉은 말들은 메뚜기가 이미 다 뜯어먹은 들판으로 뛰어들듯 상대의 덤덤한 얼굴 위로 떨어졌다.

두려움 때문에 우리는 보면 안 되는 정도로까지 서로의 내면을 깊숙이 들여다보았다. 신뢰에 너무나 익숙해진 우리에게는 예기치 않은 반전이 필요했다. 증오로 상대를 짓밟고 뭉개도 좋았다. 사랑은 땅속 깊이 뿌리를 내린 풀처럼 자꾸만 자라났기에 얼마든지 깎아내도 좋았다. 굴욕감은 숨 한 번 멈추고 나면 사라졌다.

시비는 늘 고의였다. 그로 인한 결과만이 예측 불허였다. 그리고 분노가 가라앉을 즈음에는 매번 적당한 말을 찾지 못해 애정이 담긴 말로 끝을 맺었다. 그러나 그 사랑 속에는 발톱이 달려 있었다.

에드가가 언젠가 내게 여름별장 열쇠를 주며 말했다, 너의 그 슈바벤 미소. 나는 발톱을 느꼈다. 그런데 어째서 그때 입이 얼굴에서 떨어지지 않았을까. 돌이켜보자 꼭 궁지에 몰린 듯한 기분이 들었다. 그에 대꾸할 말을 찾을 수 없었다. 어쩌면 내 입이 늙은 완두콩 깍지가 되었나보았다. 가늘고 마른 입술이 떠올랐다. 갖고 싶지 않은 슈바벤 미소는 내가 고를 수 없었던 아버지 같은 거였다. 갖고 싶지 않았던 어머니처럼.

그때도 우리는 극장 안의 맨 뒷줄에 앉아 있었다. 그날도 스크린에 공장이 나왔다. 한 여공이 편물기 위에서 모실을 당겼다. 다른 여공이 빨간 사과를 들고 다가와 그녀를 바라보았다. 여공은 편물기 위에서 실을 팽팽히 당기며 말했다, 있잖아, 나 사랑에 빠진 것 같아. 그녀는 다른 여공이 들고 있던 사과를 뺏어 베어 물었다.

영화가 상영되는 동안 쿠르트가 손을 내 팔에 얹고 있었다. 그는 또 꿈 얘기를 했다. 이번에는 이발소에 남자들이 있었다. 벽에 십자말풀이가 그려진 흑판이 걸려 있었다. 남자들은 너나없이 옷걸이로 빈칸을 가리키며 알파벳을 외쳤다. 이발사가 사다리에 올라서서 알파벳을 적어 넣었다. 쿠르트는 거울 앞에 앉아 있었다. 저거 다 풀 때까지는 머리 못 깎아, 남자들이 말했다. 우리가 먼저 왔다고. 쿠르트가 자리에서 일어나 나오자 이발사가 따라나오며 외쳤다, 내일은 집에서 네 칼을 가져와.

왜 내가 칼 꿈을 꿨지, 왜인지 스스로 알면서 쿠르트가 내 귀
에 대고 물었다. 에드가와 게오르크, 쿠르트는 더이상 면도날을
가지고 있지 않았다. 그들의 잠가둔 트렁크에서 면도날이 사라
졌다.

나는 에드가와 쿠르트, 게오르크와 아주 오래 강가에 머물렀
다. 조금만 더 가볍게 걷자, 별일 없이 강가에 간 거라는 듯 그들
은 말했다. 천천히, 빠르게, 조심조심 혹은 서둘러 걷는 건 아직
할 수 있었다. 그러나 가볍게 걷는 법은 잊었다.

어머니는 정원에서 끝물 자두를 따려고 한다. 사다리 발판이
흔들거린다. 할아버지가 못을 사러 가신다. 어머니는 나무 밑에
서 기다린다. 제일 큰 주머니가 달린 앞치마를 두르고서. 어두워
진다.
　할아버지가 재킷 주머니에서 체스 말을 꺼내 테이블 위에 올
려놓을 때 노래하는 할머니가 말한다. 자두 어디 안 가니까 당신
은 이발소로 체스나 두러 가시구려. 이발사가 집에 없어서 들판
으로 갔었소, 할아버지가 말한다. 내일 아침나절에 못을 사러 가

리다, 오늘은 영 뒤숭숭해서.

쿠르트가 걷다가 신발을 꺾어 신었다. 그는 막대기 하나를 물에 던지며 읊조렸다.

> 구름 한 점마다 친구가 들어 있네
> 공포로 가득한 세상에서 친구란 그런 거지
> 어머니도 원래 그런 거라 하셨네
> 친구야 아무렴 어떠니
> 진지한 일에나 마음을 쓰렴

에드가와 쿠르트, 게오르크는 어딜 가나 이 시를 읊었다. 주점에서, 덤불진 공원에서, 전차에서, 극장에서. 이발소에 가는 길에도.

에드가와 쿠르트, 게오르크는 자주 이발소에 함께 갔다. 이발소 문턱을 넘으면 이발사가 말했다, 차례대로, 빨강 머리 둘, 까만 머리 하나. 쿠르트와 게오르크는 늘 에드가보다 먼저 머리를 깎았다.

그 시는 여름별장에 있는 책에 실려 있었다. 나도 그 시를 외울 수 있었다. 그러나 네모 안에서 여자애들과 있어야 할 때 나를 지탱하기 위해 머릿속으로만 외울 뿐이었다. 에드가와 쿠르트, 게오르크 앞에서는 입 밖으로 내뱉는 게 부끄러웠다.

덤불진 공원에서 한 번 해본 적이 있지만 두 줄 읊고 그만이었다. 에드가가 혀 꼬부라진 소리로 시를 마저 외웠다. 나는 젖은 땅에서 지렁이를 들어 올려 에드가의 셔츠 깃을 젖히고 차갑고 빨간 벌레를 셔츠 속으로 떨어뜨렸다.

도시에 빈 하늘이나 구름 한 점은 언제나 있었다. 그리고 아무 할 말도 없는 나의, 너의 혹은 그의 어머니로부터 온 편지도. 시는 웃음 속에 차가움을 감추고 있었다. 시는 에드가와 쿠르트, 게오르크의 목소리에 어울렸다. 차가움은 쉽게 읊어졌다. 그러나 그 웃음기 섞인 차가움을 간직하기란 어려웠다. 어쩌면 그래서 그렇게 자주 읊어져야 했나보다.

가짜 친절함에 속지 마, 에드가와 쿠르트, 게오르크가 내게 경고했다. 기숙사 방의 여자애들은 못하는 게 없어, 그들이 말했다. 남자애들처럼. 언제 오냐는 질문은 얼마나 오래 밖에 머물거냐는 말이야.

데리고 있는 개와 이름이 같은 경감 프옐레가 에드가와 쿠르트, 게오르크를 처음 심문하게 된 건 시 때문이었다.

경감 프뇔레는 종이에 쓴 시를 가지고 있었다. 그는 종이를 구겼고, 개 프뇔레가 짖었다. 쿠르트에게 입을 벌리라고 한 후 경감은 그의 입에 종이를 쑤셔 넣었다. 쿠르트는 시를 먹어야 했다. 먹다가 토할 뻔했다. 개 프뇔레가 그에게 두 번 달려들었다. 개는 쿠르트의 바지를 물어뜯고 다리를 할퀴었다. 한번 더 달려들었으면 개 프뇔레에게 물어뜯겼을 거라고 쿠르트가 말했다. 그러나 경감 프뇔레는 피곤한 듯 조용히 말했다, 프뇔레, 됐다. 경감 프뇔레는 신장의 통증을 호소하며 말했다, 나 만나서 운 좋은 줄 알아.

에드가는 한 시간 동안 부동자세로 구석에 서 있어야 했다. 개 프뇔레가 앞에 앉아 그를 쳐다보았다. 개의 혀가 밖으로 축 처져 있었다. 주둥이를 차버릴까 생각했어, 확 그 자리에 나자빠지게, 에드가가 말했다. 개가 내 생각을 읽더라. 에드가의 손가락이 움찔하기만 해도, 발을 움직이지 않으려고 입으로 깊은 숨을 쉬기만 해도 개 프뇔레는 으르렁거렸다. 조금이라도 꿈적거렸으면 당장 튀어올랐을 거야. 그러면 살아남지 못했을걸, 버틸 수 없었을 거야. 도축장이 됐겠지.

에드가가 풀려나기 전, 경감 프뇔레는 그의 신장 통증을 호소했다. 개 프뇔레는 에드가의 신발을 핥았다. 경감 프뇔레가 말했다, 나 만나서 운 좋은 줄 알아.

게오르크는 뒷짐 지고 엎드려 있어야 했다. 개 프엘레가 그의 관자놀이와 목덜미 냄새를 맡았다. 그리고 손을 핥았다. 얼마나 그러고 있었는지 몰랐다. 경감 프엘레의 테이블에 시클라멘 화분이 있었어, 게오르크가 말했다. 게오르크가 문으로 들어왔을 때 시클라멘 꽃 한 송이가 피어 있었다. 풀려났을 때는 두 송이가 피어 있었다. 경감 프엘레는 신장 통증을 호소하며 말했다, 나 만나서 운 좋은 줄 알아.

경감 프엘레는 에드가와 쿠르트, 게오르크에게 시가 도주를 부추긴다고 말했다. 그건 오래된 민요일 뿐입니다, 그들이 말했다. 너희 중 하나가 이 시를 쓴 편이 나았을 텐데, 경감 프엘레가 말했다. 그래도 물론 나빴겠지만 이건 더 나빠. 한때 이 노래들은 민요였지만, 그땐 시대가 달랐지. 이제 우리 민족은 다른 노래를 불러.

에드가와 쿠르트 그리고 나는 강가 나무들과 대화를 나누러 갔다. 에드가가 모습을 보이지 않는 남자에게 여름별장 열쇠를 돌려주었다. 우리는 책과 사진, 공책을 나눠 가졌다.

찬 공기 속으로 입김이 뿜어져나왔다. 우리의 얼굴 앞으로 도주하는 짐승 떼가 몰려갔다. 내가 게오르크에게 말했다, 봐, 너의 마음짐승이 이사 간다.

게오르크가 엄지손가락으로 내 턱 끝을 치켜들었다. 네 슈바벤 마음짐승, 그가 웃자 침이 내 얼굴에 튀었다. 나는 눈을 내리깔고 턱을 받친 게오르크의 손을 쳐다보았다. 마디가 희고 손가락은 추워서 새파랬다. 나는 뺨에 튄 침을 닦아냈다. 롤라는 마스카라 가루에 뱉은 침을 원숭이기름이라고 했다. 나는 질세라 이렇게 말했다, 너는 나무인간이야.

우리의 마음짐승은 생쥐처럼 도주했다. 털을 벗어놓고 무(無)로 사라졌다. 앞사람의 말을 받아 떠들어대면 마음짐승들은 더 오래 공기 중에 머물렀다.

날짜 쓰는 거 잊지 마, 편지 속에 머리카락 한 올 넣는 것도, 에드가가 말했다. 머리카락이 들어 있지 않으면 누군가 편지를 펼쳐봤다는 거야, 에드가가 말했다.

머리카락 한 올 한 올이 기차를 타고 온 나라로 간다, 나는 생각했다. 에드가의 까만 머리, 나의 갈색 머리, 쿠르트와 게오르크의 빨간 머리. 둘은 학생들 사이에서 적토마로 불렸다. 심문은 손톱가위, 수색은 신발, 미행은 감기 걸렸다로 써, 쿠르트가 말했다. 호칭 다음에는 언제나 느낌표를 쓰고, 생명에 위협을 받을 때는 쉼표 하나만 찍어.

강가의 나무들은 물속까지 가지를 뻗고 있었다. 고리버들과 섬버들이었다. 내가 아이였을 때, 식물의 이름은 내 행동의 이유를 알려주곤 했다. 이 나무들은 에드가와 쿠르트, 게오르크와 내가 왜 강가를 따라 거니는지 알려줄 수 없었다. 주변의 모든 것이 이별의 냄새를 풍겼지만, 우리 중 누구도 그 단어를 말하지 않았다.

아이는 죽음이 두려우면서도 초록 자두를 더 많이 먹는다. 왠지 이유도 모른 채. 아이는 정원에 서서 식물에서 이유를 찾는다. 식물도, 줄기와 이파리도 모른다, 아이가 어째서 손과 입으로 먹으며 목숨을 내놓는지. 식물의 이름만이 알고 있다. 잠개자리, 황새풀, 우유엉겅퀴, 미나리아재비, 양지꽃, 검은 눈의 수잔, 모예화, 갈매나무, 흰독말풀, 개정향풀.

내가 제일 늦게 학생기숙사의 네모를 나왔다. 강에서 돌아왔을 때 여자애들의 침대는 이미 휑했다. 트렁크들은 사라지고 벽장 안에는 내 옷만 걸려 있었다. 스피커는 조용했다. 나는 침구류에서 속을 빼냈다. 속 없는 베갯잇은 머리를 넣을 자루였다. 나는 그것을 갰다. 마스카라 가루 상자는 외투 주머니에 넣었다. 이불속을 뺀 홑청은 몸이 들어갈 자루였다. 나는 그것도 갰다.

이불을 걷어내자 시트 한가운데 돼지 귀가 놓여 있었다. 여자애들의 작별 인사였다. 시트를 털었지만 돼지 귀는 떨어지지 않았다. 단추처럼 한가운데에 꿰매어져 있었던 것이다. 파란 물렁뼈를 뚫고 지나간 바느질 땀과 까만 실이 보였다. 나는 그걸 혐오할 만한 상황이 아니었다. 돼지 귀보다 벽장이 더 무서웠다. 나는 옷을 한꺼번에 꺼내 트렁크에 던졌다. 아이섀도, 아이펜슬, 파우더와 립스틱이 트렁크에 들어 있었다.

나는 지나간 사 년이 무엇인지 알 수 없었다. 그 시간이 내 안에 혹은 옷에 걸려 있는지. 마지막 해는 벽장 안에 걸려 있었다. 나는 작년에 매일 아침 화장을 했다. 살고 싶은 마음이 적어질수록 더욱더 화장에 열을 올렸다.

나는 리넨 시트를 접었다, 돼지 귀를 그대로 둔 채.

복도 끝에 침구가 산처럼 쌓여 있었다. 그 앞에 하늘색 가운을 입은 여자가 서 있었다. 여자는 베갯잇 수를 셌다. 내가 그녀에게 침구를 건네주자 그녀는 세던 걸 멈췄다. 내 이름을 말하자 그녀는 연필로 끼적거렸다. 여자는 가운 안에서 명단을 꺼내 찾아 가위표를 쳤다. 네가 마지막에서 두번째야, 그녀가 말했다. 마지막이에요, 내가 말했다. 마지막에서 두번째는 죽었어요.

그날 롤라는 살갗처럼 얇은 팬티스타킹을 신고 기차에 오를 수 있었을 것이다. 그리고 다음 날, 눈 속에 양을 몰고 집으로 갈 누군가는 그의 여동생이 이 추위 속에 맨발로 기차에서 내릴 거라 믿었을 것이다.

트렁크를 들고 네모를 떠나기 전에 나는 또다시 빈 벽장 앞에 서 있었던 것 같다. 그 전에 창문을 다시 열었다. 하늘의 구름은 밭에 내려앉은 눈송이들 같았다. 겨울 해에는 이가 달려 있었다. 나는 유리창에 비친 내 모습을 보며 기다렸다. 저 위에는 이미 눈과 흙이 충분하므로, 부디 해가 그의 빛 안에서 이 도시를 털어내기를.

트렁크를 들고 거리를 걷는데, 벽장을 닫으러 다시 돌아가야 할 것만 같았다. 창문은 열려 있었다. 벽장은 아마도 닫혔을 것이다.

나는 역으로 가서 어머니의 편지를 날라오는 기차를 탔다. 네시간 후 집에 도착했다. 괘종시계도, 자명종도 멈춰있었다. 어머니는 외출복을 입고 있었다. 오랫동안 보지 못해 그렇게 보였는지도 몰랐다. 어머니는 살갗처럼 얇은 내 스타킹을 쓰다듬으려고 손가락을 뻗었다. 그러다 이내 그만두었다. 어머니가 말했다, 내 손은 거칠어서 말이다. 이제 넌 번역사로구나. 그녀의 손에는 아버지의 손목시계가 채워져 있었다. 시계는 멈춰 있었다.

아버지가 죽은 후로 어머니는 집 안의 모든 시계태엽을 무작정 감았다. 안의 태엽이 끊어졌어, 어머니가 말했다. 시계태엽을 감다보면, 이제 그만해야 한다는 느낌이 드는데도 그러지를 못하겠구나.

할아버지는 체스 말들을 체스판 위에 세웠다. 여왕은 머릿속에 있다고 생각해야지, 할아버지가 말했다. 새로 깎으시라고 말씀드렸잖아요, 어머니가 말했다. 나무도 충분히 있는걸요. 할아버지가 말했다, 싫다.

노래하는 할머니는 내 트렁크 주변을 맴돌았다. 누구 왔어, 할머니가 내 얼굴을 보며 물었다. 보시면서 뭘 물어요, 어머니가 말했다. 남편은 어디 갔니, 노래하는 할머니가 물었다. 없어요, 내가 말했다. 노래하는 할머니가 물었다, 네 남편은 모자가 있니.

에드가는 멀리 지저분한 산업도시로 떠났다. 도시의 모든 사람들이 양철양을 만들었고, 그것을 야금(冶金)이라고 불렀다.

늦여름에 나는 에드가를 찾아갔다. 굵직한 굴뚝과 붉고 짙은 연기, 슬로건을 보았다. 탁한 오디주를 파는 주점과 삭막한 주택가로 향하는 귀갓길의 비틀거림을 보았다. 늙은이들이 잔디 사이를 절뚝거리며 지나갔다. 너덜너덜한 옷을 걸친 코흘리개들이 길 가장자리에서 당아욱 씨를 먹었다. 아이들의 팔은 아직 뽕나무 가지에 닿지 않았다. 노인들은 당아욱 씨를 자비로운 신의 양식이라고 했다. 당아욱 씨를 먹으면 똑똑해진다고 생각했다. 끼니를 떼우지 못한 개와 고양이는 풍뎅이나 쥐가 나타나면 사람은 얼씬도 못하게 했다.

한여름에 해가 작열하면, 에드가가 말했다, 개와 고양이는 전부 뽕나무 밑으로 들어가 잠을 자. 햇볕이 털을 덥히면 배고픔을 다스릴 힘이 없어지거든. 마른풀 속의 돼지들은 발효된 오디를 먹고 비틀거려. 사람들처럼 취하는 거지.

겨울이 오면 집과 집 사이 골목에서 돼지를 잡아. 눈이 적게 오면 잔디는 겨우내 피 칠갑이 돼, 에드가가 말했다.

에드가와 나는 쇠락해가는 학교로 갔다. 햇볕이 내리쬐는 곳에 파리가 꾀어 있었다. 늦게 부화한 파리들은 작은 몸집이 무색할 만큼 극성스러웠다. 윤기 나는 초록색 몸통을 한 파리들은 머리에 앉을 때 웅웅 소리를 냈다. 몇 걸음으로 옮기는 동안 달라붙었다가 다시 웅웅거리며 공중으로 날아갔다.

여름에는 잠자는 동물에게 달라붙어, 에드가가 말했다, 털 밑에서 숨결을 따라 규칙적으로 오르내려.

에드가는 이 도시의 교사였다. 학생 사백 명 중 제일 어린 애들은 여섯 살, 제일 큰 애들은 열 살이야, 에드가가 말했다. 애들은 당의 노래를 부를 때 좋은 목소리가 나라고 오디를 먹고, 곱셈을 배울 때 잘 익히라고 만나를 먹어. 다리 근육을 키우려 축구를 하고, 손가락을 빨리 놀리기 위해 정서법(正書法)을 배우지. 안으로는 설사를 하고 밖으로는 붉은 자국과 이투성이야.

마을길을 가는 데는 마차가 버스보다 빨랐다. 마차 바퀴가 덜그럭거렸다. 말발굽이 둔중하게 울렸다. 이곳의 말들은 뾰족구두를 신지 않았다. 대신 초록색이나 빨간색 양모 술을 눈에 달았다. 똑같은 술이 채찍에도 달려 있었다. 말을 얼마나 세게 후려치나 몰라, 에드가가 말했다. 채찍에 달린 술로 말을 조련시켜. 그리고 나서 똑같은 술을 말 눈에 걸면, 말은 겁이 나서 달리지.

버스 안에 고개를 숙이고 앉아 있는 사람들을 보면 자나보다 생각해, 에드가가 말했다. 처음 얼마간은 어떻게 사람들이 내려야 할 곳에서 귀신같이 깨어나는지 궁금했어. 그들과 함께 버스를 타다보면 그들처럼 고개를 숙이게 돼. 버스 바닥이 뚫려 구멍으로 길이 보였다.

나는 에드가의 얼굴에 비친 도시를 보았다. 그의 눈 속에, 뺨 근처에, 그리고 입가에 비친. 에드가의 긴 머리에 가려진 얼굴은 빛을 꺼리는 쓸쓸한 광장 같았다. 그의 관자놀이에 핏줄이 보였다. 눈은 이유 없이 움찔했고, 눈꺼풀이 내려갈 때면 물고기 한마리가 달아나는 것 같았다. 조금만 쳐다봐도 그는 눈길을 피했다.

에드가는 체육 강사와 함께 살았다. 방 두 개와 주방, 욕실 하나가 있는 집이었다. 창문 앞에 뽕나무와 우엉 덤불이 높이 자라있었다. 욕조의 물 빠지는 구멍으로 매일 시궁쥐가 올라와, 체육강사는 쥐와 그렇게 지낸 지 몇 년째래, 에드가가 말했다. 쥐 먹으라고 욕조에 베이컨도 넣어놓는데. 쥐 이름은 에밀이야. 오디도 먹고 어린 우엉도 먹어.

나는 에드가의 얼굴에서 롤라의 지방을 보았다. 나는 에드가에게 별일 없다고 생각하고 싶었다. 두려움 때문에 그런 생각이들 뿐이라고. 에드가가 이곳에서 삼 년을 버티지 못할 것 같았다. 그러나 나라에서 이곳의 교사로 발령을 낸 이상 에드가는 삼년 동안 여기 머물러야 했다. 나는 그 지방에 대해 아무 말도 하지 않았다. 그러나 저녁 늦게 우리가 그의 방 창문 너머로 반달을 바라보고 있을 때 에드가가 말했다, 이곳에서 너희는 어디서든 롤라의 공책을 볼 수 있을 거야. 공책은 하늘만큼 크겠지.

에드가 방의 옷장은 비어 있었다. 그의 옷은 트렁크에 들어 있었다. 언제든 그곳을 떠날 것처럼. 이곳에 짐을 풀지 않을 거야,

에드가가 말했다. 트렁크 뚜껑에 머리카락 두 올이 엇갈려 놓여 있는 게 보였다. 체육 강사가 내 방을 엿봐, 에드가가 말했다.

허물어진 교사(校舍)로 가는 길에 나는 우엉 줄기를 꺾으려고 했다. 에드가 방의 화병이 비어 있었고, 우엉이 철 지난 꽃을 피우고 있었으므로. 가지를 부러뜨려 당겼는데 끊어지지 않았다. 나는 길 가장자리에 늘어진 부러진 줄기를 내버려두었다. 철사 같이 가느다란 심지들이 줄기에 걸려 있었다. 시든 우엉 꽃잎이 내 외투에 붙어 있었다.

남자애들은 우엉으로 견장을 만들어, 에드가가 말했다. 걔들은 경찰이나 군인이 되고 싶어해. 이 굴뚝들이 아이들을 공장으로 띄워 보내. 그중 가장 질긴 몇몇만 살려고 이를 악물고 버텨. 네 외투에 붙은 우엉처럼 그들은 기차에 올라타겠지. 그리고 감시원이 되어 시키는 대로 나라 안 어딘가 길가에 서게 될 거야.

게오르크는 모두가 나무수박을 만드는 어느 산업도시에 교사 발령을 받았다. 사람들은 나무수박을 목공예 산업이라고 불렀다.

에드가가 게오르크를 찾아갔다. 도시는 숲 속에 있었다. 기차도 버스도 다니지 않는 곳이었다. 손가락 몇 개가 모자라는 말수

적은 운전사들만 화물트럭을 끌고 그곳으로 가, 에드가가 말했다. 빈 트럭으로 와서 나무 그루터기를 신고 가는 거야.

노동자들은 장작을 훔쳐내 그걸로 널빤지를 만들어, 게오르크가 에드가에게 말했다. 훔치지 않는 사람은 공장에서 따돌림을 당해. 그래서 집 안에 마룻바닥을 다 깔고 나서도 계속 훔쳐가서 마루를 깔지. 벽은 물론 천장까지.

도시 한가운데서 제재소가 웡웡 소리를 냈다. 숲 속에서 도끼로 찍는 소리가 길 끝까지 들려왔다. 그리고 때때로 도시 뒤편 어디에선가 무거운 나무가 바닥에 쓰러지는 소리가 들렸다. 거리의 남자들은 모두 손가락이 모자라, 에드가가 말했다. 아이들도.

게오르크에게서 첫 편지를 받았을 때는 편지를 부친 날로부터 이 주가 흐른 뒤였다. 같은 날 부친 에드가의 편지는 그보다 사흘 전에 도착했다.

나는 게오르크의 편지를 사흘 전 에드가의 것처럼 천천히 뜯었다. 편지지의 접힌 모서리 안에 빨간 머리카락이 들어 있었다. 그보다 사흘 전에 온 에드가의 편지에는 까만 머리카락이 들어 있었다. 호칭 다음에 느낌표가 있었다. 나는 읽으며 침을 삼켰고, 어떤 문장도 감기에 들거나 그 안에 손톱가위나 신발이 들어오지 못하도록 입술을 동원해 막았다. 침을 삼켜도 소용이 없었다. 그런 문장은 편지마다 어김없이 들어 있었다. 에드가의 편지

116

를 읽을 때도 그랬다.

여기 사람들은 머리고 눈썹이고 톱밥투성이야, 게오르크가 썼다.

발로 풀을 밟듯 입속의 말들로 짓밟는 거라고 나는 생각했다. 나는 마지막으로 에드가와 쿠르트, 게오르크와 갔던 강가를 생각했다. 내 뺨에 묻었던 게오르크의 침, 턱을 받치고 있던 그의 손이 떠올랐다. 내가 게오르크에게 했던 말이 들렸다, 너는 나무 인간이야.

그건 내가 만든 문장이 아니었다. 나무와는 아무 상관이 없는 말이기도 했다. 당시에는 그랬다. 나는 사람들이 누군가로부터 부당한 취급을 당할 때 그렇게 말하는 걸 자주 들었다. 그러나 그들 역시 스스로 그 문장을 만든 건 아니었다. 누군가가 부당하게 대하면 사람들은 저도 모르게 그 말을 떠올렸다. 누군가로부터 험하게 다뤄진 또다른 누군가의 입에서 그 소리가 나오는 걸 자주 들었기 때문이다. 그 문장이 행여 나무와 무슨 연관이라도 있었다면 누구 입에서 나온 말인지가 중요했을 것이다. 그러나 그 문장은 불끈하는 마음하고만 상관이 있었다. 불끈하는 마음이 지나가면 문장도 지나갔다.

그러나 몇 달이 지나도 문장은 지나가지 않았다. 나는 마치 게오르크에게 이렇게 말한 것만 같았다, 너는 나무로 변할 거야.

내 머리카락은 눈에 띄지 않아. 톱밥을 뒤집어쓰지 않아도 붉으니까, 게오르크의 편지에 쓰여 있었다. 나는 정처 없이 시내를 쏘다녀. 내 앞에는 늘 누군가가 목적지 없이 걷고 있어. 오래 걷다보면 보폭이 같아져. 서로 방해하지 않으려고 크게 네 걸음 정도로 간격을 유지해. 그들은 앞서 걸으며 나와 너무 가까워지지 않도록 주의하지. 나는 뒤에서 그들의 등에 너무 다가가지 않도록 주의하고.

하지만 벌써 두 번이나 예외적인 상황이 발생했어. 앞서 걷던 남자가 갑자기 두 손을 바지 주머니에 찔러 넣더니 멈춰 서서 주머니를 뒤집어 톱밥을 털어냈어. 그가 주머니를 톡톡 터는 동안 나는 그를 앞질러 갔지. 잠시 후 다시 네 걸음 떨어진 곳에서 발소리가 들려왔어. 그리고 갑자기 그가 내 목덜미를 스쳐 앞질러 갔어. 주머니 속의 톱밥을 털어내자 목적지가 생긴 거야.

노인들은 어린 가지를 잘라내 토막 내서 홈과 구멍을 파. 앞면의 끝부분을 납작하게 잘라 취구(吹口)를 만들지. 나뭇가지는 그들 손에 닿는 족족 피리가 돼, 라고 게오르크는 썼다.

아이 손가락 길이만큼도 안 되는 피리가 있어, 에드가가 말했다. 다 큰 어른만 한 피리도 있고.

노인들은 숲에 대고 피리를 불어 새들을 미치게 했다. 새들은 나무와 둥지 사이에서 길을 잃었다. 숲 밖으로 날아가면 웅덩이의 물을 구름으로 착각했다. 그리고 머리를 처박고 죽었다.

오직 한 새만이 제 삶을 살아, 라고 게오르크는 썼다. 붉은등
때까치야. 그 새의 울음소리는 수많은 피리 소리 속에서도 구별
이 돼. 그 울음소리가 노인들을 미치게 하지. 노인들은 서양보리
수나무의 가지를 잘라내다 가시에 찔려 피를 흘려. 노인들은 손
가락처럼 작은 것부터 어린애 키만 한 것까지 피리를 만들지만
붉은등때까치는 미치지 않아.

에드가가 붉은등때까치는 배를 채우고도 사냥을 계속한다고
말했다. 노인들이 서양보리수나무 근처를 살금살금 다니며 피리
를 불면 새들은 노인들의 머리 위를 지나 덤불로 날아가 앉아.
새는 태연해. 새는 다음 날의 배고픔에 대비해 노획물을 가시에
살그머니 꽂아둬.

그런 사람이 되어야겠지, 라고 게오르크는 썼다. 나는 그런 사
람이야, 한 주에 신발 두 켤레를 샀어.

사흘 전 에드가의 편지에는 이런 말이 쓰여 있었다, 이번 주에
벌써 두 번이나 신발을 잃어버렸어.

나는 신발 가게를 지날 때면 수색을 생각했다. 그리고 걸음을
재촉했다. 여재단사가 말했다, 애들 신발이 너무 비싸. 그녀가
신발을 그저 신발이라고 해서 나는 웃을 수밖에 없었다. 그녀가
말했다, 너는 아이가 없어서 그래. 좀 다른 생각을 했어요, 내가

말했다.

쿠르트는 매주 시내로 왔다. 그는 도축장에서 기술자로 일했
다. 일터는 시내에서 멀지 않은 어느 마을 외곽에 있었다. 시골
이라 생각하고 마음 접고 살기에는 도시가 너무 가까워, 쿠르트
가 말했다. 오후에 일을 마치고 나면 도시에서 마을로 가는 버스
가 있었다. 다 이유가 있지, 매일 시내로 나갈 수 있는 사람들이
도축장에서 일하는 걸 원치 않는 거야. 그들은 시골을 잘 떠나지
않는 시골 사람들을 원해. 새로운 사람이 그곳에 나타나면 재빨
리 공범자가 되지. 불과 며칠이면 그들도 다른 사람들처럼 침묵
하고 아직 식지 않은 피를 마셔.

쿠르트는 열두 명의 노동자를 감독했다. 그들은 도축장 부지
에 보일러관을 설치했다. 쿠르트는 삼 주째 감기에 걸려 있었다.
나는 매주 말했다, 누워서 쉬어야 해. 노동자들도 나처럼 콧물을
흘리지만 눕지 않아, 그가 말했다. 내가 빠지면 일 안 하고 물건
을 다 빼돌릴 거야.

편지에 쓰기로 한 말이었으므로 우리는 감기 걸렸다는 표현
을 쓰지 않았다. 내가 차 한 잔을 마시는 동안 쿠르트는 세 잔을
삼십 분도 못 돼 다 마셨다. 나는 빈 찻잔을 들여다보며 생각했

다, 그는 나보다 두 잔을 더 마시며 후루룩거린다. 게오르크 학교의 아이들은 부모의 공장이나 널빤지에 대해서도, 조부모가 만드는 피리에 대해서도 관심이 없어, 쿠르트가 말했다. 아이들은 널빤지로 총과 무기를 만들어. 그들은 경찰이나 군인이 되고 싶어하지.

아침에 도축장으로 출근할 때 동네 아이들이 학교에 가, 쿠르트가 말했다. 아이들은 공책도 책도 없어. 분필 한 조각뿐이야. 그걸로 벽과 울타리에 한가득 심장을 그려. 심장에 삼켜진 심장천지이지. 소, 돼지의 심장이 아니면 뭐겠어. 이 아이들은 이미 공범이야. 아이들은 저녁에 입을 맞출 때 아버지가 도축장에서 마신 피 냄새를 맡으면서도 그리로 가려고 해.

나는 에드가에게 썼다, 일주일째 감기에 걸려 있고 손톱가위가 보이지 않아.

게오르크에게는 이렇게 썼다, 일주일째 감기에 걸려 있고 손톱가위가 말을 듣질 않아.

어쩌면 나는 감기에 걸렸다와 손톱가위를 한 문장에 넣지 말아야 했는지도 모른다. 감기에 걸렸다와 손톱가위를 편지 안에서 멀찌감치 떨어뜨려놔야 했는지도 모른다. 먼저 손톱가위를 쓰고 나서 감기에 걸렸다는 말을 써야 했는지도 모른다. 그러나 감기에 걸렸다와 손톱가위는 내 머리보다 큰 심장박동 소리일 뿐이었다. 문장을 고르기 위해 오후 내내 감기에 걸렸다와 손톱가위가 담긴 문장을 혼잣말로 중얼거리고 나서는.

감기에 걸렸다와 손톱가위는 그것들이 지닌 원래 의미와 우리끼리 약속한 의미로부터 나를 내동댕이쳤다. 나는 그 안에서 아무것도 찾지 못했고, 좋았는지 나빴는지 판단할 수 없는 한 문장 안에 그 단어들이 들어가게 했다. 두 통의 편지에서 다른 모든 문장엔 사선을 그어도 좋았을 것이다. 하지만 문장 안에서 감기에 걸렸다 혹은 손톱가위 중 한 곳에 사선을 긋고 몇 문장 뒤에 다시 끼워 넣었다면 결과는 더 나빴을 것이다. 감기에 걸렸다와 손톱가위에만 사선을 그었다면 도리어 힌트가 되었을 것이고, 나쁜 문장을 쓰는 것보다 더 어리석은 짓이 되었을 것이다.

나는 머리카락 두 올을 편지 안에 넣어두어야 했다. 거울 앞에서 내 머리카락은 나에게서 멀리 떨어져 있으면서 닿을 듯 가까웠다. 사냥꾼의 망원경에 비친 짐승의 털처럼.

나는 머리카락 두 올을 뽑아야 했다. 사라지지 않을 두 올의 편지 머리카락을 찾아야 했다. 그런 머리카락은 어디서 자라나. 이마 위, 왼쪽 아니면 오른쪽 관자놀이 근처, 혹은 정수리.

나는 머리를 빗었다. 빗에 머리카락이 끼었다. 나는 한 올은 에드가에게 보낼 편지에, 한 올은 게오르크의 편지에 넣었다. 빗의 선택이 틀렸다면, 그것은 편지 머리카락이 아니었다.

우체국에서 나는 우표에 침을 묻혔다. 매일 나를 쫓아다니는 남자가 입구에서 전화를 했다. 남자는 흰 아마포 가방을 들고 개 줄을 잡고 있었다. 가방은 반쯤 찼는데도 가벼워 보였다. 그는 내가 어디로 갈지 몰라 가방을 메고 다녔다.

나는 상점으로 갔다. 그는 나보다 조금 늦게 줄을 섰다. 개를 묶어두어야 했다. 그와 나 사이에 여자 넷이 섰다. 상점 밖으로 나오자 그가 개를 데리고 내 뒤를 쫓았다. 그의 손에 들린 아마포 가방이 더 불룩해져 있진 않았다.

전화를 하며 그는 개 줄과 수화기를 한 손에 쥐고, 아마포 가방은 다른 손에 들고 있었다. 그는 말하면서 우표에 침을 묻히는 나를 쳐다보았다. 나는 모서리까지 꼼꼼히 적시지 못한 우표를 대충 붙였다. 그리고 편지를 그가 보는 앞에서 우편함에 던져 넣었다. 그곳이 그의 손으로부터 안전하기라도 하다는 듯.

그 남자는 경감 프옐레가 아니었다. 개는 어쩌면 프옐레였다. 그러나 셰퍼드를 기르는 사람은 경감 프옐레뿐이 아니었다.

나는 경감 프옐레에게 개 프옐레 없이 심문을 당했다. 어쩌면 개 프옐레는 먹이를 먹는 중이거나 잠을 자는 중이었는지도 모르겠다. 어쩌면 그 뒤숭숭한 건물의 어느 방에서 훈련을 받으며 뭔가 새로운 것을 배우거나, 경감 프옐레가 나를 심문하는 동안 배운 것을 연습하는 중이었는지도 모른다. 어쩌면 개 프옐레는 아마포 가방을 든 남자와 거리에서 다른 누군가를 쫓고 있었을 지도 모른다. 아마포 가방을 들지 않은 다른 남자와 갔을지도 모른다. 어쩌면 개 프옐레는 경감 프옐레가 나를 심문하는 동안 쿠르트의 뒤를 쫓고 있었지도 모른다. 남자가 몇 명이고, 개는 몇 마리였나. 개의 털처럼 많았다.

테이블 위에 종이가 한 장 놓여 있었다. 경감 프옐레가 말했다, 읽어봐. 종이에 시가 적혀 있었다. 우리 둘이 함께 즐길 수 있도록 크게 읽어봐, 경감 프옐레가 말했다. 나는 큰 소리로 읽었다.

> 구름 한 점마다 친구가 들어 있네
> 공포로 가득한 세상에서 친구란 그런 거지

어머니도 원래 그런 거라 하셨네
친구야 아무렴 어떠니
진지한 일에나 마음을 쓰렴

경감 프엘레가 물었다. 누가 썼나. 내가 말했다. 아무도요, 민
요예요. 그렇다면 민중의 것이로군, 경감 프엘레가 말했다. 그건
민중이 계속 지어내도 된다는 말이지. 네, 내가 대답했다. 그럼
어디 지어봐, 경감 프엘레가 말했다. 전 시 쓸 줄 몰라요, 내가 말
했다. 그래, 난 쓸 줄 아는데, 경감 프엘레가 말했다. 내가 지을
테니 네가 받아 써, 내가 짓는 대로. 우리 둘 다 즐길 수 있도록.

구름 한 점마다 세 남자친구가 들어 있네
구름이 가득한 세상에서 창녀란 그런 거지
어머니도 원래 그런 거라 하셨네
남자친구가 셋이면 어떠니
진지한 일에나 마음을 쓰렴

나는 경감 프엘레가 지은 시를 노래로 불러야 했다. 나는 노래
를 불렀다. 내 목소리가 들리지 않았다. 나는 두려움에서 벗어나
보장된 두려움 안으로 굴러떨어졌다. 그 두려움은 물의 노래처

럼 노래할 수 있었다. 어쩌면 그것은 노래하는 할머니의 광기에서 흘러나온 멜로디였을지 모른다. 어쩌면 나는 이성을 잃은 할머니의 노래를 알고 있었는지 모른다. 할머니의 머릿속에서 일궈지지 못하고 버려졌던 그 노래는 내 입을 통해 흘러나와야 했는지도 모른다.

할아버지의 이발사는 할아버지만큼 나이가 많았다. 그의 안나는 내 어머니만큼 어렸지만, 그는 이미 고릿적부터 홀아비였다. 그는 안나의 죽음을 오래도록 받아들이지 못했다.

안나가 아직 살아 있을 때 어머니가 말했다. 그 여자는 입이 방정이야. 할아버지가 땅을 몰수당했을 때 노래하는 할머니에게 안나가 말했다. 뿌린 만큼 거두는 거죠.

마을 운동장에 갈고리 십자 깃발이 나부꼈을 때 노래하는 할머니는 안나의 약혼자를 당 지역간부에게 고발했다. 할머니가 말했다. 안나의 약혼자는 비상소집에 오지 않았어요. 지도자를 반대하거든요.

이틀 뒤 시내에서 차가 왔고 안나의 약혼자를 데려갔다. 그 후 그는 사라졌다.

전쟁이 끝나고 한참 뒤에 어머니는 이발사가 젊은 안나를 꿰

찼다고 말했다. 이발사는 할머니 덕분에 아름다운 부인을 얻었다며 고마워했다. 그는 할아버지의 머리를 깎으러 오거나 체스를 두러 오면 말했다. 그림처럼 예쁜 여자는 늙지 않아요. 추해지기 전에 죽죠.

뭐가 고맙다는 건지, 어머니가 말했다. 할머니는 안나에게 나쁜 짓도, 이발사에게 좋은 일도 하고 싶지 않았다. 할머니는 당신 아들이 오래전에 전쟁터로 나갔고, 안나의 약혼자가 징집 대상에서 빠지려고 했기 때문에 신고했을 뿐이다.

경감 프엘레는 종이를 들고 말했다. 잘 지었네. 친구들이 기뻐하겠군. 당신이 했잖아요, 내가 말했다. 거, 무슨, 경감 프엘레가 말했다. 네 필체잖아.

풀려날 때 경감 프엘레는 신장 통증을 호소하며 말했다, 나 만나서 운 좋은 줄 알아.

다음 심문 때 경감 프엘레는 말했다, 오늘은 종이 없이 부르자고. 예정된 두려움은 그 곡의 멜로디를 다시 떠올리게 했다. 결코 그것을 잊을 수 없었다.

경감 프엘레가 물었다, 여자 하나와 남자 셋이 침대에서 뭘 하나. 나는 침묵했다. 개가 발정 났을 때처럼 요란하겠지, 경감 프엘레가 말했다. 결혼을 원하는 건 아니구먼, 그건 둘이서만 할 수 있으니까, 떼거리가 아니라. 아이 아버지로 누굴 고를 건데.

얘기한다고 아이가 생기지는 않아요, 내가 말했다. 이봐, 경감 프엘레가 말했다. 옥동자 하나 생기는 거 금방이야.

풀려나기 전에 경감 프엘레가 말했다, 너희는 악의 종자들이야. 너를 물속에 처넣을 거야.

악의 종자들, 나는 생각했다. 아버지는 곡괭이 끝에 엉겅퀴가 걸리면 그렇게 중얼거렸다. 나는 호칭 뒤에 쉼표가 찍힌 두 통의 편지를 썼다.

보고 싶은 에드가,

보고 싶은 게오르크,

경감 프엘레가 편지를 읽고 나서 다시 봉해 그들에게 부칠 때까지 쉼표는 침묵해야 했다. 그러나 에드가와 게오르크가 편지를 열면 쉼표는 비명을 질러야 했다.

침묵하고 비명을 지르기는 쉼표, 그런 것은 없었다. 호칭 뒤의 쉼표는 지나치게 두꺼워졌다.

나는 책과 편지를 담은 노끈으로 묶인 상자를 더이상 사무실의 서류 뒤에 둘 수 없었다. 나는 상자를 들고 여재단사에게 갔다. 공장 안에 안전한 장소를 찾을 때까지 상자를 잊기 위해서였다.

여재단사는 다림질을 했다. 줄자는 돌돌 말려 테이블 위에 놓여 있었다. 방 안에 시계 소리가 똑딱똑딱 울렸다. 침대에 커다란 꽃무늬 원피스가 펼쳐져 있었다. 여재단사가 말했다, 테레자야. 공장에서 봤어요, 내가 말했다. 팔에 꽤 오래 깁스를 하고 다니던데요. 내가 보았을 때 테레자는 이미 나를 보며 웃고 있었다. 오른팔은 햇빛에 그을어 갈색이데, 왼팔은 새하얘, 테레자가 말했다. 긴팔 입으면 하얀 팔이 가려져. 방 안에 시계 소리가 똑딱똑딱 울렸다. 테레자가 옷을 벗고 그은 팔을 꽃무늬 원피스에 집어넣었다. 옷이 잘 안 입혀지자 욕을 했다. 여재단사가 말했다, 욕한다고 목구멍이 소매가 되나.

테레자가 옷을 입고 말했다, 일 년 전에는 귀에 들리는 욕이란 욕은 다 상상해봤어. 사무실 동료들은 누가 욕을 하면 눈을 감는 나를 봤지. 그들이 말했어, 욕의 내용을 더 잘 상상하려고 그러는군. 나는 보지 않기 위해 눈을 감았어. 아침에 일을 나가면 책상 위에 종이가 놓여 있었어. 그 위에 욕들이 그려져 있었어. 씹과 좆의 승천. 누군가 욕을 하면 나는 종이 위의 승천을 생각하며 웃어야 했지. 그들이 나는 웃을 때도 눈을 감는다고 하대. 그러고는 나도 욕을 하기 시작했어. 처음엔 공장에서만 했지.

방 안에 시계 소리가 울렸다. 이 옷 안 벗을래, 테레자가 말했다. 따뜻해. 여재단사가 말했다, 욕하느라 그렇지. 옷감이 두꺼워서야, 테레자가 말했다. 꽃무늬 원단은 다 여름 옷감이야, 여재단사가 말했다. 나라면 겨울에 그런 옷 안 입어. 이제 난 욕을 달고 살아, 테레자가 말했다. 그녀는 옷을 벗었다.

거울 안에서도 시계가 똑딱거렸다. 테레자는 목이 길고, 눈이 작았다. 어깨뼈는 지나치게 튀어나오고, 손가락은 너무 굵고, 엉덩이는 너무 납작하고, 다리는 심하게 휘었다. 테레자에게 눈길을 보내면 시계의 똑딱 소리가 흉하게 시선을 돌려보냈다. 아버지의 실내화에 달린 양모 술에 손을 대지 못하게 된 이후로 어떤 시계도 그렇게 크게 똑딱거린 적이 없었다.

너라면 겨울에 이 옷 입고 다닐래, 이 옷에는 허리띠가 없어, 테레자가 물었다. 예, 내가 말했다. 그때 시계의 똑딱 소리가 테레자를 조각냈고, 내 눈에 그녀의 추함이 보였다. 거울 밖에서 테레자의 그 흔하디흔한 못생긴 얼굴은 특별한 것이 되었다. 첫눈에 아름다운 여자들보다 더 아름다운 추함이었다.

할머니는 잘 지내시고, 여재단사가 물었다.

노래하시죠, 내가 말했다.

어머니가 거울 앞에 서서 머리를 빗는다. 노래하는 할머니가 어머니 옆에 선다. 그리고 한 손으로 어머니의 묶은 머리를, 다른 손으로 당신의 희끗한 머리를 잡는다. 할머니가 말한다, 애 둘을 낳았는데 둘 다 내 애가 아냐. 너희 둘 다 나를 속였구나. 나는 둘 다 금발인 줄 알았는데. 할머니가 어머니에게서 빗을 빼앗아 들고 문을 닫고 정원으로 갔다.

테레자가 화장대에서 카드를 들었을 때 나는 왜 방 안의 시계가 그렇게 크게 똑딱거렸는지 알았다. 각기 달랐지만 방 안에 있는 사람들 모두 뭔가를 기다렸다. 여재단사와 테레자는 카드 패를 읽기 전에 내가 가주기를 원했다. 나는 가기 전에 그들이 카드 패를 열기를 바랐다. 여재단사가 테레자에게 카드 패를 읽어주기 시작하고서야 나는 주의를 끌지 않고 여름별장에서 가져온 상자를 잊을 수 있었다.

여재단사는 재단 솜씨보다 카드점으로 훨씬 유명했다. 대부분의 고객은 그녀에게 온 이유를 털어놓지 않았다. 그러나 여재단사는 도주를 위해 그들에게 행운이 필요하다는 걸 알아보았다.

딱한 사람도 많아, 여재단사가 말했다. 돈을 많이 낸들 나라고 운명을 바꿔줄 수 있겠어. 여재단사가 물잔을 들고 한 모금 마셨다. 누가 카드를 믿는지 아닌지 느낄 수 있어, 그렇게 말하며 그녀는 잔을 테이블 위에 내려놓았다. 너는 카드를 믿지, 하지만 내 점이 맞을까봐 두려워해. 여재단사가 내 귀를 빤히 바라보았다. 얼굴이 화끈거렸다. 넌 네 패를 모르지만, 그래도 패가 나오는 대로 사는 수밖에 없어, 그녀가 말했다. 난 불행을 미리 보니까, 가끔 불행을 있는 그대로 삼키지 않아도 되지만.

여재단사가 잔을 들었다. 물잔 자국이 잔이 놓였던 자리가 아닌 내 손 앞에 있었다. 나는 오싹했다. 나는 침묵했고, 여재단사는 물을 한 모금 마셨다.

강과 강가의 돌. 산책길이 끝나는 하류. 무사히 시내로 가려면 거기서 방향을 돌려야 했다. 보통 그곳에서 모두 돌아섰다. 구두 밑창에 뾰족한 돌부리가 닿는 걸 원하지 않았기에.

이따금 누군가는 돌아서지 않았다. 물에 뛰어들기 위해서였다. 사람들은 강 때문이 아니라고 했다. 강은 누구에게나 한결같다고. 이유는 돌아서지 않으려 한, 그 스스로에게 있다고.

나는 돌아서고 싶지 않았기에 뾰족한 돌부리들 가운데로 들어갔다. 게오르크가 편지에 썼던 것처럼 빈 주머니로 돌아오지 않았다. 나는 내 주머니에 큼지막한 돌 두 개를 집어넣었다. 내 목표는 반대였다.

하루 앞서 나는 낯선 주택가로 갔었다. 육 층 복도의 창문으로 길을 내다보기 위해서였다. 건물에는 아무도 없었고 충분히 높았다. 뛰어내릴 수 있었을 텐데. 그러나 머리 위 하늘이 너무 가까웠다. 나중에 강가에서 물이 너무 가까웠듯. 나는 피리 소리에 미친 노인들의 새들처럼 되었다. 죽음의 피리 소리가 들렸다. 뛰어내리지 못해 다음 날 나는 강가로 돌아갔다. 그리고 그 다음 날도.

내가 강가에 갔던 나날이 연이어 있었듯 강가의 돌멩이 세 개도 층층이 포개져 있었다. 나는 매번 다른 돌 한 쌍을 집었다. 나는 오래 고르지 않았다. 무게로 보면 충분히 나와 함께 가라앉을 돌들이었다.

그러나 틀린 돌들이었다. 돌들은 외투 주머니에서 나와 다시 바닥으로 돌아갔다. 그리고 나는 다시 도시로 돌아갔다.

여름별장에 이런 제목의 책이 있었다. 자살하다. 그 책에는 사람의 뇌가 감당할 수 있는 죽음의 방식은 한 가지뿐이라고 적혀 있었다. 그러나 나는 창문과 강 사이에서 차갑게 맴돌았다. 죽음은 멀리서 피리를 불고 나는 매번 다른 시도를 해야 했다. 거의 나를 지배할 수 있었다. 다만 아주 작은 어떤 부분이 나와 함께 움직여주지 않았다. 어쩌면 그것은 마음짐승이었는지 모른다.

그건 확실한 움직임이었어, 롤라가 죽은 뒤 에드가가 말했다. 롤라에 비해 나는 우스웠다. 나는 다시 강으로 갔다. 강가에 나란히 놓인 돌을 다른 돌 사이에 섞어놓기 위해서였다. 허리띠로 자루를 어떻게 묶어야 하는지 롤라는 바로 알았다. 그녀가 죽음의 자루를 강으로 가려 했다면 롤라는 서로 짝을 이루는 돌을 대번 골랐을 것이다. 그런 건 어느 책에도 쓰여 있지 않아, 나는 그때 책을 읽으며 생각했다. 죽을 때가 온다면 스스로 알 거야.

읽을 때 문장들은 너무나 가깝게 느껴졌다. 결심만 한다면 문장들이 모든 것을 해결해줄 것만 같았다. 그러나 막상 내 피부에 걸치자 그것들은 갈가리 찢어지며 나를 풀어놓았다. 강가에 짝지어 놓은 돌을 떼어놓으며 나는 큰 소리로 웃었다. 나는 죽음과 뭔가 잘못된 것을 시작했다.

나는 그렇게 어리석었고 웃음으로 울음을 쫓아냈다. 강은 내

자루가 아냐, 그렇게 고집스레 생각했다. 너를 물속에 처박을 거야. 경감 프옐레는 그럴 수 없다.

에드가와 게오르크는 긴 여름방학이 되어서야 왔다. 그들도, 쿠르트도, 내게 죽음이 휘파람을 불었음을 알지 못했다.

쿠르트는 매주 도축장 이야기를 했다. 일꾼들은 도축할 때 아직 식지 않은 피를 마셨다. 그들은 내장과 골을 훔쳤다. 해질 무렵이면 소나 돼지의 넓적다리를 철조망 너머로 던졌다. 그들의 형제나 처남, 매부가 차에서 기다리다 그것들을 실었다. 그들은 쇠꼬리를 갈고리에 끼워 말렸다. 어떤 것은 빳빳하게 마르고 어떤 것은 다 말린 후에도 잘 휘어졌다.

그들의 아내와 아이들은 공범이야, 쿠르트가 말했다. 여자들은 빳빳한 쇠꼬리를 병 씻는 솔로 쓰고, 아이들은 구부러진 것들을 가지고 놀아.

내가 경감 프옐레 앞에서 노래를 불러야 했다는 사실에도 쿠르트는 충격받지 않았다. 나는 아름다운 시를 거의 잊었어, 그가 말했다. 마치 롤라의 혓바닥이나 콩팥이 든 냉장고가 된 기분이야. 하긴, 내가 있는 그곳에선 누구나 롤라의 냉장고야. 거긴 식당이 마을만 해.

나는 악의 종자와 개들의 교미를 경감 프옐레의 목소리로 말하려고 애썼다. 쿠르트가 나보다 경감 프옐레의 목소리를 더 잘흉내 냈다. 그는 웃기 시작했다 가래 낀 목에서 그르렁 소리가나도록 크게 웃었다. 쿠르트가 갑자기 침을 삼키며 물었다, 개는어디 갔었어, 개 프옐레는 왜 없었던 건데.

강가의 자루는 내 것이 아니었다. 그건 우리 중 누구의 것도아니었다.

창문의 자루는 내 것이 아니었다. 그건 훗날 게오르크의 것이되었다.

노끈의 자루는 내 것이 아니었고 훗날 쿠르트의 것이 되었다.

그 당시에 에드가, 쿠르트, 게오르크와 나는 아직 몰랐다. 그당시에는 아무도 몰랐어, 이렇게 말할 수 있다면 좋으련만. 그러나 경감 프옐레는 아무도에 속하지 않는 사람이었다. 어쩌면 경감 프옐레는 그 당시에 이미 두 개의 자루를 생각해두었는지도몰랐다. 처음에는 게오르크를 위한 자루. 그다음에는 쿠르트를위한 자루를.

어쩌면 그 당시에 경감 프옐레는 첫번째 자루는 물론이고 두번째 자루는 더더욱 생각지 못했는지 모른다. 하지만 둘 다를 미리 생각하고 몇 년이라는 시간 간격을 두었을 수도 있었다.

우리는 경감 프엘레의 생각을 머릿속에 그릴 수가 없었다. 생각할수록 더 이해하기 힘들었다.

우리가 감기에 걸렸다와 손톱가위를 편지의 문장 속에 나눠넣는 걸 배워야 했듯, 어쩌면 경감 프엘레는 게오르크와 쿠르트의 죽음을 세월 속에 나눠 넣는 걸 배워야 했을 것이다.

나는 경감 프엘레에 대해 뭐라고 해야 할지, 뭐라고 해야 맞을지 전혀 알 수 없었다. 나에 대해 뭐라고 해야 할지는 순차적으로, 어떤 것은 친구들이 죽을 때마다 차례로 알게 되었다. 하지만 그것은 늘 여전히 맞지 않았다.

겨울과 봄 사이, 도시 뒤편 강의 물풀 사이에 걸려 있던 시체 다섯 구에 대한 얘기가 돌았다. 모두가 독재자의 병에 대해 그랬던 것처럼 그 일에 대해 쑤군댔다. 쿠르트도 고개를 외로 돌리며 소름 끼쳐했다.

도축장 옆 덤불 사이에서 쿠르트는 한 사내를 보았다. 직원들은 쉬는 시간이라 몸을 덥히기 위해 공장의 커다란 휴게실로 몰려갔다. 쿠르트는 함께 가지 않았다. 피를 마시는 걸 보고 싶지 않아서였다. 그는 공장 부지를 어슬렁거리며 멍하니 하늘을 보았다. 돌아오는 길에 웬 목소리가 들렸다. 옷을 달라는 소리였다. 목소리가 잠잠해지고 쿠르트는 수풀 속에서 삭발한 남자를 보았다. 남자는 달랑 내복 바람이었다.

휴식 시간이 끝나고 직원들이 도랑으로 꾸역꾸역 몰려오자 쿠르트는 다시 수풀 사이로 갔다. 그는 오줌을 누고 바지와 재킷 한 벌을 놓아두었다. 삭발한 남자는 가고 없었다.

저녁에 쿠르트는 다시 덤불을 지나갔다. 옷은 보이지 않았다. 경찰과 군인이 주변을 수색했다. 이튿날 아침에는 마을도 뒤졌다. 도축장 직원들이 도축장 뒤 무밭에서 죄수 모자가 발견되었다고 말했다.

아마도 남자는 바로 그날 저녁 강바닥으로 가라앉았을 거야, 쿠르트가 말했다. 그들이 발견한 사람이 '그'가 아니었으면 좋겠어. 내 옷을 입고 있을 텐데.

입맛이 썼다. 강에서 발견된 시체 세 구를 위해 나는 돌 고르기 연습을 했다. 어쩌면 그 남자를 위해서도. 그 사람이 아닐 수도 있어, 내가 말했다.

나는 공장에서 수압기 사용설명서를 번역했다. 나에게 기계란 두꺼운 사전이었다. 나는 책상 앞에 앉았다. 나는 기계제조실에 자주 가지 않았다. 기계의 강철과 사전은 서로 상관이 없었다. 기계 도면들은 나에게 양철양과 교대근무를 이어주는 끈처럼 여겨졌다. 주간근무자, 야간근무자, 공장, 숙련공, 보조근무자. 그들은 손으로 만든 것에 머릿속으로 이름붙일 필요가 없었다. 도주하거나 쓰러져 죽지 않으면 그들은 그렇게 늙어갔다.

사전 표지에 이 공장의 모든 기계가 갇혀 있었다. 나는 모든 바퀴와 나사로부터 소외되었다.

자명종은 자정이 조금 지나 멈췄다. 어머니는 정오쯤에 일어날 것이다. 어머니는 자명종의 태엽을 감는다. 시계는 소리를 내지 않는다. 어머니가 말한다, 자명종 없이는 아침이 오지 않아. 어머니는 자명종을 신문지로 둘둘 만다. 아이에게 시계를 들려 시계수리공 토니에게로 보낸다. 시계수리공이 묻는다, 식구들이 시계가 언제까지 필요하다던. 아이가 말한다, 자명종이 없으면 아침이 안 와요.

그러고 나서 다시 아침이다. 정오쯤 어머니가 일어나 아이에게 시계를 찾아오라고 한다. 시계수리공 토니는 시계 두 줌을 그릇에다 휙 던지며 말한다, 수명이 다했어.

집으로 돌아오는 길에 아이는 그릇에서 제일 작은 바퀴를 꺼

내 삼킨다. 제일 짧은 막대, 제일 얇은 나사. 두번째로 작은 톱니
바퀴……

꽃무늬 원피스를 입은 날부터 테레자는 매일 나를 보러 사무
실로 왔다.

그녀는 당에 가입하고 싶어하지 않았다. 저는 아직 자의식이
충분히 여물지 않았습니다, 그녀는 집회에서 말했다. 그 외에도
저는 욕을 너무 많이 합니다. 모두가 웃었어, 테레자가 말했다.
난 튕겨도 돼, 아버지가 이 공장의 주요인물이었으니까. 도시의
동상은 죄다 아버지가 주조한 거야. 이제는 늙으셨지.

나는 테레자의 얼굴에서 빈곤한 지방을 보았다. 광대뼈 근처,
혹은 눈 속이나 입가에서. 그녀는 말과 손짓이 척척 맞는 도시의
아이였다.

테레자는 마음 한구석의 텅 빈 곳을 외면했다. 아마 단 한 번,
내가 아무 이유 없이 그녀 맘에 들었던 그때를 제외하고는. 어
쩌면 내가 내 손짓 밖에 있었기 때문이었고, 많은 단어들 밖에
있었기 때문이었을 것이다. 에드가와 쿠르트, 게오르크와 편지
에 쓰기로 약속한 단어들을 외에도. 사전에서는 다른 단어들이,
직원들과 양철양이 약속한 단어들이 나를 기다렸다. 나는 그 단

140

어들을 에드가와 게오르크에게 썼다. 암나사, 백조의 목, 제비 꼬리.

테레자는 악의 없이 말했다. 그녀는 말이 많고 생각이 적었다. 그녀가 신발, 이라고 하면 그건 그저 신발이었다. 바람이 문만 쳐도 그녀는 누가 도주하다 죽었을 때만큼 떠들어댔다.

우리는 함께 밥을 먹었고 테레자는 내게 종이에 그려진 욕설의 승천을 보여주었다. 테레자는 실눈이 축축해지도록 웃었다. 그녀는 나를 웃음 속으로 끌어들이고 싶어 빤히 바라보았다. 나는 종이 위에서 도축한 가축의 내장을 보았다. 나는 음식을 계속먹을 수 없었다. 롤라에 대해 얘기해야만 했다.

테레자는 승천 종이를 갈기갈기 찢으며 말했다, 나도 대강당에 갔었어, 모두 가야 했지.

우리는 매일 함께 밥을 먹었다. 테레자는 매일 다른 옷을 입었다. 꽃무늬 원피스를 입은 건 단 하루뿐이었다. 그녀는 그리스, 프랑스에서 온 옷들을 가지고 있었다. 영국산 스웨터와 프랑스산 파우더, 립스틱, 마스카라도 있었고, 터키산 장신구, 독일에서 온 살갗처럼 얇은 스타킹도 있었다. 사무실 여자들은 테레자를 좋아하지 않았다. 그들이 테레자를 보며 무슨 생각을 하는지 알 수 있었다. 테레자가 입는 건 뭐든, 그것들 중에 하나만이라도 가질 수 있다면 도주하리라. 그들은 부러워했고 슬퍼했다. 그들은 꼬인 목으로 노래했다.

> 사랑하고 떠나는 자
> 신의 저주를 받아야 하리
> 풍뎅이의 걸음으로
> 바람의 웅웅 소리로
> 땅의 먼지로
> 신은 그를 저주해야 하리

혼자 나지막이 흥얼거리는 멜로디는 스스로와 도주를 위한 것이었다. 노래에서 저주받을 대상은 테레자였다.

공장 사람들은 노릇한 베이컨과 딱딱한 빵을 먹었다.

테레자는 내 책상 위에 두꺼운 손으로 슬라이스 생햄, 치즈, 채소 그리고 자른 빵을 포개어 올려놓았다. 너도 뭘 먹도록 내가 작은 병정을 만들게, 그녀가 말했다. 그녀는 층층이 쌓인 탑을 엄지손가락과 집게손가락으로 들어올려 휙 돌린 다음 입에 넣었다.

이게 왜 작은 병정인데, 내가 물었다. 원래 그렇게 불러, 테레자가 대답했다.

테레자의 음식은 그녀에게 어울렸다. 음식에서 그녀 아버지의 냄새가 묻어났다. 테레자의 아버지는 당 구내식당에서 식재료를 주문했다. 식재료는 매주 차로 현관문 앞까지 배달돼, 테레자가 말했다. 아버지는 장 볼 필요가 없어, 건성으로 보따리를 들고 자신이 만든 동상들을 보러 도시로 가는 거야.

내가 물었다, 네 아버지 개 키우시니.

여재단사의 아이들이 말했다, 어머니 손님 집에 갔어요. 나는 처음으로 아이들을 보았다. 나는 아이들에게 관심이 없었다. 누구세요, 아이들이 물었다. 어머니 친구, 내가 말했다. 그러고는 그게 아닌 것 같아 잠시 몸을 움찔했다.

아이들의 입과 손이 짙은 푸른색으로 물들어 있었다. 연필은 마르면 회색이 돼요, 아이들이 말했다. 침을 묻혀야 밤처럼 짙은 파란색으로 써져요.

내가 처음으로 아무 의도 없이 온 거라서, 처음으로 이곳에서 뭔가를 잊으려고 하지 않아서, 처음으로 아이들이 있는 거야, 나는 생각했다.

그래도 난 뭔가 잊고 싶은 것이 있었다. 분수대의 정신 나간 남자의 죽음.

검은 나비넥타이를 맨 남자가 죽어 자신이 몇 해 동안 서 있던 아스팔트에 누워 있었다. 사람들이 주위로 몰려왔다. 말라붙은 꽃다발은 짓뭉개졌다.

쿠르트가 이렇게 말한 적이 있었다. 도시의 정신병자들은 절대 죽지 않아. 쓰러지면 그들이 서 있던 그 자리, 아스팔트에서 똑같은 사람이 솟아올라. 검은 나비넥타이를 맨 남자는 쓰러졌다. 아스팔트에서 다른 두 사람이 솟아났다. 경찰관과 감시원.

경찰이 서 있는 사람들을 쫓았다. 눈에서는 불꽃이 튀었고 소리를 지르느라 입은 젖었다. 그는 다짜고짜 사람들을 패는 데 익숙한 감시원을 데려왔다.

감시원은 죽은 사람의 구두 밑창 앞에 서서 자기 외투 주머니에 손을 집어넣었다. 외투에서 새 옷 냄새가 났다. 상점의 방수 처리한 옷감처럼 짜고 기름진 냄새였다. 치수가 하나뿐인 옷의 냄새였다. 감시원의 외투가 그 자리에 동참했다. 감시원의 새 모자도 그 자리에 있었지만 모자 아래 두 눈은 그곳에 없었다.

어쩌면 유년의 흔적이 죽은 사람 곁에서 감시원을 마비시켰는지도 몰랐다. 어쩌면 그의 머릿속에 어떤 마을이 떠올랐을 수도 있었다. 오래 만나지 못한 아버지가, 어쩌면 이미 돌아가신 할아버지가, 어쩌면 통증이 실린 어머니의 편지가, 어쩌면 감시원이 집을 떠나온 이후 발이 붉은 양을 몰고 있을 형제가 떠올랐을지도.

감시원의 입은 계절에 어울리지 않게 컸다. 입은 벌어져 있었다. 겨울에는 그 입을 막을 초록 자두가 없었으므로.

그렇게 오랜 세월을 보내고 땅속에서 다시 아내를 만나게 될 죽은 사람 곁에서, 감시원은 주먹을 휘두를 수 없었다.

여재단사의 아이들은 자기 이름을 몇 번이고 종이 위에 밤처럼 파란 글씨로 썼다. 그들은 서로 종이를 차지하려고 싸웠다. 큰 소리가 나는 싸움이 아니었다. 너 양파 냄새 나. 평발인 주제에. 삐드렁니가. 똥구멍에 회충 있는 게.

테이블 밑 아이들의 발은 바닥에 닿지 않았다. 테이블 위에서 아이들은 연필로 손을 찔렀다. 나는 아이들 얼굴의 분노가 집요하고 어른스럽다고 생각했다. 어머니가 늦는 동안 아이들은 자란다. 아이들이 십오 분 안에 어른이 되어 의자를 박차고 뛰어나

간다면 어떻게 될까. 그러면 여재단사에게 나는 뭐라고 하나. 그녀가 집에 돌아와 열쇠를 놓았을 때, 아이들에게 이 열쇠가 더 필요하지 않다는 말을 어떻게 하나.

아이들은 얼굴을 보지 않으면 목소리를 구분할 수 없었다. 거울 안에 내 얼굴과 아무도 아닌 여자의 커다란 눈이 있었다. 눈은 나를 바라볼 이유가 없었다.

여재단사가 돌아와 거울 앞 화장대에 열쇠를 올려놓았다. 카드와 돌돌 만 줄자는 테이블 위에 놓았다. 그녀가 말했다, 정액을 천장까지 뿜는 남자친구를 둔 손님이 있어. 침대 위의 얼룩이 정액 자국인 줄 남편은 몰라. 물 얼룩처럼 보이거든. 어제 남편이 야근을 마치고 사촌을 집에 데려왔대. 젖은 날씨에 그들은 지붕 위로 올라가 깨진 기와를 찾았지. 기와 두 장이 깨져 있었어. 하지만 침대 위는 아니었어. 사촌이 말했어, 바람이 비스듬히 불면 비도 비스듬히 내린다고. 손님의 남편은 내일 천장을 칠할 거래. 나는 봄까지 기다리는 게 좋겠다고 그를 구슬렸어. 아시잖아요, 내가 그에게 말했지. 다음에 비 오면 또 그럴걸요, 뭐.

여재단사는 한 아이의 머리를 쓰다듬었다. 다른 아이가 그녀의 팔에 기댔다. 자기도 쓰다듬어주기를 바라면서. 그러나 어머니는 주방으로 가서 물컵을 가져왔다. 요런 두더지들, 그녀가 말했다. 연필을 입에 넣으면 몸에 해로워. 물에다 적셔라. 그녀가 새 종이를 내밀자 머리를 쓰다듬어줬던 아이가 손을 내밀었다. 그러나 그녀는 종이를 테이블 위에 올려놓았다.

그 남자친구는 물을 반 채운 양동이를 그걸로 들 수 있어, 여재단사가 말했다. 나한테 한번 보여줬어. 나는 손님에게 경고했지. 당신 남자친구는 남쪽에서 왔어요, 스코르니체스티*에서. 그는 열한 명의 형제자매 중 막내야. 그중 여섯 명이 아직 살아 있어. 그런 사람하고는 행복할 수 없어. 내가 테레자한테도 미리 그 깁스 팔을 경고했잖아. 너희는 많이 달라. 그래서 어울리는 경우도 있지만. 나를 아는 사람들은, 모두 내 말을 믿어.

한 남자가 곱사등처럼 웅크린 집에서 양동이를 끌고 거리로 나왔다. 그는 문을 열어두었다. 마당에 창백한 해가 떠 있었다. 양동이의 물은 얼어 있었다. 남자는 양동이를 우묵한 곳에 엎어 놓고 발로 밟았다. 양동이를 들자 둥그런 얼음 속에 언 시궁쥐가 들어 있었다. 얼음 녹으면 도망가겠네, 테레자가 말했다.

---

* 니콜라이 차우셰스쿠의 고향.

남자는 말없이 곱사등처럼 웅크린 집으로 사라졌다. 문 삐걱거리는 소리가 나고 마당의 창백한 해는 다시 갇혔다. 테레자는 욕을 멈추었고 내가 말했다. 강이 아직도 저렇게 딱딱하게 얼어 있는데.

테레자는 대부분의 질문에 답하지 않았다. 나는 어떤 질문은 한 번 이상 했다. 어떤 것은 다시 묻지 않았고. 나 스스로도 잊어서였다. 내게 중요하다는 사실은 잊지 않았지만 더이상 묻지 않는 일들이 있었다. 테레자가 알아서는 안 되었고, 내게 중요한 것들이었으니까. 나는 때가 오기를 기다렸다. 그러나 때가 와도 그것이 적당한 때인지 확신할 수 없었다. 나는 테레자가 다른 얘기를 꺼낼 때까지 시간이 가게 두었다. 그러다보면 적당한 때는 물론 모든 기회를 놓쳤다. 나는 다시 때가 오기를 기다려야 했다.

어떤 질문에 테레자는 답하지 않았다. 말이 너무 많아서였다. 그녀는 쉴 새 없이 떠드느라 숙고할 시간을 날렸다.

테레자는 몰라, 라고 말할 수 없었다. 그렇게 말해야 할 때면 입을 열어 전혀 다른 말을 했다. 그래서 나는 봄에 경감 프옐레가 사무실로 전화해 나를 심문하러 온다고 했을 때도 여전히 몰랐다. 테레자의 아버지가 그의 동상을 보러갈 때 개를 데려가는지.

나는 경감 프옐레가 공장으로 오는 것이 두려웠다. 나는 전화를 받자마자 여름별장의 책들을 테레자의 사무실로 옮겼다. 그녀는 동료들과 웃고 떠들며 사무실의 캐비닛 안에 상자를 넣었다. 그녀는 상자 안에 무엇이 들었는지 묻지 않았다.

테레자는 믿고 상자를 받았다. 나는 그녀를 믿지 않았다.

곱사등처럼 웅크린 집들이 있는 거리에 담장을 따라 첫 이파리들이 자랐다. 갓 돋아난 풀은 눈을 찌를 만큼 진한 초록빛이었다. 자라는 게 보였다. 매일 테레자와 내가 공장에서 나오면 한 뼘 정도 자라 있었다. 나는 속으로 거리의 풀이 게오르크가 심문받을 때 경감 프엘레의 방에 있던 두번째 꽃을 피우는 시클라멘보다 더 빨리 자란다고 생각했다. 건물 사이의 앙상한 나무들은 가지가 드리우는 그림자 앞에서 사람들의 걸음이 매번 늦춰지기를 기다렸다. 그림자는 바닥에 놓인 사슴뿔 같았다.

하루 근무가 끝났다. 우리의 눈은 부신 해에 아직 익숙지 않았다. 가지에는 이파리가 하나도 없었다. 테레자와 내 머리 위로 하늘이 흘러내렸다. 테레자의 머리는 조심성 없이 날뛰었다.

테레자는 나무 아래서 고개를 들었다 숙였다 했다. 머리 그림자가 바닥의 사슴뿔에 닿을 때까지. 바닥에 머리를 가진 동물이 생겼다.

테레자는 등으로 가는 나무줄기를 흔들었다. 뿔이 흔들리며 머리에서 떨어졌다 다시 붙었다.

테레자가 머리를 흔들자 동물이 제 뿔을 떠났다가 돌아왔다.

겨울이 지나자 사람들이 햇볕을 쬐러 많이들 시내로 산책을 나왔어, 테레자가 말했다. 그러다가 낯선 동물이 천천히 시내로 들어오는 걸 보았지. 동물은 날아갈 수도 있었을 텐데 걸어서 왔어. 테레자는 손을 외투 주머니에 집어넣은 채 들어 올려 날개처럼 만들었다. 낯선 동물은 도시의 큰 광장으로 와서 날개를 푸드덕거렸어, 테레자가 말했다. 사람들은 비명을 지르기 시작했고 겁에 질려 남의 집으로 도망쳐 들어갔지. 단 두 사람만 거리에 남았어. 두 사람은 서로 모르는 사이였어. 뿔이 동물의 머리를 떠나 어느 발코니의 난간에 앉았어. 높은 곳에서 햇살을 받은 뿔은 손금 같아 보였어. 둘은 그 금에서 그들의 운명을 보았지. 낯선 동물이 다시 날갯짓을 하자 뿔이 발코니를 떠나 동물의 머리로 돌아왔어. 낯선 동물은 천천히 밝고 텅 빈 거리를 따라 도시를 벗어났어. 동물이 도시에서 사라지자 낯선 집에 들어갔던 사람들이 다시 거리로 나왔어. 그들은 다시 일상으로 되돌아갔지. 하지만 두려움은 그들의 얼굴을 떠나지 않았어. 겁먹은 얼굴들은 너나없이 비슷했어. 사람들은 다시는 행복해지지 않았어.

둘은 일상으로 되돌아갔고 행복을 피해갔지.

그 둘이 누군데, 내가 물었다. 답을 기대한 물음은 아니었다. 나는 테레자가 이렇게 말할까봐 두려웠다. 너와 나. 나는 재빨리 그녀의 신발 옆에 활짝 핀 민들레를 가리켰다. 테레자도 느끼고 있었다. 우리는 비밀이 없는 곳에서만 함께라는 걸. 나와 너라는 그 짧은 낱말 사이에서 우리는 함께일 수 없다. 테레자가 작은 눈을 돌리며 말했다.

그 둘이 누구였는지는 아무도 모를 거라지.

테레자가 허리를 숙여 활짝 핀 민들레 홀씨를 줄기에서 불었다. 하얀 공에서 하얀 날개들이 공기 중으로 날아갈 때 나는 그녀가 무슨 생각을 하는지 몰랐다. 그녀는 외투 단추를 잠그고 낯선 동물이 있는 곳을 떠나려고 했다. 한마디 말도 없이 그녀는 걷기 시작했다. 나는 그곳에 더 머물러야 할 것 같았고, 테레자에게 당신을 믿지 못한다고 말해야 할 것 같았다.

테레자가 저 앞에서 나를 향해 고개를 돌리고 웃으며 손짓했다.

몇 군데 거리를 지나 우리는 네잎클로버를 찾았다. 눌러 말리기에는 아직 잎이 여렸다. 그럼에도 이파리에는 이미 하얀 고리가 달려 있었다. 이거 납작하게 누르고 싶지 않아, 테레자가 말했다. 내게 필요한 건 이파리가 가진 행운이잖아.

테레자는 행운의 클로버가, 나는 식물의 이름이 필요했다. 물클로버. 우리는 클로버가 자라는 곳을 손으로 헤쳐가며 뒤졌다.

하지만 이파리 세 개 대신 네 개 달린 줄기를 찾은 건 나였다. 나는 행운이 필요하지 않아, 나는 테레자에게 말했다. 그러고는 손가락이 여섯 개 달린 손들을 생각했다.

어머니가 아이를 원피스 허리띠로 의자에 묶을 때 창가에 악마의 자식이 서 있다. 악마의 자식은 손마다 엄지손가락이 나란히 두 개다. 바깥 것이 안쪽의 엄지보다 작다.

학교에서 악마의 자식은 글씨를 예쁘게 쓰지 못한다. 교사는 그의 바깥쪽 엄지를 잘라낸 다음 에탄올이 든 병에 담아둔다. 어떤 교실에는 아이들은 없고 누에만 있다. 교사는 에탄올 병을 누에가 있는 교실로 가져간다. 누에를 먹이느라 아이들은 매일 이파리를 딴다. 누에는 뽕잎만 먹는다.

누에는 뽕잎을 먹고 자라고, 아이들은 에탄올 안의 손가락을 보며 더이상 자라지 않는다. 마을 아이들은 모두 옆 마을의 아이들보다 작다. 교사는 말한다, 손가락은 묘지로 가져갈 거다. 방과 후에 악마의 자식은 교사와 함께 묘지로 가서 엄지손가락을 묻어야 한다.

악마의 자식의 손은 볕에서 이파리를 따느라 갈색으로 탔다. 엄지손가락이 잘려나간 부분의 볼록한 뿌리 부분에만 두 개의 하얀 흉터가 생선가시처럼 남았다.

테레자가 빈손으로 햇빛 아래 서 있었다. 나는 그녀에게 행운의 네잎클로버를 주었다. 그녀가 말했다. 네가 찾은 거니까 나한테는 도움이 안 돼. 네 행운이야. 난 안 믿어, 내가 말했다. 그러니까 너한테만 도움이 돼. 그녀는 줄기를 받아 쥐었다.

나는 테레자보다 한 발 뒤에서 걸으며 발소리에 맞춰 물클로버라는 말을 반복했다.

테레자와 나는 어느새 아스팔트가 깔린 대로를 걷고 있었다. 갈라진 틈에서 듬성듬성 가냘픈 풀줄기가 올라왔다. 전차는 천천히 끼익 소리를 내고, 화물트럭은 빨리 달리고, 차바퀴는 허공에 먼지를 일으키며 돌아갔다.

한 감시원이 모자를 벗고 뺨을 훅 부풀렸다가 입술이 터져라 입안에 든 공기를 내보냈다. 이마에 빨갛게 젖은 모자 자국이 생겼다. 그가 우리 다리를 쳐다보다 혀를 끌끌 찼다.

테레자는 파수꾼을 조롱하려고 그가 서 있는 자세를 흉내 내며 지나갔다. 마치 땅을 딛고 가는 것이 아니라 세상을 딛고 가는 듯했다. 나는 이 나라에서 좀 언 채로 너무 빠르지도 느리지도 않게만 걸을 수 있었다. 나는 이 나라와 세상의 차이를 느꼈다. 그 차이는 나와 테레자의 차이보다 컸다. 나는 나라였지만, 테레자는 세상이 아니었다. 그녀는 단지, 이 나라에서 도주하려고 할 때 어딘가에 있다고 믿는 그 세계였다.

나는 당시만 해도 감시원이 없는 세상이라면 이 나라에서와 다른 방식으로 걸을 수 있을 거라고 생각했다. 다르게 생각하고 쓰는 곳이라면 다르게 걸을 수도 있겠다고 말이다.

저쪽 모퉁이에 내가 다니는 미용실이 있어, 테레자가 말했다. 곧 날이 더워질 거야. 자, 염색하러 가자.

내가 물었다. 어떻게.

그녀가 말했다. 빨갛게.

내가 물었다. 오늘.

그녀가 말했다. 지금.

내가 말했다. 아니, 오늘은 안 되겠어.

나는 얼굴이 화끈 달아올랐다. 나는 머리를 빨갛게 물들이고 싶었다. 편지에는 여재단사의 머리카락을 넣을 생각이었다. 그녀의 머리카락은 내 것처럼 밝은 갈색이었다. 조금 더 길 뿐이니까 잘라 쓰면 편지 두 통에 머리카락 하나로 충분할 것이다. 그러나 여재단사의 머리에서 몰래 머리카락을 뽑는 건 뭔가를 그녀의 집에 가져가 잊고 오는 것보다 어려울 것이다.

가끔 여재단사의 욕실에 머리카락이 있었다. 편지봉투에 머

154

리카락을 넣으면서부터 그런 것들이 눈에 띄었다. 여재단사의
욕실에는 머리카락보다 음모가 더 많았다.

나는 늙은 부인의 집에 셋방을 얻어 살았다. 부인의 이름은 마
르기트였고 페스트에서 온 헝가리 사람이었다. 전쟁이 그녀와
그녀의 언니를 도시로 내몰았다. 언니는 죽어 묘지에 묻혔다. 내
가 살아 있는 사람들의 얼굴을 묘지 사진에서 본 그곳이었다.

전쟁이 끝난 후 마르기트 부인은 페스트로 돌아갈 여비가 없
었다. 시간이 흐르자 국경이 막혔다. 그때 페스트로 가려고 했다
면 눈에 띄기만 했을 거야, 마르기트 부인이 말했다. 루카스 신
부님이 그때 그러셨지, 예수님도 고향을 떠나셨어요. 마르기트
부인은 미소를 지으려고 했으나, 그런 말을 할 때 그녀의 눈은
복종하지 않았다. 난 여기서 잘 살고 있어, 페스트에서는 아무도
날 기다리지 않아.

마르기트 부인은 독일어 사투리를 썼다. 가끔 나는 다음 단어
에서 부인이 노래를 시작할 것 같은 느낌을 받았지만 그러기엔
그녀의 눈은 너무 차가웠다.

마르기트 부인은 왜 자신과 언니가 이 도시로 오게 되었는지
한 번도 얘기하지 않았다. 다만 모이크스*, 러시아 군인이 오게

---

* 루마니아어로 '무뢰한'이라는 뜻. 구소련의 붉은 군대를 가리키기도 함. (원주)

된 경위와 그들이 집집마다 돌아다니며 손목시계를 거둬들였던 얘기만 했다. 모이크스는 팔을 귓가에 대고 시계 소리를 들으며 웃었지. 시간도 못 읽었어. 똑딱 소리가 멈추면 밥을 줘야 한다는 것도 몰랐고. 시계가 멈추면 고스포딘*, 이라고 하면서 휙 내던졌지. 모이크스는 시계에 미쳐서 팔에다 열 개씩 겹쳐 차고 다녔어, 마르기트 부인이 말했다.

며칠에 한 번꼴로 욕실에서 머리를 변기 구멍에 처넣는 작자가 있었어, 마르기트 부인이 말했다. 하나는 옆에서 물을 내리고 하나는 머리를 감는 거야. 독일군은 나무랄 데 없었지. 마르기트 부인의 얼굴이 부드러워졌다. 다시 불러낸 처녀 시절의 고운 흔적이 희미하게 그녀의 뺨에 내려앉았다.

마르기트 부인은 매일 교회에 갔다. 식사 전이면 그녀는 벽쪽으로 다가가 고개를 들고 입술을 빼물었다. 그리고 헝가리어로 중얼거리며 십자가에 달린 쇠붙이 예수에게 입을 맞추었다. 그녀의 입술은 예수의 얼굴에 닿지 않았다. 그녀는 헝가리식으로 예수의 배 부분, 천이 드리워진 곳에 입을 맞췄다. 그 부분에 천이 매듭 지어져 있고, 매듭 부분은 십자가에서 멀리 떨어져 있어 마르기트 부인은 입을 맞출 때 코가 벽에 부딪힐 일은 없

---

* 루마니아어로 '신사'라는 뜻.

었다.

화가 나서 껍질을 벗기려고 꺼내놓은 감자를 벽에다 던질 때에만 마르기트 부인은 그녀의 예수를 잊고 헝가리어로 욕을 했다. 감자가 익어 식탁에 오르면 그녀는 예수가 천을 두른 그곳에 입을 맞추었고 모든 욕설이 사라졌다.

월요일마다 복사(服事)가 그녀의 문을 짧게 세 번 두드렸다. 그는 문틈으로 밀가루 한 포대, 한가운데 금은사로 성배를 수놓은 흰 천 한 장, 그리고 커다란 쟁반을 건네줬다. 손이 비면 복사는 고개를 숙였고, 마르기트 부인은 문을 잠갔다.

마르기트 부인은 밀가루와 물로 성체(聖體) 반죽을 만들어 팬티스타킹처럼 얇게 테이블 전체에 늘여 폈다. 그러고는 동그란 함석 틀로 성체를 찍어냈다. 반죽 귀퉁이는 신문지 위에 따로 모았다. 테이블에서 성체가, 신문지 위에서 떼어낸 반죽 귀퉁이가 다 마르면 마르기트 부인은 성체를 차곡차곡 쟁반에 담았다. 그녀는 성배가 한가운데 오도록 흰 천을 그 위에 덮었다. 쟁반은 테이블 한가운데에 아이의 관처럼 놓였다. 마른 반죽 귀퉁이는 낡은 쿠키상자로 들어갔다.

마르기트 부인은 흰 천을 덮은 쟁반을 루카스 신부가 있는 교회로 가져갔다. 성체를 들고 거리로 나서기 전에 그녀는 검은 베일을 찾아야 했다. 이 망할 놈의 보자기*가 어디로 간 거야, 마르기트 부인이 말했다.

루카스 신부는 그녀에게 매주 성체 값을 주고 이따금 그가 입지 않는 검은색 스웨터도 주었다. 이따금 여자 요리사가 입지 않는 원피스나 쓰지 않는 베일을 줄 때도 있었다. 그것과 내가 내는 방세로 마르기트 부인은 살림을 꾸려갔다.

그라우베르크 부인이 읽고 난 신문이나 기도서를 읽을 때면 마르기트 부인은 왼손 옆에 쿠키상자를 갖다두었다. 고개는 돌리지 않고 손만 쿠키상자를 오갔다.

마르기트 부인이 오래 읽느라 성체를 너무 많이 먹은 날은 위가 너무 성스러워져서 감자껍질을 벗길 때 트림을 하고 욕도 더 많이 뱉어내야 했다.

마르기트 부인의 예수는 팔월 성지순례 길에 버스와 순례 교회 사이에서 서둘러 산 것이었다. 한 자루 가득 든 예수의 십자가 중에서 그녀의 예수를 골랐다. 그녀가 입 맞추는 예수는 공장에서 생산하는 양철양의 폐기물이었다. 주야간 근무자들의 교대시간에 생겨난 야바위 같은 거래의 산물이었다. 훔친 재료로 온 나라를 기만하고 있다는 것, 그것만이 벽에 걸린 예수의 유일한 정당성이었다.

---

* 헝가리어로 '빌어먹을'이라는 뜻. (원주)

자루에서 나온 다른 모든 예수처럼 이 예수도 순례 길이 끝나면 주점의 테이블 위에서 술값이 되었다.

마그리트 부인 방의 창문은 안뜰을 향해 있었다. 보리수 세 그루가 서 있고, 그 아래 부러진 회양목과 웃자란 잔디로 어지러운 큰 방만 한 뜰이었다. 건물 일 층에는 그라우베르크 부인과 손자 그리고 까만 콧수염을 기른 노인 파이어아벤트 씨가 살았다. 파이어아벤트 씨는 자주 문 앞에 의자를 놓고 앉아 성경을 읽었다. 그라우베르크 부인의 손자가 회양목 사이에서 놀 때면 부인은 안뜰에 대고 언제나 똑같이 소리를 질렀다, 밥 다 됐다. 손자는 똑같이 되받아 소리쳤다, 뭐 있는데요. 그러면 그라우베르크 부인은 주먹을 쥐어 보이며 소리쳤다, 요 녀석, 잡히기만 해봐라. 그라우베르크 부인은 손자와 함께 몬트가세에서 이사를 왔다. 아이의 어머니가 제왕절개수술을 받다가 죽어 부인은 더이상 공단에 살 수 없었다. 애아버지는 없었다. 그라우베르크 부인을 보면 공단에서 온 사람 같지가 않아, 마르기트 부인이 말했다. 그라우베르크 부인은 도시로 나갈 때면 늘 지적으로 보이게끔 입었다.

마르기트 부인은 이렇게도 말했다, 유대인은 아주 영리하거나 바보거나 둘 중 하나야. 똑똑한지 바보인지는 배우고 못 배운 것과 상관이 없어. 어떤 사람은 아는 건 많아도 전혀 똑똑하지 않고, 어떤 사람은 아는 게 별로 없어도 바보가 아니거든. 똑똑한 것과 똑똑하지 않은 것은 신하고만 상관이 있지. 파이어아벤트 씨는 분명 무척 똑똑한 사람이야. 땀내가 나서 그렇지. 그건 신과 아무 상관도 없었다.

내 방 창문은 시내 쪽으로 나 있었다. 내 방으로 가려면 마르기트 부인의 방을 지나가야 했다. 방문은 허용되지 않았다.

매주 쿠르트가 나를 찾아오면 마르기트 부인은 나흘 동안 심통을 부렸다. 인사도 않고 말도 한마디 하지 않았다. 인사를 하고 말도 하기 시작하면 이틀 후에 다시 쿠르트가 왔다.

마르기트 부인이 심통을 부리다가 내뱉는 첫마디는 매번 이랬다. 쿠르바*랑 한집에 살기는 싫구먼. 마르기트 부인은 경감 프엘레와 같은 말을 했다. 여자와 남자가 줄 게 있으면 침대로 올라가기 마련이야. 네가 그 쿠르트랑 침대로 올라가지 않으면, 이데 오다** 시간만 버리는 거지. 만나지 않으면 줄 것도 받을 것도 없잖아. 딴 사람 찾아, 마르기트 부인이 말했다. 빨간 머리들은 못 믿어. 그 쿠르트라는 녀석 난봉꾼처럼 보이더구먼, 신사가 아냐.

---

* 헝가리어로 '창녀'라는 뜻. (원주)
** 헝가리어로 '왔다 갔다'라는 뜻. (원주)

쿠르트는 테레자를 내키지 않아했다. 믿음이 가질 않아, 그가 말하며 깍지 낀 손으로 테이블 모서리를 쳤다. 엄지손가락이 터져 있었다. 쇠파이프가 손에 떨어졌다고 했다. 직원 중 하나가 작정하고 내 손 위에 떨어뜨린 거야, 그가 말했다. 피가 났어. 혀로 피를 핥았지, 팔로 흘러내리지 않게.

쿠르트는 이미 잔에 든 걸 반쯤 마셨다. 나는 혓바닥을 데여 마시지 못하고 기다렸다. 넌 너무 예민해, 쿠르트가 말했다. 상처 입은 사람을 혼자 두더군. 도랑 옆에 서서 내가 피 흘리는 걸 지켜보기만 하는 거야. 그들은 도둑의 눈을 가졌어. 나는 겁이 났어. 그들은 생각하지 않아. 피를 보면 다가와. 와서 내 피를 다 빨아먹을 거야. 그러고 나면 나라는 사람은 애초에 없었던 게 돼. 그들은 그들이 딛고 선 땅처럼 침묵해. 나는 재빨리 피를 빨고, 삼키고 또 삼켰어. 침을 뱉을 엄두가 나질 않았어. 그러다 어느 순간 더이상 참지 못하고 소리를 지르기 시작했지. 입이 찢어져라 소리를 질렀어. 너희는 모두 법정에 설 거야, 나는 소리를 질렀어. 너희는 이미 인간에서 멀어졌다고, 피를 마시는 너희 앞에 서면 소름이 끼친다고. 마을 전체가 피를 퍼마시기 위해 저녁에 들어갔다 아침이면 다시 나오는 소똥구멍이라고, 말린 쇠꼬리로 아이들을 도축장으로 꼬여내고 피 맛이 밴 입맞춤으로 아이들을 홀린다고. 대가리에 벼락을 맞아 죽을 거라고. 그들은 갈증이 나는 얼굴을 다른 방향으로 돌렸어. 끔찍한 죄책감 속에서 한 무리의 동물처럼 침묵했어. 나는 공장 안을 휘젓고 다니며 엄지손가락을 묶을 무명을 찾았지. 구급상자에는 낡은 안경과 담배, 성냥개비와 넥타이뿐이었어. 나는 재킷에서 손수건을 찾아 엄지손가락을 감았어. 그리고 넥타이로 꽉 묶었지.

그런 다음 무리가 천천히 공장 안으로 들어왔어, 쿠르트가 말했다. 하나둘씩, 발은 없고 눈만 달린 것처럼. 도축사가 피를 마시며 그들을 불렀어. 그들은 고개를 저었지. 딱 하루 고개를 저었어. 다음 날 그들은 내 비명을 잊었지. 습관이 그들을 원래 모습으로 되돌려놓았어.

쿠르트가 침묵하자 문 뒤에서 바스락 소리가 났다. 쿠르트가 감싼 맨 손을 보며 귀를 기울였다. 마르기트 부인이 성체 부스러기를 먹는 소리야, 내가 말했다. 못 믿을 여자야, 네가 없을 때 방을 뒤질 거야. 나는 고개를 끄덕였다. 에드가와 게오르크의 편지는 공장에 있어, 내가 말했다. 책이랑. 책을 테레자가 보관하고 있다는 말은 하지 않았다. 쿠르트의 감싼 맨 손은 성체 반죽을 뭉쳐놓은 것 같았다.

어머니가 롤케이크 반죽을 테이블 위에 편다. 어머니의 손놀림은 날렵하다. 손가락이 돈을 셀 때처럼 쥐고 늘인다. 반죽은 테이블 위에서 얇은 수건이 된다. 테이블 위의 반죽 아래로 뭔가가 희미하게 비친다. 아버지와 할아버지의 모습이 똑같이 젊다. 어머니와 기도하는 할머니의 모습에서는 어머니가 훨씬 젊다.

노래하는 할머니가 말한다, 이 아래는 이발사고, 그런데 우리 집에 왜 조그만 여자애가 하나 있었잖아. 어머니가 나를 가리키며 말한다, 여기 있네요. 좀 컸지요.

나는 피곤하게 앉아 있었다. 눈이 화끈거렸다. 쿠르트가 감싸 매지 않은 손으로 고개를 받쳤다. 그는 손으로 입을 비뚜로 눌렀다. 내게는 쿠르트가 발끝까지 실린 온몸의 무게를 입가로 몰아가려는 것처럼 보였다.

나는 벽에 걸린 사진을 보았다. 늘 창밖을 내다보는 여자다. 그녀는 무릎까지 내려오는 페티코트를 받쳐 입고 양산을 들었다. 여자의 얼굴과 다리는 방금 죽은 사람처럼 초록빛이었다.

쿠르트가 이 방으로 나를 처음 찾아와 사진을 봤을 때 내가 말했다, 저 사진 속 여자의 피부를 보면 롤라의 귓불이 생각나. 롤라를 벽장 안에서 꺼냈을 때 저런 초록빛이었어.

여름에는 방금 죽은 사람의 사진을 보지 않아도 되었다. 창가의 무성한 나뭇잎들이 방을 물들이고 생생한 죽음의 색을 가져갔다. 나뭇가지가 앙상해지자 나는 여자의 방금 죽은 듯한 빛깔을 견딜 수 없었다. 그러나 내 손으로 사진을 떼어낼 수는 없다. 그건 내가 롤라에게 빚진 색이었기에.

저 사진, 내가 떼어낼게, 쿠르트가 말했다. 나는 그를 끌어당겨 다시 의자에 앉혔다. 아냐, 내가 말했다. 롤라가 아니야. 저게 예수 사진이 아니라 다행이야. 나는 입술을 깨물었다. 쿠르트가 사진을 바라보았다. 우리는 귀를 기울였다. 문 뒤에서 마르기트 부인이 큰 소리로 혼잣말을 했다. 뭐라는 거야, 쿠르트가 물었다. 나는 어깨를 으쓱하며 말했다, 기도 아니면 욕.

나는 도축장의 그들처럼 피를 마셨어, 쿠르트가 말했다. 그는 거리를 내다보았다. 이제 공범이 된 거야.

거리 반대편에 개가 한 마리 지나갔다. 조금 있으면 모자 쓴 남자가 와, 쿠르트가 말했다. 내가 도시로 올 때면 나를 쫓아다녀. 남자가 왔다. 나를 쫓아다니는 사람은 아니었다. 어쩌면 나도 아는 개인가봐, 내가 말했다. 여기서는 안 보이지만.

나는 쿠르트가 내게 상처를 보여주기를 바랐다. 너의 그 슈바벤 카모밀라 차 연민, 그가 말했다. 너의 그 슈바벤 촌놈 근성, 내가 말했다.

우리는 아직도 못되고 긴 단어를 만들 수 있다는 사실에 놀랐다. 그러나 그 말들에는 미움이 빠져 있었다. 그것들은 누군가에게 상처를 줄 수 없었다. 우리가 가진 건 그저 입속에서 꿈틀하는 연민뿐이었다. 분노 대신 느끼는 수치스런 만족감이었다. 오랜만에 이성을 움직여 뭔가 했다는 부끄러운 만족. 우리는 말없이 에드가나 게오르크, 그들이 다시 도시로 오면 상처를 줄 만큼 우리에게 아직 살아갈 기운이 충분히 남았는지 물어야 했다.

쿠르트와 나는 방이 울리도록 웃었다. 우리의 얼굴이 갑자기 맘대로 경련하지 않도록 서로를 꼭 잡아줘야 했다. 우리 각자가 입술을 통제하느라 마음을 쓰기도 전에. 우리는 웃으면서 입속을 들여다보았다. 그리고 다음 순간 상대방의 통제당한 입술 앞에 홀로 남겨졌다는 걸 알았다. 입술을 떨 때도 마찬가지일 것이다.

그리고 그 순간이 왔다. 나는 내 심장박동에 갇혀 쿠르트가 닿을 수 없는 곳으로 갔다. 나의 냉랭함은 어떤 못된 말에도 반응하지 않고, 아무것도 만들어낼 수 없었다. 냉랭함이 내 손가락 안에서 뭔가를 저지르려는 분위기였다. 창문 아래 모자 하나가 지나갔다.

내 생각엔 너도 공범이 되고 싶은 것 같아, 내가 말했다. 넌 허풍쟁이에 불과해. 넌 엄지손가락을 핥고, 그들은 돼지 피를 마시잖아.

그래서, 쿠르트가 말했다.

호칭 뒤에 느낌표가 찍혀 있었다. 나는 편지지와 봉투에서 머리카락을 찾았다. 없었다. 여전히 두려웠으나, 처음의 공포가 가시고 나서야 어머니에게서 온 편지라는 사실을 떠올렸다.

어머니의 허리 통증 뒤에 이렇게 쓰여 있었다. 할머니는 밤에 통 못 주무신다. 낮에만 주무셔. 밤낮이 뒤바뀐 거지. 할아버지도 쉴 틈이 없다. 할머니가 도무지 눈을 붙이지 못하게 하시는구나, 할아버지는 낮에 잠을 못 주무시는데도. 할머니는 밤이 되면 불을 켜고 창문을 연다. 할아버지는 불을 끄고 창문을 닫은 다음 다시 침대에 누우셔. 날이 밝을 때까지 두 분이 계속 그러는 거야. 창문이 깨졌다. 할머니는 바람 때문이라고 하시지만, 누가 그 말을 믿겠니. 방을 나가기가 무섭게 다시 와서 문을 열어두신다. 할아버지가 그대로 눠두면 할아버지 침대 앞으로 가서 할아버지의 손을 잡고 말해, 자면 안 돼요. 당신 마음짐승이 아직 집에 안 돌아왔어요.

할아버지는 당신 나이에 감당할 수 없을 만큼 자주 밤을 새우신단다. 나는 미친 듯이 꿈을 꾸고. 정원에서 내가 빨간 닭벼슬

166

처럼 생긴 비름을 따고 있어. 빗자루만큼 커. 줄기가 꺾이지 않
아 힘껏 잡아당겨. 꽃씨가 까만 소금처럼 쏟아져. 바닥을 보면
개미들이 기어가고 있어. 꿈에 개미가 나오면 그건 장미묵주라
더라.

여름이 되자 노래하는 할머니는 집 밖으로 돌아다녔다. 거리
에서 할머니는 집집마다 다니며 외쳤다. 할머니의 목소리는 컸
다. 그러나 무슨 말인지는 아무도 이해하지 못했다. 소리를 질러
누군가가 마당으로 나오면 할머니는 자리를 떠났다. 어머니가
마을에서 할머니를 찾아다녔지만 허사였다. 할아버지가 아파서
어머니는 서둘러 다시 집으로 가야 했다.

날이 저물어 노래하는 할머니가 방으로 오면 어머니가 물었
다, 어디 계셨어요. 노래하는 할머니가 말했다, 집에. 집은 여기
고요, 어머니가 말했다. 마을에 계셨잖아요. 어머니는 할머니를
의자에 앉혔다. 마을에서 누굴 찾아요. 노래하는 할머니가 말했
다, 우리 어머니. 제가 어머니예요, 어머니가 말했다. 노래하는
할머니가 말했다, 넌 내 머리 한 번도 안 빗겨줬잖아.

노래하는 할머니는 삶을 통째로 잊었다. 할머니는 그녀의 유
년 시절로 스르륵 미끄러져 들어갔다. 할머니의 뺨은 여든여덟

살이었다. 그러나 기억은 하나의 선로뿐이었다. 세 살짜리 여자아이가 서서 어머니의 앞치마 자락을 입에 물고 씹었다. 마을에서 돌아올 때면 할머니는 아이처럼 지저분했다. 할머니는 노래를 부르지 않으면서부터 뭐든 입에 넣었다. 노래는 걸음이 되었다. 아무도 할머니를 말릴 수 없었다. 할머니의 불안은 그렇게 컸다.

할아버지가 돌아가셨을 때 할머니는 집에 없었다. 장례식 때 이발사가 방에서 할머니를 돌보았다. 모시고 갔으면 장례식에 방해만 됐을 거야, 어머니가 말했다.

어차피 관이 땅속으로 들어가는 걸 못 볼 거면 체스나 두려고 했는데, 이발사가 말했다. 노인네가 도망치려고 하잖아. 말은 해봐야 소용없어서 머리를 빗겨드렸지. 빗이 스쳐가자 가만히 앉아서 종소리에 귀를 기울이더라고.

할아버지가 땅속으로 들어갈 때, 아버지의 무덤에는 이미 왕관초가 피어 있었다.

나는 수압기 사용설명서에서 초한적이라는 단어를 찾았다. 사전에는 없었다. 나는 초한적이라는 말은 기계가 아닌 사람에게 해당하는 말이라고 느꼈다. 나는 엔지니어와 직공에게 물었다. 그들은 크고 작은 양철양을 손에 들고 입을 일그러뜨렸다.

그리고 테레자가 왔다. 멀리서부터 빨간 머리가 보였다.

내가 물었다, 초한적이란.

그녀가 말했다, 영원한.

내가 말했다, 초한적이라고 쓰여 있어.

그녀가 말했다, 내가 어떻게 알아.

테레자는 반지를 네 개나 끼고 다녔다. 그중 둘은 그녀의 머리에서 떨어진 것 같은 빨간 보석이 달린 거였다. 그녀는 테이블에 신문지를 깔며 말했다. 초한적이라…… 밥을 먹다보면 생각나려나. 오늘 칠면조 가져왔어.

나는 노리끼리한 베이컨과 빵을 꺼냈다. 테레자가 그것들을 네모나게 잘라 작은 병정 두 개를 만들었다. 먹다가 그녀가 얼굴을 찌푸렸다. 기름 쩐 내, 테레자가 말했다. 개나 줘야겠어.

내가 물었다, 어떤 개.

그녀가 토마토와 칠면조 다리를 꺼냈다. 이거 먹어, 그녀가 말하며 작은 병정 두 개를 만들었다. 그녀는 벌써 삼켰고 나는 계속 씹었다. 그녀가 뼈에서 살을 깨끗이 발라냈다.

테레자가 내 입에 작은 병정을 밀어넣으며 말했다, 재단사한테 물어봐, 초한적이라는 말.

불신은 내가 가까이 하려는 것을 모두 물거품으로 만들었다. 나는 손을 쥘 때마다 내 손가락을 보았지만, 내 손의 진실을 어머니나 테레자의 손가락의 진실보다 몰랐다. 독재자나 그의 병세에 대해서보다도 몰랐다. 감시원과 행인 혹은 경감 프옐레나 개 프옐레에 대해서보다도. 양철양과 직공, 여재단사나 그녀의 카드 패에 대해서도 나는 더이상 알 수 없었다. 도주와 행운에 대해서는 더더욱.

공장의 합각머리, 위로는 하늘까지 올려다보이고, 아래로는 마당까지 들여다보이는 그 자리에 표어가 걸려 있었다.

만국의 노동자여, 단결하라.

그 아래로 도주를 통해서만 나라를 벗어날 수 있는 신발들이 지나갔다. 반들반들하거나 먼지 낀 신발, 요란하거나 조용한 신발이 보도에 발을 디뎠다. 나는 그들이 다른 길을 가졌음을, 어느 날 다른 많은 신발처럼 이 표어 밑을 떠날 것임을 느꼈다.

파울의 신발은 더이상 이곳을 딛지 않았다. 그저께부터 그는 일을 나오지 않았다. 그가 사라지자 그의 비밀이 밝혀졌다. 모두 그의 죽음에 대해 아는 척했다. 그들은 좌절당한 도주 속에서 오늘은 저 사람, 내일은 다른 사람을 죽음으로 끌어들이는 평범한 바람을 보았다. 그들은 그 바람을 포기하지 않았다. 그는 이제

170

다시 오지 않아, 그들이 이렇게 말할 때면, 파울과 더불어 자신을 말하는 거였다. 그 말은 마르기트 부인이 이렇게 말하는 거나 마찬가지였다, 페스트에서는 아무도 날 기다리지 않아. 그러나 그 당시에 페스트로 다시 돌아갔다면 누군가가 아직 그녀를 기다리고 있었을지 모른다.

공장에서는 아무도 파울을 기다리지 않았다. 단 한 시간도. 그에 앞서 다른 사람들이 그랬듯 그가 일하러 나오지 않자 사람들은 말했다, 그 친구 운이 없었어. 그들은 상점에 늘어선 줄 같았다. 누가 계산대에서 돈을 치르고 죽음을 들고 나가면 뒤에 선 사람들은 앞으로 움직였다. 우윳빛 안개가, 공기의 흐름이, 철로의 꺾임이 무엇을 알았겠는가. 주머니에 난 구멍처럼 헐한 죽음. 손을 넣으면 온몸이 함께 빨려들어간다. 사람이 많이 죽을수록 그들은 사로잡힌 듯 더욱 매달렸다.

도주 중의 죽음에 대해서는 독재자의 병세와는 다른 방식으로 귓속말이 오갔다. 독재자는 바로 당일 티브이에 나타나 길고 긴 연설로 죽음이 가까웠다는 소문을 끈질기게 부정했다. 그가 말하는 동안 그를 죽음으로 몰아갈 새로운 병이 만들어졌다.

공장에는 차츰 죽은 장소만 남게 되었다. 파울이 세상에서 마지막으로 본 건 뭐였을까. 옥수수, 하늘, 물 아니면 화물열차.

게오르크가 썼다, 아이들 입에서 이 말이 떨어질 날이 없어. 해야 해. 나는 해야 해, 너는 해야 해, 우리는 해야 해. 하다못해 자랑을 할 때도, 우리 어머니가 나한테 새 신발을 사줘야 했어, 라고 해. 그리고 그게 맞아. 나도 그래. 나는 매일 밤 물어야만 해, 내일이 올 것인지.

게오르크의 머리카락이 손에서 떨어졌다. 바닥에서 내가 찾은 건 나와 마르기트 부인의 머리카락뿐이었다. 나는 흰머리를 셌다. 그러면 마르기트 부인이 몇 번이나 내 방에 들어왔는지 알 수 있기라도 한 듯. 매주 오는데도 바닥 카펫에서 쿠르트의 머리카락은 찾을 수 없었다. 머리카락은 믿을 게 못 되는데도 나는 셌다. 창가에 모자가 지나갔다. 나는 달려가 허리를 굽히고 창밖을 내다보았다.

파이어아벤트 씨였다. 그가 발을 질질 끌고 걸어가며 주머니에서 하얀 손수건을 꺼냈다. 나는 방 안으로 고개를 돌렸다. 하얀 손수건에게 내 마음을 들킬까봐. 나 같은 사람이 유대인을 지켜본다고.

파이어아벤트 씨한테는 엘자밖에 없어, 마르기트 부인이 말했다.

나는 그가 성경을 들지 않고 햇볕 아래 앉아 있을 때 내 아버지가 돌아온 나치친위대 군인이었다고, 그리고 그의 가장 어리석은 식물을 곡괭이로 찍었다고 말했다. 그것이 엉겅퀴였다고, 아버지가 죽을 때까지 지도자를 위한 노래를 불렀다고도.

마당에는 보리수 꽃이 피었다. 파이어아벤트 씨는 신발코를 내려다보다가 일어나 나무를 들여다보았다. 그가 말했다, 꽃이 피면 골치가 아프기 시작해. 모든 엉겅퀴에는 우유가 들어 있어. 많이 먹었지. 보리수 꽃잎차보다 더 많이.

그라우베르크 부인이 문을 열었다. 손자가 하얀 무릎양말을 신고 거리로 나가며 문 앞에서 그녀를 향해 고개를 돌렸다. 그러고는 우리 둘을 향해 말했다, 차우. 내가 따라 했다, 차우.

그라우베르크 부인, 파이어아벤트 씨와 내가 아이의 뒷모습을 눈을 좇으며 아이보다 흰 무릎양말을 자세히 들여다보고 있을 때 그라우베르크 부인 집의 문이 닫혔다. 파이어아벤트 씨가 말했다, 들었죠, 아이들은 히틀러 때나 마찬가지로 인사를 해요. 파이어아벤트 씨도 말에 귀를 기울였다. 차우는 그에게 차우세스쿠의 첫음절이었다.

그라우베르크 부인은 유대인이에요, 파이어아벤트 씨가 말했다. 그런데 부인은 자신이 독일인이라고 말하죠. 당신도 두려워서 인사에 답례하고.

파이어아벤트 씨는 다시 자리에 앉지 않았다. 그가 문손잡이를 쥐자 문이 벌컥 열렸다. 고양이 한 마리가 서늘한 방에서 하얀 고개를 내밀었다. 그가 고양이를 안았다. 나는 모자가 올려진 테이블을 보았다. 시계가 똑딱거렸다. 고양이는 바닥으로 뛰어내리려고 했다. 그가 말했다, 엘자, 집으로 들어가자. 그가 문을 닫기 전에 말했다, 그래요, 그 엉겅퀴.

나는 테레자에게 심문이 어떤 것인지 얘기해주었다. 이유 없이, 큰 소리로 혼잣말하듯 나는 얘기를 시작했다. 테레자는 두 손가락으로 그녀의 금목걸이를 꼭 쥐었다. 그녀는 어두운 세밀함을 지우지 않기 위해 꼼짝하지 않았다.

재킷 한 벌, 블라우스 한 벌, 바지 한 벌, 팬티스타킹 한 켤레, 팬티 한 장, 신발 한 켤레, 귀걸이 한 쌍, 손목시계 한 개. 나는 나체가 되었어, 내가 말했다.

주소록 한 권, 누른 보리수 꽃잎 한 장, 눌린 클로버 하나, 볼펜 한 개, 손수건 한 장, 마스카라 한 상자, 립스틱 한 개, 파우더 한 통, 빗 한 개, 열쇠 네 개, 우표 두 장, 전차 승차권 다섯 장.

핸드백 한 개.

모든 게 종이의 빈칸에 적혀 있었어.

경감 프엘레는 정작 내 이름은 쓰지 않았어. 그가 나를 가둘 거야. 내가 들어섰을 때 어떤 리스트에도 내가 이마 한 개, 눈 두 개, 귀 두 개, 코 한 개, 입술 두 개, 목 한 개, 라고 쓰여 있지 않았을 거야. 나는 에드가와 쿠르트, 게오르크에게 들어 알고 있었어. 지하에 감옥이 있다는 걸. 나는 머릿속으로 경감 프엘레의 리스트에 맞설 내 몸의 리스트를 만들려고 했어. 목까지만 했지. 경감 프엘레는 내게 머리카락이 없다는 걸 알아채고 머리카락은 어디 있냐고 물을 거야.

순간 나는 긴장했다. 테레자가 나더러 머리카락이 뭐냐고 물을 것이므로. 그러나 나는 아무것도 빼놓을 수 없었다. 내가 테레자 앞에서 그랬듯 오래 침묵한 후엔 모두 다 이야기하게 된다. 테레자는 머리카락에 대해 묻지 않았다.

나는 구석에 벌거벗은 채 서 있었어, 내가 말했다. 노래를 불러야 했어. 나는 물처럼 노래했어. 이제 그것은 더이상 나를 아프게 하지 않아. 갑자기 내 피부가 손가락보다 두꺼워졌어.

테레자가 물었다, 무슨 노래. 나는 에드가와 쿠르트, 게오르크의 여름별장에 있던 책들에 대해 얘기했다. 그리고 우리는 롤라가 죽은 후부터 알게 되었다는 것도. 우리가 경감 프엘레에게 그시가 민요라고 말해야 했던 이유에 대해서도.

입어, 경감 프엘레가 말했다.

나는 종이 위에 쓰인 낱말들을 입는 것 같았고, 내가 옷을 입고 나면 종이가 벌거벗을 것 같은 기분이 들었다. 나는 테이블 위의 시계를, 그리고 귀걸이를 들었다. 시곗줄도 금방 채우고 거울 없이도 귀걸이 구멍을 찾았다. 경감 프옐레는 창문 앞에서 서성거렸다. 나는 조금 더 벌거벗은 채 있고 싶었다. 그는 나를 보지 않는 것 같았다. 거리를 보고 있었다. 나무 사이로 보이는 하늘가에서 그는 내가 죽으면 어떤 모습일지 더 잘 상상할 수 있었다.

내가 옷을 입는 동안 경감 프옐레는 내 주소록을 그의 서랍에 넣었다. 네 주소록도 이제 그의 수중에 있구나, 나는 테레자에게 말했다.

나는 일어나 허리를 숙이고 신발 끈을 묶었다. 경감 프옐레가 말했다, 하나는 확실하지, 깨끗이 입고 다니면 더러운 꼴로 하늘에 가진 않아.

경감 프옐레가 테이블 위의 네잎클로버를 쥐고 조심스레 만졌다. 이제 나 만나서 운이 좋았다는 걸 믿나, 그가 물었다. 감당하기 힘들 만큼요, 내가 말했다. 경감 프옐레가 미소를 지었다. 운이 좋다고 탓할 수는 없지.

개 프옐레에 대해서는 테레자에게 말하지 않았다. 그녀의 아버지가 떠올라서였다. 심문이 끝난 후에도 거리에는 여전히 햇살이 밝았다는 것도 말하지 않았다. 그리고 나는 이런 것에 대해서도 침묵했다. 언제 하늘나라로 갈지도 모르면서 사람들은 뭐가 좋아서 그렇게 경쾌하게 걸어다니는지 이해할 수 없었다는 것. 나무들이 그림자를 건물에 기대고 있더라는 것. 그 시간을 흔히 이른 저녁이라고 부른다는 것. 노래하는 할머니가 내 머릿속에서 노래했다는 것.

> 알고 있니, 얼마나 많은 구름이
> 먼 세상 곳곳으로 흘러가는지
> 조물주는 세고 계셔
> 한 자락도 놓치지 않도록

도시 위 하늘에 구름이 화사한 옷처럼 걸려 있었다는 것. 전차 바퀴가 먼지를 일으키며 내가 가는 방향으로 전차를 끌고 가던 것. 승객들이 전차에 오르자마자 마치 집에 온 듯 창가에 앉던 것.

테레자는 그녀의 금목걸이를 내려놓았다. 그가 너희에게 원하는 게 뭔데, 테레자가 물었다.

두려움, 내가 말했다.

테레자가 말했다. 이 금목걸이는 아이야. 여재단사가 헝가리에 사흘 다녀왔어. 관광여행차. 사십 명이 버스를 타고. 여행가이드는 매주 가지. 단골가게가 있어. 길거리에서 흥정을 할 필요도 없고, 짐도 제일 많아.

잘 모르는 사람들은 처음 이틀은 물건을 파느라, 하루는 물건을 사느라 시간을 보내. 재단사는 트렁크 두 개 가득 테트라텍스 바지를 가지고 갔어. 끌고 다니느라 힘들지만 허리가 휠 정도는 아니야, 테레자가 말했다. 완전 헐값에 팔리지만, 그래도 이익이 좀 남기는 해. 적어도 트렁크 하나는 크리스털 식기로 차 있어야지, 유리는 비싸. 거리에는 경찰이 지키고 서 있어. 장사하기 제일 좋은 데는 미용실이야. 경찰이 거긴 안 들어오거든. 드라이어 밑에 모인 여자들이란 여윳돈이 있기 마련이고 머리가 마를 때까지 무료하거든. 손 한가득 바지를 들고 한가득 유리그릇을 들고 지나가면 항상 뭔가를 사지. 여재단사는 돈을 꽤 벌었어. 마지막 날은 물건을 사는 날이야. 금이 최고야. 숨기기도 좋고 돌아와서 팔기도 좋거든.

여자가 남자보다 흥정 솜씨가 좋아, 테레자가 말했다. 버스 승객의 삼분의 이는 여자였어. 돌아오는 길에는 누구나 질 안에 금이 든 플라스틱 봉투를 가지고 있었지. 세관원도 그걸 알지만, 별수 없어.

밤새 목걸이를 물그릇에 넣어두었어, 테레자가 말했다. 세제를 너무 많이 풀었나봐. 나라면 낯선 여자의 질 속에 들었던 금을 사지 않을 거야. 테레자가 욕하며 웃었다. 목걸이에서 여전히 냄새가 나는 것 같아. 한 번 더 씻어야겠어. 나는 클로버 잎이 달린 목걸이를 주문했어. 여재단사가 아이들에게 줄 하트 두 개만 가져왔어. 가을에 추워지기 전에 또 간대.

네가 직접 가면 되잖아, 내가 말했다.

나는 트렁크 안 끌어. 금을 질에 넣지도 않고, 테레자가 말했다. 버스는 밤에 돌아왔다. 여재단사는 세관원 한 명을 사귀었다. 그는 그녀에게 가을에 저녁 근무인 날을 말해주었다. 여재단사는 그중 한 날을 고른다.

세관을 통과하면 한시름 덜지, 테레자가 말했다. 금을 다리 사이에 끼우고 모두 잠이 들었다. 여재단사만 잠들지 못했다. 질이 아팠고, 화장실도 급했다. 운전사가 말했다, 여자들이랑 차 타는 건 고역이야. 달뜨면 오줌을 눠야 하니, 원.

다음 날 여재단사의 아이들은 테이블에 둘러앉아 목에 하트를 걸었다.

애들이 무슨 목걸이야, 여재단사가 말했다. 밀수품이었으므로 목걸이를 걸고 거리로 나가서는 안 되었다. 훗날을 위해서 산 거야, 애들이 크면 알아주겠지. 천장에 정액 자국 운운하는 그 손님도 남자친구와 헝가리에 갔다. 가는 길에 그녀는 이미 헝가리 세관원과 눈이 맞았다. 사업적 이유로, 여재단사가 말했다. 남자친구는 그녀에게 화가 나 호텔에 따로 방을 얻으려고 했다. 남은 방이 없었다. 그는 애인과 함께 숙박부에 올라 있었다. 여재단사가 말했다, 그는 내 방으로 왔어. 난 잘못 없어, 난들 어째, 그다음은 뻔하지, 그와 잤어. 나는 호텔 천장이 걱정됐어. 청소하는 여자들이 사람들 나가기 전에 왜 다 체크하잖아. 손님은 모르지만. 집으로 오는 길에 남자는 다시 그녀 옆에 앉았어. 여자의 머리를 쓰다듬으면서 뒤에 앉은 나를 힐끗 돌아보았지. 나는 어느 날 그가 내 집 문을 두드리는 걸, 내 손님을 잃게 되는 걸 원치 않아. 한두 해 안 사람도 아니고. 세관에서 버스를 내렸을 때 그가 내 팔을 꼬집었어. 그를 떼어내느라 나는 세관원에게 달라붙었지. 하지만 나 역시 사업적인 이유였어, 여재단사가 말했다. 가을에 다시 가면, 믹서를 가져올 수 있어. 잘 팔 수 있어.

여재단사가 내게 호텔에서의 일을 테레자에게 말하지 말아달라고 부탁했다. 그녀는 볼을 꼬집으며 말했다, 테레자는 그 목걸이 안 하고 다닐 거야. 안 그래도 목걸이를 아이라고 그러는데.

그런 거지, 여재단사가 말했다. 종일 흥정하고 건지는 거 하나 없으면 풀이 죽고, 뭘 영화를 바라고 이러나 묻게 돼. 집에서는 그와 자지 않을 거야. 하지만 거기서는 온종일 그럴 만했어. 그도.

어제 손님이 찾아왔어, 여재단사가 말했다. 카드점을 보러 온 거였지. 그녀가 쳐다보기만 해도 심장이 벌렁거렸어. 카드가 도통 보이질 않았지. 패가 떨어지질 않는 거야. 손님은 돈을 한사코 주려 했지만 받지 않았어. 그런 경우가 있지. 금방 보이지 않는, 여재단사가 말했다. 연기처럼 와서 몰래 스며드는 거. 며칠 기다려야겠어요, 내가 손님에게 말했어. 그러나 기다려야 하는 건 나야. 나는 여재단사가 어른스러워 보였다. 그녀는 침착하고 초연했다.

두 아이는 하트 금목걸이를 걸고 방 안을 뛰어다녔다. 머리카락이 날렸다. 나는 크면 목에 울리지 않는 방울을 달고 세상을 돌아다닐 강아지 두 마리를 보았다.

여재단사에게는 처분할 금목걸이가 하나 더 있었다. 나는 사지 않았다. 대신 빨간색, 하얀색, 초록색 줄무늬가 있는 셀로판 봉지를 샀다. 헝가리 사탕이 들어 있었다.

봉지를 마르기트 부인에게 선물하면 기뻐할 거라고 나는 생각했다. 다음 날 다시 쿠르트가 온다는 게 떠올랐다. 나는 그가 오기 전에 그녀의 화를 미리 가라앉혀주고 싶었다.

마르기트 부인은 봉지에 쓰인 글자 하나하나를 읽고 말했다. 에데스 드라가 이스테넴.* 그녀의 눈에서 눈물이 났다. 기쁨의 눈물이었다. 그러나 어설프게 망가진 삶을 보여주는, 그녀를 경악하게 하는, 페스트로 돌아가기에는 너무 늦었다는 것을 알려주는 기쁨이었다.

마르기트 부인은 자신의 삶을 형벌쯤으로 여겼다. 받아 마땅한 벌. 그녀의 예수는 이유를 알고 있었다. 그러나 그는 말하지 않았다. 그래서 마르기트 부인은 고통받으며 그녀의 예수를 매일 더 사랑했다.

헝가리 봉지는 마르기트 부인의 침대 옆에 놓였다. 그녀는 봉지를 한 번도 열지 않았다. 그저 봉지에 쓰인 익숙한 글씨들을 망친 인생처럼 읽고 또 읽었다. 그녀는 사탕을 먹지 않았다. 어차피 입속에서 사라질 것이므로.

이 년 반째 어머니는 검은 옷을 입고 다녔다. 아버지의 애도

---

* 헝가리어로 '이렇게 고마울 때가'라는 뜻. (원주)

기간이 끝나기도 전에 할아버지의 장례를 치러야 했기 때문이다. 어머니는 도시로 나와 작은 괭이를 하나 샀다. 묘지를 돌보거나, 텃밭에 심은 채소들 캘 때 쓰려고, 어머니가 말했다. 커다란 괭이로는 여차하면 채소를 다치게 할 수 있잖니.

나는 어머니가 묘지와 텃밭에 같은 괭이를 사용하는 것이 분별없어 보였다. 도대체 갈증 안 나는 게 없어, 어머니가 말했다. 올해는 잡초가 일찍 크는구나, 벌써부터 씨가 날리고. 사방 천지가 엉겅퀴야.

상복은 어머니를 늙어 보이게 했다. 어머니는 햇빛이 드는 내 곁에 여자였던 흔적만 남은 사람처럼 앉아 있었다. 괭이는 벤치에 기대어져 있었다. 기차는 매일 지나가는데, 너는 집에 오지를 않는구나, 어머니가 말했다. 어머니는 베이컨과 빵과 칼을 꺼냈다. 배는 안 고프다, 어머니가 말했다. 위 생각해서 먹는 거지. 어머니는 베이컨과 빵을 네모로 잘랐다. 할머니는 밤에도 들판에 계셔, 어머니가 말했다. 길고양이처럼. 우리 집에도 고양이 한 마리를 키운 적이 있다. 여름내 사냥을 하고 십일월에 첫눈이 내리면 집으로 돌아오던. 어머니는 오래 씹지 않고 바로 삼켰다. 땅에서 자라는 건 뭐든 먹을 수 있어, 안 그랬다면 할머니는 벌써 돌아가셨겠지, 어머니가 말했다. 이제는 저녁에 찾으러 가지 않아. 길이 한 둘도 아니고 들판에 나가면 으스스해. 큰 집에 혼자 있어도 다를 건 없지. 어차피 말은 안 통하지만, 그래도 할머니가 저녁에 오면 집 안에 발 둘은 더 있지 않니. 어머니는 빵을 한입에 들어갈 만하게 다 잘라놓고도 먹는 동안 칼을 내려놓지 않았다. 얘기를 하는 데 칼이 필요했다. 양귀비는 지고, 옥수수는 알이 작고, 자두는 벌써 쪼그라들었어, 어머니가 말했다. 시내에 종일 나갔다 온 날은 저녁에 옷을 벗으면 시퍼렇게 멍이 들어 있다. 왜 그렇게 온 데 만 데 부딪히는지. 일 안 하고 쏘다니면 걸림돌투성이로구나. 도시가 시골보다 큰데도.

그리고 나서 어머니는 기차에 올랐다. 기차는 쉰 목소리로 기적을 울렸다. 바퀴가 덜컹거리며 움직이고 객차의 그림자가 땅을 기어가자 검표원이 뛰어올랐다. 그의 다리는 한동안 허공에 떠 있었다.

뽕나무 아래 폐기 처분된 실내용 의자가 놓여 있었다. 의자 밑에 부석거리는 새끼줄이 매달려 있었다. 울타리 너머로 해바라기가 고개를 내밀었다. 꽃차례도, 까만 씨도 없었다. 꽃은 술 다발처럼 채워져 있었다. 우리 아버지가 고상하게 만들어놨지, 테레자가 말했다. 베란다에는 수사슴뿔이 세 개 걸려 있었다.

전 꽃양배추 수프 못 먹잖아요, 테레자가 말했다. 주방에 고약

한 냄새가 진동해요. 할머니가 접시를 조리대로 가져가 테레자의 수프를 냄비에 다시 부었다. 배 속에 식사 도구가 들어 있는 듯 숟가락이 덜그럭거렸다.

나는 내 접시를 비웠다. 수프는 맛있었던 것 같다. 수프를 먹으며 음식 생각을 했다면 맛있었을 것이다. 그러나 나는 이곳에서 뭘 먹는다는 게 찜찜했다.

테레자의 할머니가 접시를 내 앞에 놓으며 말했다, 먹어라. 그래야 테레자도 먹지. 너는 저 애만큼 까다롭지는 않겠지. 테레자는 뭐든 냄새가 난다는구나. 꽃양배추도 냄새난다, 완두콩, 닭의 간, 양고기와 토끼도 냄새난다. 제 아버지가 그런 소릴 들으면 안 좋아한다고 그렇게 말해도 소용없어. 사람들 앞에서 그러지 말라고 했는데.

테레자는 나를 소개하지 않았다. 할머니는 내 이름을 궁금해하지 않았다. 그저 입이 달렸으니까 수프를 주었을 뿐이다. 테레자의 아버지는 등을 돌리고 식탁 앞에 서 있었다. 그는 선 채로 냄비에서 수프를 떠 먹었다. 그는 아마도 내가 누구인지 알고 있었을 것이다. 그래서 내가 왔을 때 고개를 돌리지 않은 것이다. 그는 어깨 너머로 테레자를 보았다. 너 또 욕했더구나, 그가 말했다. 공장장이 네가 한 욕을 입에 담지도 못하더라, 너무 상스럽다고. 네 욕은 냄새 안 나는 줄 아니.

공장만 보면 욕이 나오는걸요, 테레자가 말했다. 그녀는 산딸기 그릇에 손을 넣었다. 손가락이 붉어졌다. 그녀의 아버지가 후루룩 수프를 마셨다. 네가 매일 날 한 방씩 먹이는구나, 그가 말했다.

테레자의 굽은 다리, 납작한 엉덩이와 째진 눈은 아버지에게서 물려받은 거였다. 그는 크고 다부졌다. 머리는 반쯤 벗어졌다. 그가 그의 동상을 보러 갈 때면 비둘기들이 동상 대신 그의 어깨에 앉을 수도 있겠다고 나는 생각했다. 수프를 후루룩 들이켜느라 그의 볼이 홀쭉해졌다. 광대뼈가 그의 째진 눈 아래로 바짝 올라붙었다.

그가 그의 동상들과 정말 닮아서인지, 아니면 단지 그가 그것들을 만들었다는 걸 내가 알고 있어서인지 어떤 때는 그의 목과 어깨가, 가끔은 그의 엄지와 귀가 쇠로 만들어진 것처럼 보였다. 입에서 꽃양배추 한 조각이 떨어져 작고 흰 이처럼 그의 재킷에 들러붙었다.

이 사람은 작고 뚱뚱한 사람이었대도 저 턱으로 동상을 주조했을 거라고 나는 생각했다.

테레자는 허리춤에 산딸기 그릇을 받치고 있었다. 우리는 그녀의 방으로 갔다.

방 한 벽의 작은 문에 벽지가 발라져 있었다. 자작나무와 물이

186

있는 가을 숲이었다. 자작나무 줄기부분에 문손잡이가 있었다. 물은 깊지 않아 바닥이 들여다보였다. 숲의 나무들 사이에 놓인 하나뿐인 돌은 강가의 돌 두 개보다 컸다. 숲에는 하늘도 없고, 해도 없고, 맑은 허공과 노란 이파리뿐이었다.

그런 벽지는 본 적이 없었다. 독일에서 온 거야, 테레자가 말했다. 산딸기 때문에 입에도, 테이블 위 그릇에도 피가 묻어 있었다. 그 옆에 손가락을 뻗고 있는 도자기 손이 있었다. 손가락마다 테레자의 반지가 끼워져 있었다. 손등과 손바닥에는 테레자의 목걸이가 걸려 있었다. 여재단사에게서 산 것도 있었다.

장신구가 없었다면 테이블 위의 손은 뒤틀어진 나무 같았을 것이다. 그러나 장신구에서는 나무줄기와 가지, 이파리에서도 자랄 수 없는 절망이 빛났다.

나는 손가락 끝으로 손잡이가 달린 자작나무 줄기를 쓰다듬었다. 나는 손잡이를 누른 채로 계속 나무를 쓰다듬었다. 아무도 모르게 숲의 바닥에 놓여 있는 돌에 가까이 가고 싶었다. 나는 물었다, 손잡이가 달린 자작나무를 열면 어디로 가게 될까. 테레자가 대답했다, 우리 할머니의 옷장 뒤. 자, 나랑 이거 먹어. 안 그러면 혼자 산딸기 다 먹는다.

너희 할머니 연세가 어떻게 돼, 내가 물었다. 우리 할머니는 남쪽 어느 시골에서 오셨어, 테레자가 말했다. 수박을 따다가 아이를 가졌는데 누구 아이인지 몰랐대. 동네 망신이었지. 그래서 기차를 탔어. 이가 아팠대. 이곳의 역에서 선로가 끝났어. 할머니는 내렸지. 그리고 발길 닿는 대로 치과에 갔다가 그곳에 눌러 앉았어.

의사는 할머니보다 나이가 많고 혼자였어, 테레자가 말했다. 그는 수입이 있었고, 할머니가 가진 거라곤 비밀뿐이었어. 할머니는 그에게 아이를 가졌다는 얘기를 하지 않았어. 조산이라고 생각하겠지 싶었대. 그리고 우리 아버지는 정말 조산이었어. 치과의사가 산원으로 꽃을 들고 할머니를 보러 왔어.

할머니가 퇴원하던 날, 그는 오지 않았어. 할머니는 아이를 데리고 택시를 타고 집으로 갔지. 그는 할머니를 집으로 들이지 않았어. 대신 할머니에게 어느 장교의 주소를 주었어. 할머니는 그의 집에 고용되었어.

수년간 장교는 밤마다 할머니를 찾았어. 우리 아버지는 자는 척했지. 그렇게 해야 장교의 아이들처럼 가질 수 있다는 걸 알아챘던 거야. 듣는 사람이 없을 때는 장교에게 아버지라고 불러도 됐어. 같은 식탁에서 밥을 먹기도 했고. 어느 날, 장교 부인이 우리 할머니에게 유리잔을 깨끗이 씻지 않았다고 소리를 지르자 우리 아버지가 말했어, 아버지 물 줘. 장교 부인이 아이와 장교를 번갈아 보았어. 어쩜 저 얼굴에서 오려낸 것 같구나, 그녀가 말했어.

그녀는 우리 할머니 손에서 칼을 빼앗아 토끼고기를 잘게 썰었어.

모두 밥을 먹는 동안 할머니는 짐을 쌌지. 손에 트렁크를 들고 볼이 미어터져라 고기를 물고 있는 아이를 의자에서 들어 올렸어. 장교의 아이들이 문까지 따라 나오려 했지만 장교 부인이 식탁 앞에서 일어나지 못하게 했어. 아이들은 하얀 냅킨을 흔들었지. 장교는 감히 문 쪽을 쳐다볼 엄두를 내지 못했어.

치과의사는 부인 둘을 더 얻었어, 테레자가 말했다. 둘 다 그를 떠났지, 아이를 갖고 싶어서. 그는 아이를 갖게 할 수 없었어. 조금만 속아줬더라면 우리 할머니와 행복하게 살 수 있었을 텐데. 죽으면서 그는 우리 아버지에게 집을 물려줬어.

너 아이 낳고 싶니, 그 당시 테레자가 물었다. 아니, 내가 대답했다. 상상해봐, 너는 산딸기, 오리와 빵을 먹어, 너는 사과와 자두를 먹어, 욕을 하며 기계 부품을 이리저리 들고 다녀, 전차 안에서 머리를 빗어. 그 모든 것이 한 아이가 되는 거야.

나는 지금도 자작나무의 손잡이를 쳐다보던 생각난다. 그리고 그때 겉으로 보이지 않던 테레자의 겨드랑이 아래에 호두가 있었다는 것도. 호두는 시간이 흐를수록 점점 굵어졌다.

호두는 우리에게 대항해, 모든 사랑에 대항해 자랐다. 아무런 거리낌 없이 모든 걸 누설할 준비가 되어 있었다. 테레자는 그것 때문에 죽기 전에 우리의 우정을 갉아먹었다.

테레자의 남자친구는 그녀보다 네 살 많았다. 그는 수도에서 대학을 다녔다. 의대생이었다.

의사들이 호두가 테레자의 가슴과 폐를 에워싸고 있다는 건 전혀 모르면서도 테레자가 아이를 갖지 못하리라는 건 이미 알고 있었을 무렵, 대학생은 숙련 의사가 되었다. 그는 아이를 갖고 싶다고 그녀에게 말했다. 그것은 진실의 후미진 모퉁이에 불과했다. 그는 테레자를 버렸다, 그녀가 그의 삶 안에서 죽음을 맞이하지 않도록. 죽음에 대해 배울 만큼 배운 그였다.

나는 그 나라를 떠났다. 나는 독일에 있었고 경감 프옐레는 멀리서 전화와 편지로 목숨을 위협했다. 편지 윗부분에는 두 개의 손도끼가 교차되어 있었다. 편지마다 누구 것인지 까만 머리카락 한 올이 들어 있었다.

나는 편지를 자세히 들여다보았다. 마치 경감 프엘레가 보낸 살인자가 줄 사이에 숨어 내 눈을 들여다보기라도 하는 듯.

　전화벨이 울리자 나는 수화기를 들었다. 테레자였다.

　돈 보내줘, 널 찾아가고 싶어.

　여행해도 되니.

　그럴걸.

　그것이 통화 내용이었다.

　그러고 나서 테레자가 나를 찾아왔다. 나는 기차역으로 그녀를 마중 나갔다. 그녀의 얼굴은 달아오랐고 내 눈은 축축이 젖었다. 플랫폼에서 나는 테레자의 몸을 구석구석 만지고 싶었다. 내 손이 너무 작게 느껴졌고, 테레자의 머리 위로 보이는 지붕까지 뛰어오를 뻔했다. 테레자의 트렁크 때문에 팔이 늘어지는데도 솜털처럼 가볍게 느껴졌다. 버스에 타고 나서야 트렁크 손잡이에 밀려 손바닥이 빨갛게 까진 걸 알았다. 나는 버스 기둥을 잡고 있는 테레자의 손을 잡았다. 손에 테레자의 반지들이 느껴졌다. 테레자는 창밖으로 도시를 내다보지 않고 내 얼굴을 들여다보았다. 우리는 웃었다. 바람이 열린 유리창 사이로 킥킥거리는 것 같았다.

주방에서 테레자가 말했다, 누가 날 보냈는지 아니. 프옐레야. 그가 아니었다면 여행을 할 수 없었어. 그녀는 물을 한 잔 마셨다.

왜 왔어.

너 보려고.

그 사람과 무슨 약속을 했니.

아무것도.

여기는 왜 온 거야.

네가 보고 싶어서. 그녀는 또 물 한 잔을 마셨다.

내가 말했다, 더이상 묻지 않는 게 좋을 것 같아.

경감 프옐레 앞에서 스스럼 없이 노래를 불렀어. 그 앞에서 벗는 것도 너처럼 적나라하지는 않았고.

널 보고 싶은 게 잘못은 아니잖아, 테레자가 말했다. 프옐레한테 뭐든 둘러댈 거야. 아무 소용도 없는 걸로. 우리가 입을 맞추면 돼, 너와 나.

너와 나. 테레자는 우리 사이에 너와 나라는 관계가 끝났다는 것을 눈치채지 못했다. 너와 나라는 것을 더이상 함께 소리 내어 발음할 수 없다는 것을. 가슴이 요동쳐 내가 입을 다물 수 없었다는 것을.

우리는 커피를 마셨다. 그녀는 컵에서 손을 떼지 않고 커피를 물처럼 마셨다. 여행 탓에 목이 말랐을지 모른다고 나는 생각했다. 어쩌면 내가 독일로 떠난 뒤로 계속 목이 말랐을지 모른다고. 나는 그녀의 손에 쥐여진 하얀 손잡이와 입가에 닿는 하얀 테두리를 보았다. 잔이 비면 알아서 갈 사람처럼 그녀는 급하게 마셨다. 그런데 막 도착한 사람을 무슨 수로 쫓아내나.

다시 여재단사의 거울 앞에 선 느낌이었다. 나는 테레자를 부분부분 나눠보았다. 두 개의 작은 눈, 긴 목, 굵은 손가락. 시간은 조용히 멈추었다. 테레자는 가야 했다. 너무나 그리웠던 얼굴은 두고. 그녀는 겨드랑이 밑의 흉터를 보여주었다. 호두는 잘라내고 없었다. 테레자는 보내고 그녀의 흉터만 손으로 쓰다듬고 싶었다. 내 사랑을 내 안에서 찢어내 바닥에 내던지고 짓밟고 싶었다. 사랑이 다시 두 눈을 통해 내 머릿속으로 기어들어오도록 내던져진 사랑이 놓인 자리에 재빨리 몸을 눕히고 싶었다. 엉망이 된 옷을 벗겨내듯 테레자에게서 그녀의 죄를 벗겨내고 싶었다.

그녀는 갈증이 가셨다. 그래서 두번째 잔은 첫 잔보다 천천히 마셨다. 그녀는 한 달 동안 머물고 싶어했다. 나는 쿠르트에 대해 물었다. 그의 머릿속에는 도축장밖에 없어, 테레자가 말했다. 피 마시는 얘기뿐이야. 내 생각에 그는 나를 못 견뎌하는 것 같아.

테레자는 내 블라우스, 내 원피스와 치마를 입었다. 그녀는 나 대신 내 옷을 입고 시내로 나갔다. 나는 첫날 저녁 그녀에게 열쇠와 돈을 주었다. 내가 말했다, 난 시간이 없어. 그녀는 넉살 좋게도 그러거나 말거나 대수롭게 여기지 않았다. 그녀는 혼자 다니다가 큰 봉지를 들고 돌아왔다.

저녁이면 그녀는 욕실에서 내 옷을 빨려고 했다. 내가 말했다, 가져도 돼.

테레자가 집을 떠나면 나도 거리로 나섰다. 목울대가 뛰는 것 말고 다른 것은 느낄 수 없었다. 나는 가까운 거리를 벗어나지 않았다. 테레자와 마주치지 않으려고 상점에 들어가지 않았다. 나는 밖에 오래 머물지 않고 그녀보다 먼저 돌아왔다.

테레자의 트렁크는 잠겨 있었다. 나는 카펫 밑에서 열쇠를 발견했다. 트렁크 안주머니에 전화번호 하나와 새 열쇠 하나가 들어 있었다. 나는 현관문으로 갔다. 열쇠가 맞았다. 번호대로 전화를 걸었다. 루마니아 대사관입니다, 목소리가 들렸다. 나는 트렁크를 잠그고 열쇠를 카펫 아래에 도로 넣어두었다. 현관문 열쇠와 전화번호는 내 서랍에 넣었다.

나는 열쇠 돌아가는 소리, 테레자의 발소리, 방문 소리를 들었다. 봉지 바스락거리는 소리, 방문 소리, 주방문 소리, 냉장고 소리를 들었다. 칼과 포크 부딪치는 소리, 수도관을 따라 졸졸 흐르는 물소리, 냉장고 닫히는 소리, 주방문 소리, 방문 소리를 들었다. 소리가 날 때마다 나는 침을 삼켰다. 내 몸에 손이 닿는 것 같았고, 그 소리들이 나를 만지는 것 같았다.

그리고 내 방문이 열렸다. 테레자가 사과를 베어 물고 서서 말했다, 내 트렁크 건드렸지.

나는 서랍에서 열쇠를 꺼냈다. 이게 너의 그 무엇이니, 프엘레에게 쓸모없을 거라는. 넌 염탐하라는 지시를 받고 온 거였어. 오늘 저녁에 기차가 있어.

내 혀는 나보다 더 무거웠다. 테레자는 베어 문 사과를 내려놓았다. 그녀는 짐을 쌌다.

우리는 버스정류장으로 갔다. 나이 든 여자가 각진 핸드백을 들고 손에 승차권을 쥐고 있었다.

그녀가 왔다갔다하며 말했다, 올 때가 됐는데. 나는 택시를 손짓해 불렀다. 버스가 오지 못하도록. 테레자와 같이 앉거나 설 필요가 없도록.

나는 운전사 옆자리에 앉았다.

우리는 플랫폼에 서 있었다. 그녀는 삼 주 더 머물고 싶어했고, 나는 그녀가 당장 사라져주기를 바랐다. 작별인사는 없었다. 기차가 떠났고, 안에서도 밖에서도 손을 흔들지 않았다.

철로는 비고 다리는 실오라기 두 가닥보다 힘이 없었다. 나는 그 밤의 반 동안 기차역에서 집까지 걸어갔다. 도착하고 싶지 않았다. 그 후로 나는 밤잠을 자지 못했다.

나는 깎은 풀이 다시 자라나듯 내 사랑도 그러기를 바랐다. 어떤 식으로든, 아이들의 이처럼, 머리칼처럼, 손톱처럼 다른 방식으로 자라도 좋았다. 처음엔 시트의 차가움이, 그리고 침대에 누우면 이어지는 따뜻함이 나를 놀래주었다.

테레자가 돌아가고 반년 후에 죽었을 때 나는 기억을 덜어내고 싶었다. 하지만 누구에게. 테레자의 마지막 편지는 그녀가 죽고 나서 도착했다.

나는 정원 텃밭의 채소처럼 숨을 쉬어. 몸은 너를 그리워해.

테레자를 향한 사랑이 다시 자라났다. 나는 그러기를 강요했고 스스로를 보호해야 했다. 테레자와 나로부터, 그녀가 나를 찾아오기 전에 내가 알았던 우리로부터. 나는 손을 묶어야 했다.

손은 테레자에게 편지를 쓰고 싶어했고, 내가 아직 우리 둘을 기억한다고 말하고 싶어했다. 내 안의 냉랭함이 이성에 반하는 사랑에 휘둘리고 있다고.

테레자가 떠난 후 나는 에드가와 얘기했다. 그가 말했다. 그애한테 편지하지 마. 네가 먼저 그녀와 끝낸 거잖아. 네가 얼마나 괴로워하는지 그녀에게 쓴다면 모든 게 처음으로 돌아가. 그러면 그녀가 다시 오겠지. 내가 보기에 테레자는 프엘레와 아는 사이야, 그녀가 너를 아는 만큼 오래. 어쩌면 그보다 더 오래.

묶인 사랑은 언제, 어떻게, 어떤 식으로 살인구역으로 가게 되는 것일까. 터져나오는 대로, 세상의 욕이란 욕은 다 외치고 싶었다.

> 사랑하고 떠나는 자
> 신의 저주를 받아야 하리
> 풍뎅이의 걸음으로
> 바람의 웅웅 소리로

땅의 먼지로
신은 그를 저주해야 하리
욕설을 뱉는다, 그러나 어느 귀에 대고

내가 사랑에 대해 얘기하면 지금은 풀이 귀를 기울인다. 내게
는 이 단어가 스스로에게도 정직하지 않은 것처럼 보인다.

그러나 문손잡이가 달린 자작나무가 숲에 놓인 돌과 너무 멀
리 떨어져 있던 그 당시에 테레자가 옷장을 열고 여름별장에서
가져온 상자를 보여주었다. 여기가 공장보다 나아, 테레자가 말
했다. 더 있으면 이리로 가져와. 에드가와 쿠르트, 게오르크도
당연히. 우리 집에 자리 넉넉해. 정원에서 함께 산딸기를 따며
테레자가 말했다.
그녀의 할머니는 뽕나무 아래 앉아 있었다. 산딸기 덤불에는
달팽이가 많았다. 흑백 줄무늬 껍데기가 그들의 집이었다. 테
레자는 산딸기를 세게 쥐어 뭉갰다. 다른 나라에서는 달팽이를
먹는대, 테레자가 말했다. 달팽이집에 들어 있는 달팽이를 빨아
먹어. 테레자의 아버지는 하얀색 아마포 가방을 들고 거리로 나
섰다.

테레자는 다시 로마와 아테네 그리고 바르샤바와 프라하를 혼동했다. 이번에 나는 입을 다물고 있지 않았다. 너, 나라 이름은 네 옷 보고 기억하는 것 같은데 도시는 네 맘대로 이리 놨다 저리 놨다 하더라. 지도 좀 봐. 테레자는 반지에 묻은 으깨진 산딸기를 핥았다. 그런 거 안다고 별거 있디 년, 그녀가 말했다.

할머니가 뽕나무 아래 의자에 앉아 있었다. 그녀는 얘기를 들으며 사탕을 빨아먹었다. 테레자가 그릇 가득 산딸기를 담아 곁을 지나갈 때 사탕은 볼 안에서 이리저리 움직이지 않았다. 할머니는 눈을 반쯤 감고 잠이 들었다. 사탕은 오른쪽 볼 안에 들어 있었다. 치통이 있는 사람처럼 보였다. 기차에서 선로가 끝나는 꿈을 꾸던 그 당시처럼. 뽕나무 이파리 아래 꿈속에서 그녀의 생은 또다시 처음부터 시작이다.

테레자가 내게 해바라기 다섯 송이를 잘라주었다. 헛짚은 도시 이름 때문에 줄기 길이가 손가락 길이처럼 들쑥날쑥했다. 나는 해바라기 꽃을 마르기트 부인에게 주고 싶었다. 집에 늦게 들어가기 때문이기도 했지만 에드가와 쿠르트, 게오르크가 한 주 내에 방문할 것이기 때문이기도 했다.

헝가리 봉지는 마르기트 부인의 침대 옆에 놓여 있었다. 예수가 어두운 벽에서 조명을 받은 그녀의 얼굴을 내려다보았다. 마르기트 부인은 꽃을 받지 않았다. 넴 스젭,[*] 그녀가 말했다. 심장도 없고 얼굴도 없는 꽃이야.

테이블에는 편지 한 통이 놓여 있었다. 어머니의 허리 통증 뒤에 쓰여 있었다.

월요일 아침에 할머니를 위해 깨끗한 옷을 놓아두었다. 들판으로 나가시기 전에 그걸 입으셨단다. 때 묻은 옷은 세제를 푼 물에 담가놓았지. 한쪽 주머니에 들장미 열매가 들어 있더구나. 다른 쪽 주머니에는 제비 날개 두 개가 들어 있고. 세상에, 어쩌면 할머니가 제비를 먹었는지도 모르겠구나. 이 정도라면 부끄러운 일 아니니. 네가 할머니와 한번 얘기해봤으면 좋겠다. 노래를 부르지 않게 된 뒤로 널 알아보지 못하시는 것 같긴 하다만. 그래도 너를 항상 사랑했잖니, 네가 누군지만 몰랐지. 어쩌면 다시 알아보실 거야. 나야 원래부터 꼴 보기 싫어하셨고. 집으로 오렴, 내 보기엔, 얼마 남지 않았다.

에드가와 쿠르트, 게오르크와 나는 마당의 회양목 정원에 앉

---

[*] 헝가리어로 '안 예뻐'라는 뜻. (원주)

왔다. 보리수나무가 바람에 흔들렸다. 파이어아벤트 씨가 성경을 들고 그의 집 현관 앞에 앉아 있었다. 마르기트 부인은 내가 에드가와 쿠르트, 게오르크와 마당으로 가기 전에 욕을 했다. 상관없었다.

게오르크가 손잡이가 달린 동그란 초록색 나무판을 선물했다. 판 위에 노랑, 빨강, 흰색 닭이 일곱 마리 앉아 있었다. 닭의 목과 배 사이로 끈이 지나갔다. 끈은 동그란 판 밑의 나무구슬과 연결되어 있었다. 판자를 손에 들면 구슬이 미끄러졌다. 끈이 우산살처럼 팽팽해졌다. 나는 손에 든 판을 가볍게 흔들었다. 닭들이 고개를 숙였다 쳐들었다. 부리가 동그란 초록색 나무판을 쪼는 소리가 났다. 판 밑에 게오르크가 썼다.

사용법: 견딜 수 없이 슬플 때 판을 제가 있는 방향으로 흔드세요.

당신의 붉은등때까치

초록색은 풀이야, 게오르크가 말했다. 노란 점은 옥수수알이고. 에드가 판을 가져가 읽으며 흔들었다. 구슬이 미끄러졌다. 닭들이 홰를 치고 부리를 부딪히며 모이를 쪼아댔다. 우리는 거의 눈을 감은 채로 큰 소리로 웃었다.

나는 닭을 흔들고 싶었다. 다른 사람들은 지켜보아야 했다. 판은 내 것이었다.

아이가 집을 나선다. 집에는 어른들뿐이다. 아이는 다른 아이들이 있는 곳으로 장난감을 가지고 간다. 손에, 주머니에 들어가는 만큼 많이 가지고서. 심지어 바지 속, 치마 속에도 넣었다. 아이는 손에서 장난감을 내려놓고 바지 속과 치마 속을 비운다. 놀이가 시작되면 아이는 다른 아이가 자기 장난감을 만지는 꼴을 보지 못한다.

아이는 다른 아이들이 자기보다 재미있게 노는 걸 보고 갑자기 시샘한다. 저 혼자만의 것을 다른 아이들이 만지는 게 아깝다. 그러나 혼자가 될까봐 두렵기도 하다. 아이는 시샘하지도, 인색하지도, 두렵지도 않고 싶은데 점점 더 그렇게 된다. 아이는 물고 할퀴어야만 한다. 아이들을 쫓아내고 아이가 고대했던 놀이를 망치는 건 고집 센 괴물이다.

그리고 다시 혼자가 된다. 아이는 못났다. 이 세상에 아이처럼 버려진 것은 없다. 아이는 두 눈을 가리기 위해 두 손이 필요하다. 아이는 장난감을 모두 남겨두고 싶다, 줘버리고 싶다. 아이는 기다린다, 누가 자신의 장난감을 만지기를. 혹은 아이의 손을 눈에서 떼어내주기를, 함께 물어뜯거나 할퀴어주기를. 맞은 매를 돌려주는 건 죄가 아니다, 할아버지가 말했다. 그러나 아이들은 물지도 할퀴지도 않는다. 그들은 외친다, 다 치워버려. 난 그런 거 필요 없어.

아이가 어머니에게 매 맞기를 기다리는 날들이 있다. 아이는 종종걸음을 친다. 아직 죄가 싱싱할 때 아이는 서둘러 집으로 가고 싶다.

어머니는 아이가 왜 그렇게 빨리 집으로 돌아왔는지 안다. 어머니는 아이를 건드리지 않는다. 문과 의자 사이의 메울 수 없는 거리 속에서 어머니가 말한다, 그럼 애들이 널 무시하잖아, 이제 네 장난감을 먹어치우려무나. 바보처럼 노는 것도 못해.

그리고 지금 나는 다시 에드가의 팔을 잡아당겼다. 그러다 줄 끊어지겠어. 닭괴롭히기 이리 내놔, 모두가 외쳤다. 닭괴롭히기. 게오르크가 말했다, 슈바벤 닭괴롭히기. 그러다 줄 끊어져, 나는 판을 보며 외쳤다. 어린애처럼 인색하게 굴기엔 나는 너무 나이가 들어버렸지만 고집 센 괴물은 다시 나를 손아귀에 넣었다.

파이어아벤트 씨는 의자에서 일어나 그의 방으로 갔다.

에드가가 손을 내 머리 위로 들어 올렸다. 나는 닭 아래로 미끄러지는 구슬을 보았다. 이것들이 날아가면서도 먹이를 먹네, 에드가가 외쳤다. 파리 잡아먹나보다, 쿠르트가 외쳤다. 엎어져서 코가 납작해졌네, 게오르크가 외쳤다. 그들은 바보처럼 굴었다. 줄에 꿰인 구슬처럼 이성이 머릿속에서 날아가버린 사람들 같았다. 나는 얼마나 나를 벗어나 그들에게로 가고 싶었던가. 놀이를 망치지 않을 수 있게, 광기를 훔쳐가지 않을 수 있게. 그들도 알 거야, 나는 생각했다. 곧 우리에겐 남는 것이 없으리라는 걸, 우리가 누구이고, 어디에 있다는 것을 빼고는. 그때 나는 이미 에드가의 손목을 물었고, 닭 괴롭히기를 그의 손에서 낚아채며 그의 팔을 할퀴었다.

에드가가 물린 자국의 피를 혀로 핥았고, 쿠르트는 나를 빤히 바라보았다.

그라우베르크 부인이 마당에서 외쳤다, 와서 밥 먹으렴. 손자는 보리수나무 위에 앉아 소리쳤다, 무슨 밥인데요. 그라우베르크 부인이 손을 쳐들었다, 요 녀석, 잡히기만 해봐라. 보리수나무 아래에 낫이 놓여 있었다. 가장 낮게 늘어진 가지에는 갈퀴가 걸려 있었다.

아이가 나무를 타고 내려와 잔디 위에 놓인 낫 옆에 섰을 때

갈퀴는 여전히 가지에서 흔들렸다. 닭 괴롭히기 보여줘, 아이가 말하자 게오르크가 대답했다. 애들 장난감 아니야. 아이는 토끼 주둥이를 하고 손을 허벅지 사이에 끼우며 말했다. 나 여기 털 나. 내가 대답했다. 이상한 거 아냐. 우리 할머니가 그랬어, 내가 너무 빨리 사내가 된다고. 그러고는 아이는 달아났다.

아이가 좀 사라져줬으면, 에드가가 말했다. 여기서 내가 뭘 하겠다는 거지. 우연히 테레자가 나타난다면 이 애들은 뭐라고 말할까, 나는 생각했다. 우연을 가장해 이 자리에 나타나기로.

쿠르트는 커다란 여행 가방에서 화주 두 병을, 안주머니에서 코르크 따개를 꺼냈다. 마르기트 부인이 잔을 내주지 않을 거야, 내가 말했다. 우리는 병째 들고 마셨다.

쿠르트가 도축장에서 찍은 사진들을 보여주었다. 한 사진은 갈고리에 말리려고 걸어둔 쇠꼬리를 찍은 것이었다. 저기 거친 꼬리털은 집에서 병소제용 솔로 쓰는 거고, 여기 부드러운 것은 애들이 갖고 노는 거야, 쿠르트가 말했다. 다른 사진에는 송아지가 보였다. 남자 셋이 송아지 등에 올라타 있었다. 한 명은 맨 앞쪽 목에 타고 있었다. 그는 고무앞치마를 두르고 손에 칼을 쥐었다. 그 뒤로 한 사람이 굵은 망치를 들고 있었다. 다른 두 남자가 송아지 앞에 반원처럼 구부정하게 서 있었다. 커피잔을 들고서. 다음 사진에선 앉아 있던 사람들이 송아지의 귀와 다리를 단단히 붙들었다. 다음에는 칼이 목을 지나갔다. 남자들이 커피잔으로 뿜어져나오는 피를 받았다. 다음 사진에서 그들은 그것을 마셨다. 송아지는 홀로 빈 도축장에 남겨졌다. 피를 담았던 잔들은 송아지 뒤로 보이는 창틀에 놓여 있었다.

어떤 사진에는 파헤친 땅, 곡괭이, 삽, 쇠파이프가 있었다. 배경은 덤불이었다. 삭발하고 속옷만 걸쳤던 남자가 있던 곳이야, 쿠르트가 말했다.

쿠르트는 우리에게 사진 속 직원들을 보여주었다. 처음엔 몰랐어, 그가 말했다. 왜 그렇게 모두 도축장 안을 바삐 뛰어다니는지. 내 사무실은 건물 다른 쪽에 있고, 창은 들판 쪽으로 나 있어. 하늘, 나무, 덤불, 갈대, 쉬는 시간이면 나는 그런 것들을 봐야 하지. 그들은 나를 도축장 안에 들어오지 못하게 해. 다른 곳은 다 돼도 거기는 안 된대. 이젠 내가 보든 말든 상관없지. 게오르크가 두번째 병에서 마개를 빼냈다. 에드가는 사진을 나란히 잔디 위에 놓았다. 뒷면에 번호가 매겨져 있었다.

우리는 송아지 앞의 남자들처럼 사진 앞에 앉았다. 소와 돼지 사진도 똑같은 게 있어, 쿠르트가 말했다. 그는 내게 그의 팔에 쇠파이프를 떨어뜨린 직원을 보여주었다. 제일 젊은 사람이었다. 쿠르트가 사진을 신문지로 말았다. 그리고 재킷 주머니에서 칫솔을 꺼냈다. 프옐레가 나 있는 곳에 왔었어, 그가 말했다. 여

재단사 집에 사진들을 가져가서 잊고 와. 테레자가 나아, 내가
말했다. 다른 것도 가져와.

그게 누군데, 게오르크가 물었다. 내가 말을 꺼내려고 하는데
쿠르트가 먼저 말했다, 여재단사랑 비슷해.

여자들은 꼭 의지할 여자가 필요하지, 에드가가 말했다. 여자
들은 더 잘 미워하려고 친구가 돼. 미워할수록 더 꼭 붙어다니더
라. 여교사들 보면 딱 그래. 한 사람이 소곤거리면 한 사람은 귀
를 갖다 대. 입을 말린 살구처럼 벌리고. 수업 종소리가 울려도
떨어질 줄 몰라. 교실 문 앞에 입과 귀를 붙이고 천년만년 서 있
어. 그러다 수업의 반은 날려보낼걸. 그리고도 쉬는 시간이 되면
또 쑥덕대.

다 남자 얘기 아니고 뭐겠어, 게오르크가 말했다. 에드가가
웃으며 대답했다, 대개는 남편 하나에 곁다리로 또하나 정도 있
잖아.

에드가와 게오르크는 두 여교사의 곁다리 남자였다. 야외에
서 만나는 남자들, 그들은 말했다. 그리고 얼굴을 살짝 붉히며
쿠르트와 나를 바라보았다.

겨울이 지났을 때 남자가 더이상 없었으므로 나는 겨울의 곁
다리 여자였다.

그는 사랑에 대해 얘기하는 법이 없었다. 그는 물을 생각하며 말했다. 내가 그에겐 지푸라기 같은 존재라고. 지푸라기라면 나는 땅바닥의 지푸라기였다. 우리는 매주 수요일 일과가 끝난 뒤 숲에 누웠다. 늘 같은 자리, 풀이 높이 자라고 땅이 단단한 곳이었다. 풀은 늘어졌다. 우리는 서둘러 사랑을 했고, 그러고 나면 열기와 냉기가 동시에 살갗을 파고들었다. 풀은 왠지 몰라도 다시 일어났다. 그리고 우리는 왠지 몰라도 검은 아카시아나무 위의 까마귀 둥지를 셌다. 둥지는 비어 있었다. 거봐, 그가 말했다. 안개에 구멍이 뚫렸다가 이내 닫혔다. 아무리 숲을 종종거리며 다녀도 발이 가장 시렸다. 어둠이 오기 전에 추위가 깨물기 시작했다. 내가 말했다, 다시 자러 오겠지. 먹이를 찾으러 들판에 간 거야. 까마귀는 백 살까지 살아.

가지에 맺힌 물방울이 투명하게 빛나지 않았다. 그것은 사람 코처럼 얼어 있었다. 한 시간 동안 꼬박 지켜보아도 빛이 어떻게 사라지는지 알 수 없었다. 눈에 잡히지 않는 것들이 있는 거야, 그가 말했다.

캄캄해지면 우리는 전차를 타고 도시로 돌아왔다. 그가 수요일 저녁마다 집에 그렇게 늦게 들어가 무슨 말을 하는지, 나는 알지 못했다. 그의 아내는 세제공장에서 일했다. 아내에 대해 나는 한 번도 묻지 않았다. 나 때문에 그녀가 혼자가 되는 일은 없으리란 걸 알고 있었다. 그 남자를 뺏고 말고의 문제가 아니었다. 나는 그저 수요일 저녁 숲에서만 그가 필요했다. 남자는 가끔 아이가 말을 더듬는다고, 시골 처가에 가 있다고 했다. 그는 토요일마다 아이를 보러 갔다.

수요일마다 까마귀 둥지는 비어 있었다. 거봐, 그가 말했다. 까마귀 얘기는 그의 말이 맞았다. 그러나 지푸라기 얘기는 맞지 않았다. 숲 바닥에 놓인 지푸라기는 하찮았다. 나는 그에게 그런 존재였고, 그도 나에게 마찬가지였다. 하찮음은 상실이 이미 습관이 되었을 때의 정거장이었다.

그는 테레자의 사무실에서 일하는 사람 가운데 한 명이었다. 어느 날부턴가 그는 다시는 일터에 나오지 않았다. 까마귀 둥지 아래서 그는 나에게 도나우 강을 넘어 도망치자고 했다. 그는 안개라는 패를 집었다. 다른 이들은 바람, 밤 혹은 해라는 패를 집었다. 같은 걸 해도 사람에 따라 달라. 좋아하는 색이 각기 다르듯, 내가 말했다. 그러나 속으로 이렇게 생각했다. 자살과 다름없어.

우리의 아카시아나무 숲에도 줄기에 문손잡이가 달린 나무가 어딘가 있었을 것이다. 당시 그 숲에서가 아니라 나중에야 나는 그런 나무줄기를 보았다. 너무 가까워서였을까. 나는 못 보았지만 그는 그 나무를 알고 있었고 문을 열었다.

다음 주 수요일, 그는 아내와 도주하다가 죽었다. 나는 그가 살아 있다는 신호를 기다렸다. 나는 사랑 때문에 그를 그리워하진 않았다. 그러나 비밀을 나눈 사람의 죽음은 참기 힘들었다. 나는 그때 이미 내가 왜 그와 함께 숲으로 가는지 스스로 묻고 있었다. 그의 몸 아래 무성한 풀 위에 누워 잠시 살덩어리 아래서 버둥거리면서도 나는 잠시도 그와 눈을 마주치지 않았다. 아마도 그것이었을까.

몇 달이 지나서야 의무실에 그의 이름이 적힌 종잇조각이 놓였다. 공장 구석구석을 쑤시고 다니는 테레자가 공식 통지서를 보았다. 거기에 쓰여 있었다. 이름, 직업, 주소, 사망일. 진단: 자연사 — 심부전. 사망지: 자택. 시간: 17시 20분. 법의학자 날인, 파란 글씨의 서명.

그의 아내 이름이 적힌 똑같은 종잇조각이 세제공장으로도 갔다. 그곳에 테레자가 아는 간호사가 있었다. 사망일은 같았다. 자연사 — 심부전, 12시 20분 자택에서.

그에 대해 많이도 묻는다, 테레자가 말했다. 그 사람은 네가 더 잘 알면서. 그와 뭔가 있었지, 다들 알아. 그게 너에 대해 내가 처음 알게 된 사실이었어. 우리가 여재단사 집에서 만나기 전에, 그가 거기 있었어. 내가 가니까 가더라고. 여재단사가 그에게 카드 패를 읽어줬어. 이제 와서 중요한 것도 아니지만, 테레자가 말했다. 나라면 그를 믿지 않았을 거야.

경감 프엘레는 그에 대해 한 번도 묻지 않았다. 어쩌면 프엘레가 모르는 것도 있는가보았다. 하지만 그렇게 자주 숲으로 갔는데 어떻게 모를 수 있었을까. 어쩌면 프엘레는 나에 대해 그와 얘기했을지도 몰랐다. 그러나 그는 숲에서 내게 아무것도 캐묻지 않았고, 나에 대해 제대로 아는 게 없었다. 그를 사랑하지 않았기에 나는 그런 것이 보였다.

그러나 어쩌면 그는 프엘레에게 나에 대해 말할 수 있었을 것이다. 꼭 할 수밖에 없을 때 내가 어떻게 노래를 부르는지.

너희는 사랑도 하는구나. 나무 냄새와 첫내가 나는걸, 쿠르트가 말했다. 나도 사랑이 그립다, 하지만 지금이 나아. 도주하다 죽었다고 들은 사람들 명단을 정리하면서 피 마시는 자들의 아내나 딸과 잘 순 없어, 그가 말했다. 명단은 두 장이었다. 에드가가 명단을 외국으로 보냈다.

대개의 이름을 나는 테레자에게서 들었고, 몇몇은 여재단사에게 들었다. 정액 자국 애인을 둔 손님과 그녀의 남편, 그의 사촌은 이 세상 사람이 아니었다.

게오르크가 낫으로 풀을 베었다. 우리는 명단과 화주 때문에 머리가 무거웠다. 게오르크는 실없어졌다. 그는 손에 침을 탁 뱉더니 갈퀴 뒤에서 경중경중 뛰며 짚 덤불을 만들었다. 갈퀴가 다시 나뭇가지에서 출렁거렸다. 게오르크가 바지 주머니에서 칫솔을 꺼냈다. 그러고는 거기에 침을 뱉어 눈썹을 빗었다.

여름별장은 누구 거야, 내가 물었다. 어떤 세무관리 거, 에드가가 대답했다. 외화가 많은 사람이야. 돈을 우리 부모 집 샹들리에 안에 남모르게 감춰둬. 아버지는 전쟁 때 그를 알았대. 이제는 정년퇴직했지만 국경 너머로 명단을 보낼 수 있어. 그 사람 아들이 나한테 열쇠를 줬어. 그는 도시에 살아.

에드가의 방에서 서류들이 사라졌다. 그는 명단을 한 부씩 더 가지고 있었다. 집은 안 되겠어, 그가 말했다. 그러나 그의 시는 여분이 없었다. 기억 속에조차도, 에드가가 말했다.

그날 오후 테레자는 오지 않았다. 나는 공장에서 그녀에게 사진을 건넸다. 그녀의 아버지는 전날 경고를 받았다. 나와 얽여서 그의 딸에게 좋을 게 없다고 경감 프엘레가 말했다. 붉은 등만 켜지 않았을 뿐이라고.

난 모른 척하고 물었어, 테레자가 말했다. 프엘레가 당이냐고.

아버지가 그러시더라, 당은 유곽이 아니야.

에드가와 쿠르트, 게오르크가 떠나고 한참 시간이 흘렀다. 베어낸 풀들은 햇볕에 말라갔다. 나는 매일, 풀 더미의 빛이 바래고 숨이 죽는 걸 보았다. 풀은 이미 건초가 되었다. 베인 자리에 다시 풀이 솟았다.

어느 오후 하늘이 어두워지며 노랗게 이글거렸다. 도시 후미에서 천둥 번개가 쳤다. 보리수나무가 바람에 휘고 잔가지들이 부러졌다. 바람은 보리수나무를 회양목 있는 곳까지 밀어붙였다가 다시 공중으로 들어 올렸다. 회양목에서 파닥거리며 나무 부러지는 소리가 났다. 빛은 석탄이나 유리 같았다. 손을 뻗어 공기를 만질 수 있었다.

파이어아벤트 씨는 나무 아래 서서 건초를 파란 쿠션 안에 쑤셔 넣었다. 바람이 그의 손에서 건초 단을 앗아갔다. 그는 흩어지는 건초를 따라 뛰어가 신발 신은 발로 밟았다. 그의 모습이 빛 속에서 도려낸 듯 보였다. 나는 번개가 그를 내려칠까봐 무서웠다. 빗방울이 굵어지자 그는 지붕 아래로 뛰어들었다. 옐자 줘야지, 그가 말하며 파란 쿠션을 그의 방으로 가져갔다.

어머니의 허리 통증 뒤에 쓰여 있었다. 마르기트 부인이 편지를 보냈더구나. 네가 세 남자와 사귄다고. 그 애들이 독일인이라니 그나마 다행이지만, 화냥질이기는 마찬가지야. 몇 년 동안 돈 들여 대처에서 자식을 가르쳐놨더니 참 꼴좋구나. 그 대가가 창녀라니. 공장에도 사귀는 남자가 있을 것 아니니. 하느님 맙소사, 어느 날 네가 왈라키아인을 데려와 소개하지나 않을지. 제 남편이에요, 그러면서. 이발사는 전에 도시에서 머리를 자르지 않았니. 그때 벌써 그랬지, 뱉어놓은 침보다 쓸모없는 게 배운 여자라고. 하지만 누구나 제 자식은 그렇지 않다고 생각하는 법 아니겠니.

냄비 안에서 밀랍이 끓었다. 거품이 튀고 주걱 주위로 맥주처럼 거품이 일었다. 테이블 위의 도가니, 붓, 유리잔 사이에 사진이 한 장 있었다. 미용사가 말했다. 우리 아들이에요. 아이는 품에 하얀 토끼를 안고 있었다. 저 토끼는 이제 없어요, 그녀가 말했다. 젖은 토끼풀을 먹었어요. 위가 터졌죠. 테레자가 욕을 했다. 우리도 몰랐죠, 미용사가 말했다. 아침에 이슬 맺힌 풀을 따다 먹였어요. 싱싱할수록 좋을 거라 생각했으니까. 그녀는 주

격으로 손바닥만 한 밀랍을 테레자의 다리에 떨어뜨렸다. 할 때가 되었네요, 그녀가 말했다. 장딴지에 벌써 고사리가 자라요. 밀랍을 떼어내자 테레자가 눈을 질끈 감는다. 어차피 나중에 잡아먹었을 테지만, 미용사가 말했다, 그래도 그건 아니었는데. 밀랍이 한 줄씩 뜯겼다. 미용사는 계속해서 뜯었다. 첫 줄은 아파요, 서서히 익숙해지죠. 살다보면 더 아픈 게 태반이잖아요. 미용사가 말했다.

더 아픈 거 뭐요, 그녀에게 물어볼 수도 있었을 것이다. 그 생각에 나는 제모를 할지 말지 선뜻 결심이 서지 않았다.

테레자는 손을 머리 뒤로 깍지 끼고 나를 보았다. 눈을 고양이처럼 동그랗게 뜨고서. 무서워, 그녀가 말했다. 미용사가 밀랍을 테레자의 겨드랑이에 조그맣게 발랐다. 뾰족한 손가락으로 떼어내자 밀랍은 머리빗이 되었다.

토끼는 예쁘지, 특히 하얀색, 테레자가 말했다. 하지만 고기는 회색 토끼 냄새가 나. 토끼는 깨끗한 동물이에요, 미용사가 말했다. 테레자의 겨드랑이가 매끈해졌다. 나는 거기에서 호두만 한 혹을 보았다.

닭괴롭히기는 사전 옆에 놓여 있었다. 테레자가 매일 밥 먹기 전에 그걸 흔들었다. 문을 열고 들어오면서 그녀는 말했다, 닭 모이 주러 왔어. 그리고 매번 물었다, 게오르크의 사용법에 쓰여 있다는 새 이름이 루마니아어로 뭐냐고. 내가 테레자에게 루마니아어로 말해줄 수 있는 건 독일어로 그 새 이름이 뭔가뿐이었다. 붉은등때까치의 독일어 이름은 아홉 번 죽인 살인자였다. 새 이름은 어느 사전에도 나와 있지 않았다.

어렸을 때 독일인 보모가 있었어, 테레자가 말했다. 늙은 여자였지. 행여나 아버지가 한눈을 팔까봐 어머니가 젊은 보모를 들이려고 하지 않았거든. 완고한 할멈에게서 모과 냄새가 났어. 팔에 긴 털이 났었지. 나는 할멈에게 독일어를 배워야 했어. 빛(Das Licht), 사냥꾼(Der Jäger), 신부(die Braut). 내가 제일 좋아한 말은 먹이(Futter)였어. 우리 나라 말로 새라는 뜻이었거든. 그 말에선 모과 냄새가 나지 않았어.

우리는 소에게 먹이를 주고
소는 우유와 버터를 주네

보모가 내게 노래를 불러줬어.

아이들아 어서 집으로 오너라

어머니가 곧 불을 끄신다

할멈이 노래 가사를 번역해주었는데 나는 매번 까먹었어. 슬
픈 노래였지. 나는 즐겁고 싶었는데. 엄마가 시장에 보내면 할멈
은 나를 데려갔어. 집에 오는 길에 나는 할멈과 사진관 진열장에
놓인 신부 사진들을 봤어. 그런 때는 할멈이 입을 다물고 있어서
좋았어. 진열장 안을 나보다 더 오래 들여다봐서 되레 내가 그만
가자고 끌어당겨야 했지. 유리에 우리의 지문이 남았어. 독일어
는 내게 여전히 딱딱한 모과 같아.

호두를 본 이후로 나는 테레자에게 매일 물었다, 의사에게 가
봤느냐고. 그녀는 손가락에 낀 반지를 뱅글뱅글 돌리며 바라보
았다. 거기에 답이 있기라도 한 듯. 그녀는 고개를 저었다. 그리
고 욕하며 밥 먹는 걸 그만두었다. 얼굴이 굳었다. 어느 월요일
에 갔었어, 그녀가 말했다. 언제, 내가 물었다. 어제 어떤 의사에
게 갔었어, 테레자가 말했다. 지방이 뭉친 거래, 네가 생각하는
것이 아니고.

나는 그녀를 믿지 않았다. 그녀의 눈에서 갓 건져 올린, 촉촉
이 젖은 거짓을 발견했다. 나는 그녀의 얼굴에서 입가에 스멀거
리는 건방지고 약삭빠른 도시 아이를 보았다. 테레자는 작은 병
정을 입속으로 밀어넣고 씹으며 닭에게 모이를 쪼게 하고 구슬

을 미끄러뜨렸다. 나는 속으로 생각했다. 거짓말하면 입맛이 떨어져. 테레자가 계속 먹었으므로 나는 의심을 거뒀다.

네가 내일 변신할 수 있다면 뭐가 되고 싶니, 테레자가 물었다. 새가 되고 싶어.

테레자는 더이상 말하지 못했다. 내일 닭 모이 주러 올게. 우리는 더이상 함께 밥을 먹을 수 없었다.

어느 날 아침 일하러 나오자 탁탁거리는 소리가 났다. 복도는 조용했고 아무도 없었다. 나는 열쇠를 들고 사무실 앞에 서 있었다. 귀를 기울였다. 툭탁거리는 소리는 문 뒤에서 났다. 나는 문을 열었다. 누가 책상 앞에 앉아 있었다. 그는 닭괴롭히기를 가지고 놀고 있었다. 아는 얼굴이었다. 프로그래머로 불리는 사람이었다. 그는 홀린 듯 웃었다. 나는 그의 손에서 닭괴롭히기를 빼앗았다. 그가 말했다, 문명사회에서는 이 시간에 들어오려면 먼저 문을 두드리지 않나. 나는 지각하지 않았지만, 해고된 참이었다. 문을 닫고 나오니 복도에 나의 자질구레한 물건들이 놓여 있다. 비누, 수건, 테레자의 수중전열 히터와 냄비. 냄비 안에는 숟가락 두 개, 나이프 두 개, 커피와 설탕, 잔 두 개가 있었다. 잔 하나에는 고무지우개가, 다른 잔에는 손톱가위가 들어 있었다.

나는 테레자를 찾았다. 그녀의 사무실로 가서 빈 책상 위에 자질 구레한 물건들을 올려놓았다. 그리고 잠시 기다렸다. 공기는 탁했고 사람들이 지나다녔다. 그들은 그 조그만 방에서 일사불란하게 움직였다. 골무 안에 가득 찬 사람들이 곁눈으로 나를 보았다. 왜 우느냐고 아무도 묻지 않았다. 전화가 울리자 한 사람이 받았다, 네, 여기 있습니다. 그러고는 나를 인사과장에게 보냈다. 그는 종이 한 장을 주며 서명하라고 했다. 나는 읽고 말했다, 싫습니다. 그가 몽롱한 눈으로 나를 바라보았다. 이유가 뭐죠, 내가 물었다. 그가 뿔 모양 롤빵의 가운데를 갈랐다. 하얀 부스러기 두 개가 그의 짙은 재킷에 떨어졌다. 그때 무슨 생각을 했는지 기억나지 않는다. 여하간 나는 점점 더 크게 소리를 지르고 있었다. 내가 난생처음 욕을 한 건 해고되었을 때였다.

테레자는 그날 아침 사무실에 나오지 않았다.

하늘은 휑했다. 따뜻한 바람이 머리채를 잡고 공장 마당으로 끌고 갔다. 다리가 있다는 게 느껴지지 않았다. 깨끗이 입고 다니면 더러운 꼴로 하늘에 가진 않아, 나는 생각했다. 나는 경감 프옐레의 하늘에 보란 듯 더러워지고 싶었지만, 그 이후 여하간 속옷을 더 자주 갈아입었다.

나는 테레자의 사무실에 가는 똑같은 길을 세 번 더 갔고, 가서 말없이 문을 여닫았다. 여전히 내 잡동사니들이 책상 위에 놓여 있었다. 눈물이 귓가를 지나 턱으로 흘러내렸다. 입술은 짜게 텄고 목은 젖었다.

표어 아래 포석 위로 신발을 끌며 지나가는 사람들이 보였다. 그들은 손에 양철양이나 펄럭이는 종이를 들고 있었다. 바로 곁에 있는데도 멀게만 보였다. 그들의 셔츠나 원피스보다 머리통을 감싼 머리카락만 가깝고 크게 느껴졌다.

나는 내 걱정은 벌써 잊었다. 테레자가 너무나 걱정되어서. 나는 두번째로 욕을 했다.

그녀는 그 시간 공장장 곁에 있었다. 공장장이 문 앞에서 지키고 있다가 그녀를 납치해 갔다. 그는 세 시간 후에야 그녀를 보내주었다. 내가 해고되어 공장 문을 나설 때였다. 그녀는 같은 날 입당해야 했고 나와 관계를 끊어야 했다. 세 시간 후 그녀는 말했다, 좋습니다.

오후에 열린 당 집회에서 테레자는 의장단의 빨간 테이블보가 코앞에 보이는 맨 앞줄에 앉았다. 의장은 개회사가 끝난 뒤 테레자 아버지의 노고를 치하하고 테레자를 소개했다. 일어나 앞으로 나오시죠, 의장이 말했다. 입당에 앞서 새로운 당원의 얼굴을 보여주려는 것이었다. 테레자가 자리에서 일어나 얼굴을 당원석 쪽으로 돌렸다. 의자에서 삐걱 소리가 나고 사람들이 고개를 쭉 뺐다. 테레자는 그들이 어디를 보는지 알았다. 그녀의 다리였다.

나는 공연에 앞서 무대 인사를 하듯 고개를 숙였어, 나중에 테레자가 말했다. 웃는 사람도 있고 박수 치는 사람까지 있더라. 나는 욕을 하기 시작했어. 더이상 웃는 사람도, 박수 치는 사람도 없었지, 의장단에서 아무도 박수를 치지 않았거든. 나쁜 짓하다 들킨 사람처럼 얼른 손을 감추는 것 같더군.

자빠져서 엉덩이로 파리나 잡아라, 테레자가 말했다. 첫 줄에 앉아 있던 누군가는 손을 허벅지 밑에 깔고 있었다. 손이 테이블처럼 빨갰다. 깔고 앉지는 않았지만 그의 귀도 그랬어, 테레자가 말했다. 그는 입을 쩍 벌리고 숨을 들이쉰 다음 손을 그러쥐었어. 옆에 앉은 다리가 길고 마른 남자는 앉아서 입 다물라는 신호를 보냈어, 테레자가 말했다. 신발로 내 복사뼈를 차면서. 테레자는 발을 피하며 말했다, 그것도 모자라면 대갈통에서 물이나 빼시든가, 뭐 더 좋은 아이디어가 떠오를 때까지.

내 목소리는 차분해졌어, 테레자가 말했다. 나는 미소를 지었지, 그들은 처음에 내가 아버지의 포상에 감사하다는 말을 하는 줄 알았을 거야. 그러고는 부엉이 얼굴들을 했어. 집회장에는 햐 얀 벽보다 하얀 눈이 더 많았어.

어느 수요일 쿠르트가 불쑥 도시로 왔다. 나는 해가 환한 그 여름날 방 안에 앉아 있었다. 사람들 앞에만 나서면 눈물이 나서 였고, 전차를 타면 크게 소리를 지르려고 한가운데에 자리를 잡 고 섰기 때문이다. 사람들을 물어뜯고 할퀴지 않기 위해 상점을 서둘러 나와야 했다.

쿠르트가 마르기트 부인에게 처음으로 꽃다발을 건넸다. 주 중에 찾아와준 수고로움에 대한 성의 표시였다. 꽃다발은 들판 에서 꺾어온 거였다. 개양귀비와 하얀 광대수염은 여행 중에 시 들었다. 물에 담그면 다시 생생해질 거야, 마르기트 부인이 말 했다.

이럴 필요까진 없는데, 마르기트 부인은 내가 해고된 이후로 독기를 부리지 않았다. 그녀는 나를 쓰다듬어주었지만, 나는 속 으로 오싹하기만 했다. 나는 그녀의 손을 물리칠 수도, 견뎌낼 수도 없었다. 부인이 말할 때면 그녀의 예수도 나를 보았다. 기 도해야 한다, 애야. 신은 모든 걸 이해하셔. 내가 경감 프엘레에 대해 말하면 그녀는 예수님 타령만 했다. 내 손이 그녀의 얼굴을 칠까봐 겁이 났다.

언젠가 어떤 사람이 찾아와 나에 대해 묻더라고 마르기트 부인이 말했다. 땀내를 풍기는 남자였다고 했다. 부인은 카노드*인 줄 알았다. 하느님 맙소사, 그렇게 여럿이 들락거리니 난들 알 턱이 있나, 그녀가 말했다. 남자는 그녀에게 신분증명서를 보여주었다. 안경이 없어 뭐라고 적혔는지 읽을 수 없었다. 그녀가 말리기도 전에 그가 방으로 들어갔다. 여하간 묻기는 했다고 마르기트 부인은 말했다. 묻는 모양새를 보고 남녀문제가 아니라는 걸 알아차렸다.

방세 내고 일 나간다는 거 말고는 모릅니다, 마르기트 부인이 남자에게 말했다. 맹세해요, 그녀는 손을 들어 예수를 가리켰다. 난 거짓말 못 하는 사람이에요, 저분이 내 증인입니다.

그게 봄이었어, 마르기트 부인이 말했다. 이제야 그 얘길 하네, 그 남자 다시는 안 왔거든. 갈 때 실례가 많았다며 내 손에 입을 맞췄어. 하는 짓은 신사인데 땀내가 났어.

그녀는 그 후부터 나를 위해 기도했다. 신은 내 기도를 들어주

---

* 헝가리어로 '오입쟁이'라는 뜻. (원주)

셔. 그는 알고 계시지, 내가 아무나 위해 기도하지 않는다는 걸. 하지만 너도 조금은 기도를 드려야지.

갑자기 쿠르트가 찾아왔다. 에드가와 게오르크가 해고당했다며 도축장으로 전화했기 때문이다. 애들이 너희 공장에도 전화했었대, 쿠르트가 말했다. 프로그래머라는 사람이 말했대, 네가 너무 결근이 잦아 해고할 수밖에 없었다고. 테레자와 통화하고 싶었지만 전화가 끊겼대.

쿠르트는 밤새 치통을 앓았다. 머리카락은 부스스 뻗쳐 있었다. 시골에는 치과 의사가 없어서 모두 신기료장수에게 가, 그가 말했다. 신기료장수의 작업실에 의자가 하나 있어. 배 앞을 판자로 막아 가둘 수 있는 의자야. 거기 앉으면 신기료장수가 질긴 실로 이를 묶어. 실의 다른 끝은 고리를 만들어 작업장 문고리에 걸고. 문을 발로 한 번 세게 차면 닫혀. 실이 입에서 이를 뽑아내지. 사십 레이 내, 밑창 한 쌍 값이야.

테레자는 당 집회 이후 해고되지 않았다. 다른 공장에 배속받았다.

쿠르트가 말했다, 유치하지만 정치적이지는 않아. 아버지가 어른스러우니까 그녀는 유치해도 돼. 그의 눈초리가 머리보다 붉었다. 입술은 젖어 있었다.

우리 아버지도 어른스러웠어, 내가 말했다. 그렇지 않았다면 나치친위대에 들어가지 못했을 거야. 그도 할 수만 있었다면 동상을 주조해서 나라 곳곳에 세웠을 거야. 필요하다면 언제라도 다시 행군에 참여했을 거고. 전쟁이 끝나고 정치적으로 무용지물이 되었을 때 그는 자신을 돌이켜보지 않았어. 그는 잘못된 방향으로 행군하고 있었던 거야, 그게 다야.

첩자로 써먹을 수 있겠지, 쿠르트가 말했다. 히틀러 편이든 안토네스쿠 편이든. 엄지손가락의 흉터 때문에 그가 문득 악마의 자식처럼 느껴졌다. 히틀러가 죽고 몇 년 후에 나치친위대는 모두 스탈린을 애도하며 울었어, 그가 말했다. 그러고 나서는 차우셰스쿠를 도와 묘지를 만들고 있어. 당내 고위 공사들은 조무래기 첩자가 되길 원치 않아. 그러나 나치친위대원들은 거리낌 없이 데려다 쓸 수 있어. 당원들은 첩자가 되라고 하면 거절할 수 있잖아. 보통 사람들보다 발언권이 세니까.

그들이 원하면, 내가 말했다. 나는 테레자를 의심하는 그의 지저분한 손톱이 싫었다. 믿음을 주지 못하는 그의 홀쭉한 턱이 싫었다. 금방 떨어질 듯 달랑거리는 셔츠의 헐렁한 단추가 싫었다.

너처럼 정치적이 되려면 얼마나 해야 하는데, 내가 물었다. 나는 그의 헐렁한 단추를 잡아 뜯어 실을 뽑아낸 다음 입에 넣었다. 쿠르트가 내 손을 치려 했지만 정작 친 건 허공이었다.

너는 너의 의심을 조심성이라고 부르지, 혀에는 실을, 손에는 단추를 들고 내가 말했다. 그러면서 네 사진들은 테레자에게 맡겨둬. 발각돼도 개한테는 아무 일 없잖아, 쿠르트가 말했다.

넌 아무도 믿지 않으면 네가 보이지 않을 거라 믿는 거야, 내가 말했다. 쿠르트는 방금 죽은 것 같은 사람이 든 사진을, 그녀의 페티코트와 양산을 보았다. 아니, 그가 말했다. 우리는 더이상 경감 프옐레의 눈에서 벗어날 수 없어. 나는 실을 끊어 삼켰다. 자기 아버지를 수색해야 했던 사람도 있을까, 쿠르트는 머리를 손으로 감쌌다. 아버지와 인연을 끊고 싶어하는 사람도 있어, 그가 말했다. 누가, 내가 물었다. 그리고 닭괴롭히기가 모이를 쫄 때처럼 손가락으로 빈 테이블을 두드렸다. 나무 테이블 위에서 손가락이 두 개씩 저마다 다른 소리를 냈다.

나는 생각했다, 우리는 서로를 의지할 정도로 잘 알아. 하지만 롤라가 벽장 안에서 죽지 않았다면 다른 친구들을 쉽게 사귈 수 있었을 거야.

치과에 가, 내가 말했다. 너는 아무도 돕지 못할 처지가 된 우리를 부러워하는 거야. 너도 차츰 유치해지는구나, 그가 말했다.

그리고 아이처럼 손을 내밀었다. 그러나 나는 단추를 입속에 넣었다. 네가 잃어버리기 전에 여기 둬. 단추가 내 이 사이에서 덜그럭거렸다. 닭괴롭히기는 어딨어, 쿠르트가 물었다.

나는 어머니에게 해고당했다고 편지를 썼다. 다음 날 어머니는 바로 편지를 받았다. 그다음 날 곧바로 답장이 왔다.

동네에서 벌써 들었다. 금요일에 일찍 기차를 타고 도시로 가마.

나는 답장을 썼다.

그렇게 이른 시간에 기차역에 가고 싶지 않아요. 열시에 분수대에서 만나요.

그렇게 빨리 편지가 오간 적은 없었다.

어머니는 이른 아침부터 도시에 와 있었다. 우리는 분수대에서 만났다. 어머니는 옆구리에 빈 바구니 두 개를 끼고 발치에 불룩한 가방을 내려놓고 기다리고 있었다. 어머니는 바구니를 든 채 분수대에서 내게 뺨을 맞추었다. 장 다 봤다, 어머니가 말했다. 이제 병조림용 유리병만 있으면 돼.

나는 무거운 가방을 들었다. 우리는 상점으로 갔다. 우리는 아무 말도 나누지 않았다. 내가 바구니 중 하나를 들었더라면 우리는 모르는 사람들에게 어머니와 딸로 보였을 것이다. 그러나 우리 사이가 멀어서 행인들이 자꾸 스쳐 지나갔다.

상점에서 어머니는 오이, 파프리카, 붉은 순무를 담을 병조림용 유리병 열다섯 개를 달라고 했다. 어떻게 다 들고 가려고요, 내가 물었다. 너 데려가려는 데 아무도 없지, 어머니가 말했다. 어떤 공장도 어떤 남자도. 온 동네가 이미 알고 있다, 네가 해고당한 거.

내가 야채병과 가방을 들 테니 네가 과일병을 들어라, 어머니가 말했다. 어머니는 다시 자두, 사과, 복숭아와 모과를 담을 병조림용 유리병 열일곱 개를 달라고 했다. 채소와 과일을 셀 때 어머니 이마에 주름이 세 줄 잡혔다. 어머니는 머릿속으로 텃밭의 채소와 과일나무를 빠짐없이 떠올려야 했다. 상인이 나란히 세워놓은 유리병은 모두 똑같았다.

다 똑같아요, 내가 말했다. 상인이 유리병을 포장했다. 당연히 다 똑같지, 어머니가 말했다. 하지만 뭐 하려고 병을 사는지는 말해도 되겠지. 할머니도 계산에 넣어야지. 겨울에, 담근 걸 먹을 때가 되면 집에 계실 테니까. 너는 집에 안 오잖니. 기차에서 사람들이 그러더라, 너 임신 삼 개월이라고. 그들은 나를 못 봤어, 맨 뒤에 있었으니까. 하지만 옆자리에 있던 사람이 그 얘길 듣고 바닥을 쳐다보더라. 마음 같아서는 의자 밑으로 기어 들어가고 싶었다.

우리는 계산대로 갔다. 어머니는 엄지와 검지에 침을 퉤 뱉고 돈을 냈다. 뭘 그렇게 봐, 일하는 사람 손이 거친 게 당연하지, 어머니가 말했다.

어머니가 바구니를 바닥에 내려놓고, 다리를 벌리고 엉덩이를 추켜올린 뒤 유리병을 챙겨 넣었다. 너 살면서 한 번이라도 생각해본 적 있니, 어머니라는 사실이 부끄러워지는 것에 대해, 어머니가 말했다.

나는 어머니에게 소리를 질렀다, 나 가만두지 않으면 다신 못 볼 줄 알아. 한마디만 더 해봐.

어머니가 침을 삼켰다. 그러더니 조용히 말했다, 몇 시니.

어머니의 손목에 아버지의 죽은 시계가 채워져 있었다. 그건 왜 차고 다녀요, 가지도 않는 걸, 내가 물었다. 아무도 안 보는 걸, 어머니가 말했다. 너도 하나 있잖아. 내 건 가잖아요, 내가 말했다. 안 그럼 차고 다니지 않을 거예요. 시계를 차고 있으면 어디가 어딘지 좀더 잘 알 것 같더라, 어머니가 말했다. 시계가 안 가도. 그럼 몇 시냐고 묻지나 말던가요, 내가 말했다.

너랑 다른 말은 할 수가 없으니 그렇지, 어머니가 말했다.

마르기트 부인이 말했다, 닌크스 로버 닌크스 무즈시카*, 세 낼 돈이 없다니 어쩌면 좋아. 두 달은 기다려줄 수 있어, 신이 너를 굽어보신다면 나 혼자 남을 일이야 없겠지. 독일이나 헝가리 여자애 찾기가 쉽지 않거든. 다른 것들은 집에 들이고 싶지 않아. 가톨릭이 모태 신앙이니 너도 기도는 할 줄 알겠구나. 신은 인간보다 여유가 있지. 신은 우리가 태어날 때부터 보고 계셔. 우리가 그를 알아볼 때까지 오래 걸릴 뿐이지. 나도 젊어서는 기도를 안 했어. 네가 시골로 돌아가려 하지 않는 건 이해가 가. 거긴 예의범절을 모르는 무지렁이만 사는 곳이니까. 페스트에서는 무지렁이에게 이렇게 말해, 넌 농사꾼이야.

마르기트 부인은 시장에서 신선한 치즈를 사고 싶었다. 금값 이더군, 그녀가 말했다. 나는 맛보기로 한 점 떼어냈어. 그 더러운 손으로, 여자 농사꾼이 소리를 꽥 지르더라고. 그 여자가 한 달에 손 씻는 횟수를 다 합쳐도 나 하루 씻는 것보다 적을걸. 치즈는 식초처럼 시었다.

듣자하니 농부들이 치즈에 밀가루를 넣는대, 마르기트 부인이 말했다. 이런 말 하면 죄가 될지 모르지만, 농사짓는 인간치고 됨됨이 바른 것들이 있나 몰라.

---

* 헝가리어로 '주머니에 돈이 있어야 콧노래도 나오는 법인데' 라는 뜻. (원주)

마르기트 부인이 밀린 방세 대신 머리를 쓰다듬을 거야. 내가 테레자에게 말했다. 그녀는 그게 정당하다고 생각해. 돈을 받지 못하는 대신 부인은 감정을 요구했다. 세를 빨리 내야 그녀의 손이 내 머리에 닿지 못할 텐데.

테레자가 나를 위해 독일어 과외 자리를 구해주었다. 일주일에 세 번 집으로 찾아가 사내아이 둘을 가르쳐야 했다. 아이들의 아빠는 모피공장 간부였다. 어머니는 주부였다. 그 여자는 고아야, 테레자가 말했다. 아이들은 이해력이 좀 떨어져. 아버지는 돈 잘 벌고, 다른 건 신경 쓸 거 없을 거야.

테레자는 모피 사내와 아이들을 온천장에서 알게 되었다. 애들이 사람한테 되게 매달리더라구, 테레자가 말했다. 그녀가 옷을 입으러 가자 아이들의 아빠가 말했다, 우리도 집에 가자.

그러나 그는 아이들을 탈의실에서 다시 물로 돌려보냈다. 그는 젖은 수영복을 입고 테레자의 칸막이 안으로 숨어들었다. 그러고는 헐떡거리며 테레자의 가슴을 만졌다. 그녀가 그를 밖으로 밀어냈다. 걸쇠가 없어 문을 잠글 수 없었다. 그는 칸막이 앞에 서 있었다. 테레자는 문 아래로 그의 발가락을 보았다. 안 될 거라고 생각했소, 그가 말했다. 그냥 장난쳐본 거요, 난 아내를 속여본 적이 없소.

이리들 와, 그가 외쳤다. 테레자는 아이들의 젖은 발이 타일에 닿으며 찰팍거리는 소리를 들었다. 그녀가 칸막이에서 나왔을 때는 모피 사내도 옷을 다 입은 뒤였다. 그가 말했다, 잠깐만요, 애들은 잘못한 게 없잖소, 금방 다 입고 나올 거요.

계단에서 비명 소리가 들렸다. 삼 층이었다. 독일어를 가르치는 집이 있는 곳 집 앞에 가니 문을 두드릴 수 없었다. 돌쩌귀에서 떨어져 나온 현관문이 계단참 벽에 세워져 있었다. 집에서 연기가 흘러나왔다.

모피 사내는 혀 꼬부라진 소리를 내며 침을 흘렸다. 화주 냄새가 났다. 그가 말했다, 독일어 배워두면 좋지, 앞일은 모르는 거니까. 그의 눈은 개구리의 하얀 울음주머니 같았다. 자욱한 연기 속에서 여자가 열어젖힌 창밖을 내다보고 있었다. 그녀를 휘감았던 연기가 쿠션처럼 날아가 나무 사이를 파고들었다. 청량한 바람이 없는 오후였다. 오후는 연기를 늙은 포플러나무 속으로 흘렸다.

작은 아이가 행주를 움켜쥐고 울었다. 큰애는 테이블 위에 머리를 박았다.

독일인은 자부심이 있는 민족이야, 모피 사내가 말했다. 우리 루마니아 놈들은 염병할 개자식이고. 허구한 날 제 목숨 제가 끊는 것만 봐도 알지, 비겁한 무리들. 너나없이 줄로 목을 매, 그러면 아무도 쏘지 못하니까. 너희 히틀러는 우리를 끝까지 믿지 못했어. 당신 어머니한테 가봐; 라고 아내가 소리 질렀다. 모피 사내는 옷장을 열어젖히며 말했다. 나도 그러고 싶어, 그런데 어머니가 어디 계신데.

주방 바닥에 빵으로 만든 총알이 놓여 있었다. 싸움이 일어나기 전 아이들은 그걸로 총을 쏘며 논 모양이었다.

모피 사내는 입에 담배 한 개비를 물었다. 그의 손과 머리가 흔들렸다. 라이터 불이 담배를 찾지 못했다. 담배가 바닥으로 떨어졌다. 모피 사내는 잠시 떨어진 담배를 바라보았고 불이 비스듬히 기울었다. 엄지손가락이 라이터 불에 데었는데도 그는 신경 쓰지 않았다. 몸을 구부렸으나 팔이 닿지 않았다. 불꽃이 다시 라이터 속으로 기어들어갔다. 사내는 두 아이를 바라보았다. 아이들은 그를 돕지 않았다. 그는 비틀거리며 복도를 걸었다. 담배가 아슬아슬 발길에 채일 뻔했다.

계단참에서 문이 난간을 후려쳤다. 쿵 소리를 듣고 나는 그쪽으로 달려갔다. 모피 사내가 문짝 밑에 깔린 채 계단 턱에 쓰러져 있었다. 그는 몸만 기어나오고 문은 그대로 두었다. 코피를 흘리며 그는 비틀비틀 계단을 내려갔다.

문을 가지고 내려가려고 했어요, 다시 주방에 서서 내가 말했다. 나갔어요.

화나서 문을 뜯어버린 거예요, 작은 아이가 말했다. 엄마를 때리려고 했어요. 엄마는 도망가서 방에 숨었어요. 그러자 식탁에 앉아서 화주를 마셨어요. 조용하기에 내가 엄마를 부르러 방으로 갔어요. 엄마는 크라펜을 구우려던 참이었어요. 기름이 끓었어요. 아빠가 화주를 불과 기름에 쏟아부었어요. 아빠가 말했어요, 우리를 불로 태워버리려고 했다고. 불꽃이 높이 솟아 엄마가 얼굴을 델 뻔했어요. 벽장에 불이 붙었어요. 우리는 빨리 불을 껐어요.

처음 오신 분한테 그런 뒤숭숭한 집안 얘기를, 여자가 아이에게 말했다. 그녀는 발을 질질 끌며 나와 테이블 앞 의자에 털썩 주저앉았다.

괜찮습니다, 내가 말했다. 그러나 사실은 내가 견딜 수도 바꿀 수도 없었던 그 모든 것과 마찬가지로 괜찮지 않았다. 나는 잘 아는 사람처럼 낯선 여자의 머리칼을 쓰다듬었다. 그녀는 내 손 아래서 허물어졌다. 두 아이와 연기 냄새와 떨어진 문짝 말고는

234

아무것도 남지 않은 그녀의 묶인 사랑 안에서 그녀는 스스로를 삭였다. 여자의 머리카락 속으로 낯선 손이 지나갔다.

여자는 흐느꼈다. 나는 그녀의 마음짐승이 배 속에서 나와 내 손으로 뛰어드는 걸 느꼈다. 마음짐승은 쓰다듬는 손길을 따라 이리저리 뛰었다. 내 손길보다 빨랐다.

여자는 머리가 짧았다. 나는 여자의 두피를 보았다. 그리고 연기를 빨아들인 포플러나무 속에서 고아원을 떠나는 젊은 여자를 보았다. 나는 이 도시의 어디에 고아원이 있는지 알고 있었다. 고아원 울타리 안에 서 있는 동상을 본 적이 있었다. 아이가 어머니의 치맛단을 붙들고 있는, 쇠로 만든 어머니상이었다. 받침돌 위에 세워진 그 동상은 테레자의 아버지가 주조한 것이었다. 동상 뒤에 갈색 문이 있었다. 돌아가기에는 이미 늦었다. 문 뒤의 아이 침대에 눕기에 그녀의 몸은 너무 컸다. 한 남자의 모피 둥지에서 사랑을 원했던 그녀는 고아로부터, 세월로부터 지워졌다. 그들 집의 이불, 소파 쿠션, 카펫, 실내화는 전부 모피였다. 주방의 의자 쿠션도, 심지어 냄비 잡는 헝겊조차도.

여자는 두 아이를 보며 말했다, 어쩌면 좋니, 고아일 땐 고아여서 걱정, 부모일 땐 부모라서 걱정이니.

울어야 할 때면 아이는 방으로 간다. 아이는 문을 잠그고 덧창을 내리고 불을 켠다. 아이는 화장대 거울 앞에 선다. 누구도 그 앞에서 화장을 해본 적이 없다. 거울에는 접이식 날개 거울 두 개가 달려 있다. 세 겹으로 우는 모습을 볼 수 있는 창문이다. 자기연민은 바깥 마당에서보다 세 배 커진다. 해는 들어올 수 없다. 다리 없이 하늘에 서 있어야 하는 해는 연민이 없다.

눈은 울면서 누구의 아이도 아닌 아이가 거울 속에 서 있는 걸 본다. 뒤통수, 귀, 어깨가 함께 운다. 팔 두 개 거리만큼 떨어져 바라보면 심지어 발가락도 운다. 잠겨 있는 방은 겨울 눈 속처럼 깊다. 눈 속에서도 울 때처럼 뺨이 달아오른다.

커피분쇄기 돌리는 소리가 요란했다. 잇새로 소리가 씹히는 것 같았다. 성냥이 여자의 입 앞에서 치익 소리를 내며 타올랐다. 가스버너에 불꽃이 하나씩 붙기 시작하자 불은 빠른 속도로 성냥개비를 먹어치우고 그녀의 손가락을 태우려 덤벼들었다. 수도관에서 졸졸 소리가 났다. 주전자에서 뿌연 머리털이 모락모락 피어올랐다. 여자가 커피를 넣었다. 커피가 흙처럼 주전자 가장자리로 흘러넘쳤다.

작은 아이가 행주에 찬물을 적셔 접은 뒤 이마에 얹었다.

여자와 나는 커피를 마셨다. 장식장 위에서 도자기 노루가 우리를 바라보았다. 커피를 두 모금째 마실 때 테이블 밑에서 그녀의 무릎이 내 무릎에 스쳤다. 내가 쓰다듬어주었는데도 그녀는 사과를 했다. 연기는 빠져나갔지만 냄새는 아직 남아 있었다. 내 손이 커피잔을 쥐고 있는 자리가 이곳이 아니라면.

내려가 모래 상자에 가서 놀아, 여자가 말했다. 마치 이렇게 들렸다. 모래 속으로 들어가, 그리고 다시는 나오지 마.

커피는 먹물처럼 진했다. 잔을 들자 커피 가루가 입으로 흘러 들어왔다. 무릎에 커피 자국이 두 군데 있었다. 커피에서는 싸움 냄새가 났다.

나는 구부정하니 앉아 빠르게 계단을 내려가는 아이들의 발소리를 들었다. 나는 눈길로 의자 모양을 더듬으며 여자를 향한 연민을 찾았다. 내 원피스의 나뭇잎무늬는 복사뼈까지 이어졌다. 구부정하게 튀어나온 등이 등받이에 닿았다. 팔꿈치와 팔꿈치 사이에는 무릎에 떨어진 두 개의 커피 자국과 더불어 생기를 잃은 뭔가가 있었다.

계단을 울리던 아이들 발소리가 잠잠해지자 나는 여자가 자기 연민을 할 수 있도록 그 불행을 나누는 사람이 되었다.

여자와 나는 문을 제자리에 걸었다. 그녀는 시원스레 일을 시작했다. 그녀는 힘이 셌다. 여자의 머릿속엔 오로지 문 생각뿐이었다. 그러나 나는 그녀를, 내가 가고 이 문 뒤에 혼자 남을 그녀를 생각했다.

여자는 주방에서 젖은 행주를 가져와 문짝에 묻은 남편의 핏자국을 닦아냈다.

집으로 돌아오는 길에 나는 뉴트리아 모자 대신 둥근 해를 뒤집어썼다. 마르기트 부인은 두건만 있고 모자가 없었다. 모자와 모피는 여자를 거만하게 만들어, 그녀가 말했다. 신은 거만한 여자들을 좋아하지 않아.

나는 천천히 다리를 건넜다. 강에서도 탄내가 났다. 나는 돌에 대해 생각했다. 생각은 내 머릿속에 있는 것 같지 않았다. 생각은 밖에 있었고 나를 스쳐 지나갔다. 햇살이 난간에서 빠져나가듯 생각은 원하는 대로, 빠르든 늦든 나에게서 멀어져갈 수 있었다. 다리가 끝나기 전에 나는 강이 이 시간이면 배를 위로 하고 바로 눕는지 돌아눕는지 보고 싶었다. 나는 물이 강둑 사이에 매끄럽게 누워 있다고 생각했다. 모피 모자는 필요 없어, 돈이 필요하지. 마르기트 부인이 쓰다듬지 않도록.

마당에 들어서자 그라우베르크 부인의 손자가 계단에 앉아 있었다. 파이어아벤트 씨는 문 앞에서 신발의 먼지를 털고 있었다. 아이는 혼자 검표원 놀이를 하고 있었다. 앉아 있으면 승객, 일어서면 검표원이었다. 그가 말했다, 표 검사합니다. 그는 한 손으로 다른 손에 쥐고 있는 표를 꺼냈다. 왼손은 승객, 오른손은 검표원이었다.

파이어아벤트 씨가 말했다, 이리 와봐, 내가 승객을 할 테니. 혼자 다 하는 게 더 좋아요, 아이가 말했다. 그래야 누가 표를 갖고 있지 않은지 알 수 있으니까요.

엘자는요, 내가 물었다. 파이어아벤트 씨는 내 손에 들린 모피 모자를 쳐다보았다. 어디서 오는 길이에요, 탄내가 나네.

내가 대답하기도 전에 그가 솔을 한쪽 신발에 집어넣고 일어나 아이 곁을 지나가려고 했다. 아이가 팔을 뻗고 말했다, 기차 망가지면 안 돼요, 그대로 놔둬야 해요. 파이어아벤트 씨는 차단기를 올리듯 말없이 아이의 팔을 들어 올렸다. 그리고 아주 세게 잡았다. 파이어아벤트 씨가 계단을 내려가 회양목 정원으로 갈 때 아이의 팔에 그의 손자국이 남아 있었다.

우리의 해고에 대해 에드가가 말했다, 이제 우리는 막장이야. 게오르크가 고개를 저었다, 막장 직전이지. 마지막은 출국하는 거야. 에드가와 쿠르트가 고개를 끄덕였다. 나는 그 말에 놀라지 않는 나 자신에게 놀랐던 것 같다. 나는 고개를 끄덕이며 어떤 추측도 하지 않았다. 출국이라는 말이 자연스레 우리 사이에 허용되었다.

나는 모피 모자를 옷장 제일 안쪽에 감췄다. 겨울이 되면 모자는 지금보다 예쁘리라고 생각했다. 썩은 낙엽 냄새가 나, 테레자가 모자를 써보고 말했다. 나는 모자를 두고 한 말인지 몰랐다. 그녀가 그 전에 잠깐 호두를 보여주었기 때문이다. 그녀는 블라우스 단추를 잠그며 거울 앞에서 모자 쓴 자신의 모습을 바라보았다. 이 주 전에는 호두가 더 작았다고 했더니 테레자는 성을 냈다. 그녀는 내가 자기 말에 맞장구쳐주기를 바랐다. 나는 그녀가 병원에 가보기를 바랐다. 같이 가줄게, 내가 말했다. 그녀는 놀라서 눈썹을 치켜올렸다. 이마를 할퀴는 듯한 비버 모피의 불쾌한 느낌이 그녀의 신경을 건드렸다. 테레자가 모자를 벗어 냄새를 맡았다. 내가 앤 줄 아니, 그녀가 말했다

그날 저녁 나는 오랫동안 닭괴롭히기를 갖고 놀았다. 빨간 닭의 부리는 더이상 판에 닿지 않았다. 닭은 어지러운 듯 목을 숙였다. 모이를 쪼지 못했다. 닭의 배 속에서 오르락내리락 해야 할 줄이 엉켰다. 빛이 팔에 떨어졌다. 무릎의 커피 자국에는 닿지 못했다. 빨간 닭은 풍향계 닭처럼 고집 세게 반짝거렸다. 모이를 주지 않는데도 아프지 않고 배가 불러 보였고, 날아갈 때는

미친 것 같았다.

마르기트 부인이 문을 두드리며 말했다, 덜그럭거려서 기도를 못 올리겠어.

경감 프엘레가 말했다, 과외, 인민 선동, 창녀 짓까지 하며 사는군. 모두 다 불법이야. 경감 프엘레는 윤이 나는 그의 큰 책상 앞에 앉아 있었고 나는 작고 아무것도 놓여 있지 않은 벽 앞의 심문용 책상 앞에 앉아 있었다. 그의 책상 아래로 하얀 복사뼈 두 개가 보였다. 내 입천장처럼 둥글고 축축한 대머리도 보였다. 나는 혀끝을 입천장에 댔다. 루마니아 사람들은 입속의 굴을 입하늘이라고 불렀다. 나는 톱밥으로 채운 장례용 베개를 베고 누운 그의 대머리를 상상했다. 얇은 천 아래로 드러난 복사뼈도.

그래, 그 외에는 어떻게 지내나, 경감 프엘레가 물었다. 그의 얼굴에는 악의가 있어 보이지 않았다. 나는 조심해야 한다는 걸 알고 있었다. 그의 얼굴이 그렇게 평온해 보일 때는 강한 것이 뒤따라 나오기 때문이었다. 당신을 만나서 운이 좋아요, 내가 말했다. 원하시는 대로 살고 있는 것 같아요. 그러라고 일하시는 거잖아요.

네 어머니가 출국하려 한다고 여기 쓰여 있군, 경감 프엘레가 말했다. 그가 글씨가 적힌 종이들을 넘겼다. 손글씨였지만, 어머니의 것일 리 없었다. 어머니는 그러고 싶어하는지 모르지만 나는 아니에요, 내가 말했다. 그날 나는 어머니에게 그 손글씨가 어머니가 쓴 게 맞냐고 묻는 짧은 편지를 보냈다. 편지는 도착하지 않았다.

일주일 후 에드가와 게오르크에게 경감 프엘레가 말했다. 그들이 인민 선동과 기식(寄食)을 일삼는다고. 모두 불법이었다. 읽고 쓰는 건 이 나라 사람 누구나 해. 원하면 누구나 시를 쓸 수 있다. 반국가적이고 불온한 내용을 넣지 않고도. 인민의 예술은 인민이 만든다. 너희 같은 거지패거리가 나서지 않아도 된단 말이다. 독일어를 쓰려면 독일로 가면 돼. 그 타락한 자본주의의 늪에 빠지면 고향에 온 기분이겠군. 난 너희가 정신 차릴 줄 알았어.

경감 프엘레는 게오르크의 머리카락 한 올을 뽑아 책상 아래서 비춰보고 웃었다. 햇빛을 받아 개털처럼 바랬군, 그가 말했다. 그늘에 들어가면 낫겠지. 저 아래 감방은 서늘하거든.

이제 가도 돼, 경감 프엘레가 말했다. 개 프엘레가 문 앞에 앉아 있었다. 개 좀 불러주실래요, 에드가가 말했다. 경감 프엘레가 답했다. 왜, 문 앞에 잘 앉아 있구먼.

개 프옐레는 으르렁거렸지만 뛰어오르지는 않았다. 개는 게오르크의 신발을 긁고 에드가의 바짓단을 물어뜯었다. 에드가와 게오르크는 복도로 나오면서 어떤 목소리를 들었다. 프옐레, 프옐레. 경감의 목소리가 아니었어, 에드가가 말했다. 어쩌면 개 프옐레가 경감을 부르는 소리였는지 몰라.

게오르크는 집게손가락으로 잇속을 헤집었다. 뽀드득 소리가 났다. 우리는 웃었다. 칫솔 없이 체포되면 이럴 수밖에 없어.

나는 모피 사내의 아이들과 세 번 독일어 수업을 했다. 엄마는 좋다(Die Mutter ist gut). 나무는 초록색이다(Der Baum ist grün). 물이 흐른다(Das Wasser fliesst).

모래는 무겁다, 라는 말을 아이들은 따라하지 않았다. 대신 모래는 아름답다, 라고 했다. 해가 탄다, 대신 해가 비친다, 라고 했고. 독일어로 최고노동자를 뭐라고 하는지, 사냥꾼은 뭔지 가르쳐달라고 했다. 소년소녀 개척단원은 뭐라고 불러요.

모과(Quitte)가 익었다, 라고 말하며 나는 테레자의 보모와 그녀의 딱딱한 모과 말인 독일어를 생각했다. 모과는 털이 있다, 내가 말했다. 모과는 벌레 먹었다.

아이들은 나한테서 무슨 냄새를 맡았을까.

모과, 작은 아이가 말했다. 우리는 모과 안 좋아해요. 그럼 모 피(Pelz), 내가 물었다. 그렇게 말이 짧다니, 큰 아이가 말했다. 털(Fell), 내가 말했다. 그것도 안 기네, 아이가 말했다.

내가 네번째 갔을 때 아이들 어머니가 비를 들고 주택가 앞 거리에 서 있었다. 나는 멀리서 그녀를 보았다. 그녀는 자루에 팔꿈치를 괴고 서성거리다 내가 다가가자 그제야 비질을 시작했다. 내가 인사를 하자 그녀가 나를 보았다. 계단에는 신문지로 싸인 선물 상자가 있었다.

공장 사정이 안 좋아서요, 그녀가 말했다. 애들 수업료 낼 돈이 없어요. 그녀가 벽에 빗자루를 기대어놓고 상자를 들어 내밀었다. 밍크 쿠션하고 진짜 양털로 만든 장갑이에요, 그녀가 속삭였다.

나는 팔이 축 늘어져 손을 들 수 없었다. 여기서 뭘 쓸어요, 포플러나무는 저기 있는데, 내가 물었다. 알아요, 하지만 먼지는 여기로 와요, 그녀가 말했다.

빗자루는 아이가 엉겅퀴가 여름을 지내고 살아남기를 원했던 그 시절, 정원에 있던 아버지의 괭이처럼 벽에 그림자를 드리웠다.

여자는 상자를 계단에 놓고 내 뒤를 따라왔다. 잠깐만요, 선생님께 드릴 말씀이 있어요. 누가 와서 선생님에 대해 나쁜 소리를 하고 갔어요. 나는 그 사람 말을 믿지 않아요, 하지만 우리 집에서 어떻게 할 수 있는 일이 아닌 것 같아요. 이해해주세요, 아이들이 아직 저렇게 어리니.

경감 프엘레가 흔들던 종이에 어머니의 손글씨가 쓰여 있었다. 아침 여덟시에 어머니는 마을 경찰에게 불려갔다. 어머니는 경찰이 부르는 대로 받아 적었다. 경찰은 어머니를 열 시간 동안 집에 돌려보내지 않았다. 어머니는 창가에 앉았지만 창문을 열 엄두를 내지 못했다. 누가 지나가면 그저 유리를 두드렸다. 아무도 들여다보면 안 되는 거 사람들도 알잖아, 어머니가 말했다. 나라도 안 들여다보았을 거야. 어차피 돕지도 못할걸.

심심해서 사무실 안의 먼지를 닦았어, 어머니가 말했다. 캐비닛 옆에서 걸레 하나를 찾았지. 그냥 우두커니 앉아 할머니 생각이나 하는 것보다는 낫겠지, 그렇게 생각했어. 열쇠가 짤각하기 전에 교회 종소리가 들리더라. 저녁 여섯시였어. 경찰이 불을 켰어. 그 사람은 내가 깨끗이 청소한 걸 보지도 못했다. 말하기가 겁났어. 지금 생각하니 안됐구나, 말했으면 좋아했을 텐데. 그렇게 젊은 남자가 혼자 촌동네에서, 도와줄 사람도 없을 텐데.

그 사람이 날 많이 도와줬어, 어머니가 말했다. 그가 불러준 말에 나는 동의했어. 혼자라면 그렇게 못 썼을 거야. 분명 많이 틀렸겠지, 쓰는 게 익숙지 않아서. 그래도 뭔 말인지는 알아볼 테지, 아니면 그걸 출국사무소에 보낼 수 있었겠니.

침대에 테트라텍스 바지가 놓여 있었다. 일흔 장, 여재단사가 말했다. 테이블에는 크리스털이 그득했다. 부다페스트로 가, 그녀가 말했다. 왜 집으로 가지 않아, 해고됐는데. 거긴 더이상 집이 아니에요, 내가 말했다. 여재단사는 여행길에 가지고 갈 목욕가운을 바느질하고 있었다.

낮에는 방에 있지 않겠지만 아침저녁에는 이걸 입어야지. 이번엔 일주일 머물 거야. 할머니가 정신줄을 놓았다지만 설마 감정까지 없겠니, 그녀가 말했다. 할머니를 생각해서라도 집에 가야 하는 거 아냐. 그녀는 목욕가운을 걸쳤다. 시침핀 하나가 목을 찔렀다. 내가 핀을 뽑으며 말했다, 애들이 커서 아주머니한테 나처럼 할까봐 겁나는 거죠. 나한테 이런다고 애들이 안 그럴 줄 아세요.

바늘에 팔꿈치가 푹 들어갈 정도로 커다란 모자가 걸려 있었다. 여재단사가 내게로 고개를 돌리며 말했다, 모자가 이 목욕가운의 심장이야. 손수건 없이 울 수 있어, 어젯밤에 연습했지. 눈물이 얼굴을 타고 흘러내리면 손대지 않고도 저절로 닦여. 나는 손가락을 뾰족한 모자 끝에 집어넣으며 물었다. 왜 울었어요.

내가 모자 끝에서 손가락을 빼기 전에 그녀는 목욕가운을 벗었다. 내 동생과 제부가 그저께 도주했어, 그녀가 말했다. 어쩌면 도착했을 거야, 카드점을 보니 운이 좋은 날이었거든.

패를 뗐더니 바람과 비가 나왔어. 국경 쪽은 그랬나봐, 여긴 건조하고 바람이 잠잠했는데.

재봉틀 바늘 밑으로 모자 천이 바짝 눌린 채 지나갔다. 실걸이에 꿰인 실이 팽팽해졌다. 여재단사가 하는 말은 재봉틀의 박음질로 생겨나는 바늘땀처럼 건조했다.

세관원이 날 알아봐야 할 텐데. 그때랑 같은 걸 입고 갈 거야, 그러기로 했어. 내 맘 같아서는 사람들이 갖고 싶은 걸 미리 주문했으면 좋겠는데, 여재단사가 입에 시침핀을 문 채 말했다. 돌아오면 찾아가고. 그럼 실컷 만지작거리기만 하고 물건은 안 사는 진상들은 없을 것 아냐.

방금 한 말을 하나씩 빼내듯 시침핀을 천에서 모두 떼어냈다. 여재단사는 입에 조르르 물렸던 핀을 그녀의 팔 옆 재봉틀 위에 놓았다. 모자와 가운 차례였다. 끝은 두 겹, 세 겹. 여재단사가 실 끝에 매듭을 지었다. 절대 안 풀리게, 그녀가 말했다. 그녀는 가위 끝으로 모자 끝을 뾰족하게 세웠다. 그러고는 머리에 모자를 썼다. 팔은 넣지 않았다.

헝가리에서는 코가 긴 난쟁이를 살 수 있대. 머리를 흔들고 있을 때 툭 쳐서 그날 코가 가리킨 방향으로 가면 행운이 온대. 비싸지만 이번엔 행운의 난쟁이를 가져올 거야, 그녀가 말했다. 모자가 여재단사의 눈을 덮었다. 난쟁이 이름은 임레야. 앞은 절대 안 보고 왼쪽 아니면 오른쪽만 본대.

나는 어머니의 편지를 뜯었다. 어머니의 허리 통증 뒤에 이렇게 쓰여 있었다. 어제 이발사가 묻혔다. 지난 몇 주 동안 그는 부쩍 늙어버린 데다 노망기마저 있었어. 넌 그를 알아보지도 못했을 거야. 그저께는 마리아 탄생일이었다. 나는 마당에 앉아 쉬었어. 휴일에는 일하지 않으니까. 제비가 전깃줄에 모여 앉는 것을 보니 곧 여름이 가겠구나 싶더라. 그때 이발사가 마당으로 들어왔다. 신발을 짝짝이로 신고 있었어. 하나는 발목까지 오는 보통 신발이었고 하나는 샌들이었지. 그는 체스판을 옆구리에 끼고 할아버지 계시냐고 물었어. 돌아가셨잖아요, 내가 말했지. 그러자 체스판을 들며 이러는 게 아니니. 그럼 난 뭘 하누. 하긴 뭘 해요, 집에 가셔야죠. 가긴 가지, 그 전에 한판 두고, 그가 말했어.

그는 서 있고, 나는 제비를 쳐다보았어. 당황스러웠다. 그래서 말했지, 아버님은 아저씨 댁에 가셨어요. 집에서 기다리세요. 그러자 그가 돌아갔어.

해고된 후 에드가와 게오르크가 내게 말했다. 우리는 교외의 개들처럼 자유로워. 쿠르트만 묶여 있어. 피 마시는 자들의 비밀을 지켜주려고. 게오르크가 당분간이라며 공범들의 마을에 있는 쿠르트의 집으로 이사했다.

게오르크가 동네를 지나다니면 모든 개들이 짖어, 쿠르트가 말했다. 그 동네에선 낯선 사람이지. 게오르크가 모두에게 낯을 가린 건 아니었다. 그는 젊은 이웃 여자와 연애를 시작했다.

피 마시는 자의 헤프게 웃는 딸과, 쿠르트가 말했다. 처음 온 날 저녁에 내가 도축장에서 돌아와보니 게오르크가 벌써 천지 구분 못하는 그 여자와 오후까지만 해도 밀이 자라 있던 밑동만 남은 들판을 걸어오더라. 둘 다 풀씨를 머리에 달고서.

게오르크는 자신이 정원을 가로질러 이웃 여자에게 작업을 걸었다고 생각했지만 사실은 그 반대였다. 그녀는 이미 쿠르트에게도 추파를 던진 터였다.

그 여자는 눈 속에 반점이 있어, 쿠르트가 말했다. 엉덩이를 살랑거리고 다니지. 대화라고는 토마토순 잘라내기에 대한 대화 밖에는 할 수 없어. 그나마도 금방 바닥이 나. 누구한테나 다리를 벌려. 봄에 경찰이 그 여자랑 들판으로 가는 걸 봤어, 순무가 잘되나 잠깐 보러 가는 척하더군. 에드가는 경찰이 그 여자를 먼저 쿠르트에게, 그다음에 게오르크에게 보낸 거라고 확신했다.

해고된 후 하루하루가 우연의 실에 매달려 흔들거리며 나를 쓰러뜨렸다.

새끼줄을 단 난쟁이 여인은 여전히 트라얀광장에 앉아 있었다. 그녀는 초록색 옥수숫대를 품에 안고 요람처럼 흔들며 옥수수와 얘기했다. 여인은 옥수수 껍질을 벌려 밝은 색 옥수수수염 한 줌을 꺼내 그걸로 뺨을 쓸었다. 그녀는 수염과 하얀 즙이 나오는 알을 먹었다.

난쟁이 여인이 먹는 것은 모두 아이가 되었다. 몸은 말랐지만 배가 불룩했다. 교대근무자들이 난쟁이 여인처럼 고요했을 봄밤의 호위 속에서 그녀에게 오입질을 했다. 감시원들은 자두나무에 홀려 다른 거리로 갔다. 그들은 난쟁이 여인을 보지 못했거나 지시를 받고 눈감아주었을 것이다. 어쩌면 난쟁이 여인이 아이를 낳다가 죽을 때가 왔는지도 몰랐다.

도시의 나무들은 노랗게 변했다. 먼저 밤나무가 물들고 보리수나무도 따라 물이 들었다. 해고를 당한 이후 내가 환한 가지들 사이에서 볼 수 있는 건 하나뿐이었다. 가을은 없었다. 가끔 하늘에서 나는 씁쓸한 냄새는 가을이 아니라 나의 냄새였다. 때가 오면 스스로를 포기하는 식물에 대해 골똘히 생각하는 게 힘겨웠다. 그래서 그것들을 건성으로 바라보았다. 난쟁이 여인이 그 이른 가을의 옥수수수염과 하얀 즙이 배어나오는 알을 입속에 쑤셔 넣을 때까지.

나는 에드가와 트라얀광장에서 만났다. 그는 흰색 아마포 가방을 들고 왔다. 호두가 반쯤 차 있었다. 그가 내게 가방을 내밀었다. 신경성 질환에 좋대, 그가 빈정거리듯 말했다. 나는 호두 한 줌을 집어 난쟁이 여인의 무릎에 놓아주었다. 그녀는 하나를 입에 넣고 깨물려고 했다. 그러다 공처럼 생긴 호두를 내뱉었다. 호두는 광장 쪽으로 굴러갔다. 난쟁이 여인이 호두를 무릎에서 하나씩 떨어뜨리자 호두가 보도 위로 굴러갔다. 행인들이 웃었다. 동그랗게 뜬 난쟁이 여인의 눈은 진지했다.

에드가가 쓰레기통 옆에 놓여 있던 손바닥만 한 돌을 주웠다. 두드려 깨야죠, 그가 난쟁이 여인에게 말했다. 안에 뭐가 들어 있어요. 먹을 수 있는 거요. 그가 호두를 두드렸다. 난쟁이 여인이 눈을 감고 고개를 저었다.

에드가가 두드려 깬 호두를 길 옆으로 밀어내고 돌을 쓰레기
통에 버렸다.

아이는 호두를 아버지의 왼손과 오른손에 하나씩 놓는다. 아
이는 호두 안에 머리가 둘씩 들어 있다고 상상한다. 어머니와 아
버지의 머리, 할아버지와 할머니의 머리, 악마의 자식과 자신의
머리. 아버지가 호두를 손아귀에 쥐고 힘을 준다.

호두가 으스러진다.

그만해라, 노래하는 할머니가 말한다. 머리 아프다.

아이는 노래하는 할머니를 놀이에서 뺀다. 어차피 그녀의 뇌
는 깨지기 시작했으니까.

아버지가 손을 펴고, 아이는 누구 머리가 멀쩡하고 누구 머리
가 부서졌는지 본다.

우리는 트라얀광장에서 낫처럼 굽은 샛길을 지나갔다. 에드
가의 걸음은 지나치게 빨랐다. 그는 호두를 까다가 난쟁이 여인
을 울렸다. 그는 그녀를 생각했다.

그러지 마, 에드가가 말했다. 오늘 저녁에 돌아가야 해, 어디

서 자야 할까. 약속해, 그러지 않겠다고. 나는 아무 말도 하지 않았다. 내 말 들었어, 에드가가 걸음을 멈추고 외쳤다. 고양이 한 마리가 나무에 기어올랐다. 내가 말했다. 저거 보이니, 하얀 신발을 신었네.

너는 혼자가 아냐, 에드가가 말했다. 우리가 약속한 게 아니면 해서는 안 돼. 그들이 너를 잡으면 우리 모두가 한 짓이 되는 거야. 그땐 아무것도 소용없어. 에드가가 아스팔트에 팔처럼 박혀 있는 뿌리에 발이 걸려 넘어졌다.

나는 그의 목소리에 넌더리가 났다. 나는 그가 뿌리에 걸려 넘어져서가 아니라 분이 치밀어 웃었다. 너희가 멀리 떨어져 있는 학교에 있을 때도 난 살았어, 내가 말했다. 넌 모두를 대표하는 것처럼 말하는데, 게오르크와 쿠르트는 내 의견에 동의할 거야.

그 호두 먹어, 에드가가 말했다. 그럼 단단해질 거야.

에드가는 시골에서 부모와 살았다. 그의 부모는 해고당했다고 그를 나무라지 않았다. 옛날부터 그랬어, 에드가의 아버지가 말했다. 네 할아버지는 헝가리 시절에 이름을 헝가리식으로 바꾸지 않은 탓에 역장이 못 됐다. 단순 선로작업원으로 골짜기에 구름다리를 만들었지. 제 이름을 sz로 바꾼 어떤 머저리가 유니

폼을 받고 가죽 의자에 앉아 엉덩이 따뜻하게 지냈다. 기차가 뚜우 소리를 내면 그 머저리는 벌떡 일어나 꼬질꼬질한 깃발을 들고 뛰었다. 다리를 쭉 펴고 우쭐대며 말이다.

네 할아버지는 그걸 보고 그냥 웃었지.

저녁 기차가 에드가를 싣고 떠났을 때 나는 선로 사이에 낀 자갈돌을 보았다. 호두보다 크지 않았다. 그 뒤로 기름 낀 풀 사이로 선로가 뻗어 있었다. 하늘은 선로보다 더 길게 뻗어 있었다. 나는 천천히 플랫폼이 끝나는 곳까지 기차 방향으로 걸어갔다 돌아왔다.

사람들이 자루와 바구니를 들고 종종걸음 치며 기차역 시계 앞을 지나갔다. 시계 초침이 튀고 버스는 건물에 배가 닿을락말락하게 모퉁이를 돌았다. 나는 에드가가 준 호두를 벤치에 두고 가방만 들었다. 나는 플랫폼으로 돌아갔다. 선로에는 다음 기차가 서 있었다. 벤치는 비어 있었다.

내 발밑에는 한 길만 있었다. 공중전화박스로 이어지는 길이었다.

두 번 벨이 울리고 나는 다른 사람 이름을 댔다. 테레자의 아버지는 내 말을 믿고 그녀를 바꿔주었다.

테레자가 시내의 고리버들 세 그루가 있는 곳으로 왔다. 나무는 강둑 뒤편 멀리 떨어진 곳에서 자랐다. 나는 그녀에게 내 가방에 든 병조림용 유리병과 붓을 보여주었다.

집 알려줄게, 테레자가 말했다. 하지만 난 같이 안 한다. 다른 거리에서 널 기다릴게. 나는 병조림용 유리병에 오줌을 담아 경감 프옐레의 집에 뿌릴 작정이었다. 높은 창문 아래 벽에 깡패 또는 돼지라고도 쓰고. 빨리 쓸 수 있는 짧은 말로.

경감 프옐레가 산다는 집에는 다른 사람 이름이 붙어 있었다. 테레자는 공장장의 집도 알았다. 우리는 그리로 갔다.

그때까지도 커튼 뒤로 불빛이 새어나오고 있었다. 테레자와 나는 기다렸다. 자정 직전이었다. 우리는 주위를 서성거렸다. 그거 빼, 테레자의 팔찌가 절그럭거리자 내가 말했다. 바람이 온갖 검은 물체를 뒤흔들었다. 울타리뿐인 곳에 사람이 서 있는 것이 보였다. 주차된 차 안에 사람 얼굴이 있었다. 좌석은 비어 있었다. 나무가 없는 곳인데 나뭇잎이 길에 나뒹굴었다. 걸을 때마다 쿵쾅거리며 바닥에 긁히는 소리가 났다. 왜 하필 그런 신발을 신고 왔니, 테레자가 말했다.

달은 뿔빵 모양이었다. 내일은 더 밝을 거야, 테레자가 말했다. 등이 오른쪽으로 굽은 걸 보니 차는 달이야. 가로등이 집 앞을 비추고 있었다. 이런 집들은 늘 불이 밝혀져 있었다. 담이 보여서 좋았지만 동시에 우리 모습도 훤히 드러났다.

나는 두 개의 중간 창 사이에 적당한 자리를 물색했다. 그러고는 붓을 주머니에 넣고 뚜껑을 연 다음 테레자에게 주었다. 가방은 열어두었다.

냄새나, 벌써 네가 잡힌 것 같다, 테레자가 말했다. 그녀는 뚜껑을 들고 다른 거리로 갔다.

내가 테레자가 있는 거리로 왔을 때 주변에는 아무도 없었다. 나는 울타리에서 울타리, 대문에서 대문, 나무에서 나무로 지나갔다. 거리 끝에 이르러서야 누군가 문을 열고 나오듯 나무 그루터기에서 걸어나왔다. 나는 테레자라는 걸 확인하려고 세 번이나 들여다보았다. 그녀의 향수 냄새가 났다.

이리 와, 그녀가 말하며 팔을 잡아당겼다. 세상에, 오래도 있었네, 뭐라고 썼어. 아무것도, 내가 말했다. 그냥 병을 대문 앞에 세워두었어.

테레자가 어깨에 다리가 달린 암탉처럼 웃었다. 그녀의 길고 창백한 목이 내 옆에서 성큼성큼 걸었다. 아직도 냄새나, 테레자가 말했다. 네 몸에 묻었나봐. 뚜껑은 어딨어, 내가 물었다. 내가 기다리던 곳, 그 나무 밑에, 그녀가 말했다.

다리 위에서 붓을 강에 던져버렸다. 물은 검고 머릿속의 기다림처럼 고요했다. 우리는 숨을 멈추었으나 수면에 닿는 소리는 들리지 않았다. 나는 붓이 물속으로 들어가지 않았을 거라고 확신했다. 붓털이 목을 간질여 숨을 들이쉬고 헛기침을 해야 했다. 나는 뿔빵 모양 달을 보며 확신했다. 붓이 공중에 떠서 이 도시 위에 밤을, 까만 줄무늬가 그어진 공을 그린다.

에드가가 다시 도시로 왔다. 우리는 주점에서 몇 시간 동안 게오르크를 기다렸다. 게오르크는 오지 않았다. 경찰 두 명이 나타나 테이블에서 테이블로 돌아다녔다. 양철양과 나무수박을 만드는 프롤레타리아는 신분증을 보이고 근무처를 댔다.

흰 수염이 난 광인이 경찰의 팔을 잡아당기고 그의 손 크기로 접은 손수건을 펴며 말했다, 철학과 교수. 종업원이 광인을 문으로 끌고 갔다. 고소할 거야, 젊은 양반, 그가 외쳤다. 당신이랑 경찰. 양이 먹이를 먹어. 양이 너희는 접수할 테니 두고 봐. 오늘

마음짐승 257

밤 별이 떨어진다, 양이 베갯머리에서 너희를 풀처럼 먹어치울
거다.

에드가가 신분증을 내보였다. 경공업단지 인문계 여고의 교
사. 박물관 옆입니다, 그가 말했다. 나는 내 신분증을 내밀며 말
했다, 번역사입니다. 그리고 해고된 공장의 이름을 댔다. 머리가
화끈거렸다. 관자놀이가 뛰는 것을 들키지 않으려고 나는 젊은
경찰의 얼굴을 매섭게 마주 보았다. 그는 내 신분증을 들여다보
고 돌려주었다. 에드가가 말했다, 운이 좋았어.

에드가가 시계를 보았다. 기차를 타러 갈 시간이었다. 나는 테
이블에 앉아 그의 손이 빈 의자를 쓰다듬는 것을 보았다. 그가
빈 의자를 테이블 가장자리로 당기며 말했다, 게오르크는 이제
안 와.

에드가가 떠난 후 교대근무자들은 더 시끄러워졌다. 잔이 부
딪치고 공중에 연기가 무겁게 떠다녔다. 의자가 부딪치고 신발
이 바닥을 긁었다. 경찰은 갔다. 한 모금 마실 때마다 방광염에
효험이 있다는 약차 맛이 났지만 그래도 나는 맥주 한 잔을 더
마셨다.

볼이 빨간 뚱뚱한 남자가 여종업원을 당겨 무릎에 앉혔다. 그
녀가 웃었다. 이 빠진 한 남자가 소시지에 겨자 소스를 찍어 여
종업원의 입에 넣어주었다. 그녀가 한입 물고 나서 맨팔로 턱에

묻은 겨자 소스를 닦아냈다.

　남자들은 얼마나 욕망에 타올랐는지. 교대근무 사이에 그들
이 어떻게 집 밖에서 사랑을 낚아채고 그 사랑을 이미 조롱했는
지. 덤불진 공원으로 롤라를 따라갔던 사람들, 고요한 밤 광장에
서 난쟁이 여인과 오입질하던 사람들. 십자가에 매달린 예수를
자루에 담아 팔아서 술을 마시는 사람들. 집에 있는 아내에게 송
아지의 콩팥이나 널빤지를 가져다주는 사람들. 아이들이나 연인
에게 먼지 같은 잿빛 토끼를 애완용으로 선물하는 사람들. 닭괴
롭히기를 준 게오르크도 그들에 속했고, 눈 속에 반점이 있는 그
여자도 공범 축에 들었다. 쿠르트는 그녀가 도망치다 쓰러진 동
물처럼 웃는다고 했다. 긴 여행 끝에 뒤늦게 마르기트 부인의 손
에 들어가 고개를 숙인 들꽃을 들고 온 쿠르트도 예외는 아니었
다. 운명을 대가로 돈을 받아 아이들에게 하트 모양 금목걸이를
걸어준 여재단사도. 비버 모피 모자를 준 모피 사내의 아내도.
호두를 가져온 에드가도. 마르기트 부인에게 헝가리 사탕을 선
물한 나도 거기에 속했다. 죽은 남자가 그립지 않은 나도. 우리
둘 사이에 무엇이 있었는지는 먹어버린 한 조각 빵처럼 대수롭
지 않았다. 숲의 풀이 납작해졌던 그 자리도. 나무들이 나를 바

라볼 때면, 나는 길거리에서 타오르고 얼어붙는 오물 덩어리를 구경하는 까마귀의 둥지가 있는 나무를 견디는, 다리를 벌리고 눈을 감은 지푸라기라는 것도.

흰 수염을 기른 광인이 다시 주점으로 돌아왔다. 그는 내 테이블로 다가와 한 뼘 남은 에드가의 잔을 비웠다. 나는 그가 마시는 소리를 들으며 에드가에게 들려주었던 꿈을 생각했다.

부르릉 모터 소리를 내는 빨간 스쿠터가 있는데 실제로는 엔진이 없어서 롤러처럼 발로 밀고 가야 했다. 남자는 빨리 달렸다. 그의 머플러가 날렸다. 그는 분명 방에 있었어, 내가 말했다. 스쿠터가 마룻바닥에서 장식머름을 향해 달리다가 바닥과 장식머름 사이 어두운 틈으로 사라졌으니까. 스쿠터와 사내가 사라진 자리에 하얀 눈이 쌓여 있었다. 마루 위를 걷던 행인이 말했다, 사고 난 스쿠터로군.

갑자기 모르는 곳에 뚝 떨어지느니, 차라리 할머니는 항상 노래하고, 어머니는 반죽을 치고, 할아버지는 체스를 두고, 아버지는 항상 엉겅퀴를 캐내는 게 낫다. 다른 사람이 되느니 차라리 여기서 저렇게 흉한 꼴로 얼어버리는 편이 낫다, 아이는 생각한다. 낯선 사람들 틈으로 가느니 방과 정원과 집 안의 못난 사람들 사이에 있겠어.

이틀 후 쿠르트가 도시로 왔다. 그는 마르기트 부인에게 메꽃 한 다발을 선물했다. 부인은 빨간 혀를 내밀었고 쿠헨 냄새를 풍겼다.

눈 속에 반점이 있는 이웃 여자가 엊저녁에 내 창을 두드렸어, 쿠르트가 말했다. 품에 작은 토끼를 안고 그녀가 말했어. 게오르크가 시내 기차역에서 모르는 사람들과 시비가 붙었었다고. 게오르크는 병원에 있었어. 어제 오전에 난 마을에 있었어. 경찰이 길 건너에서 불렀지. 나는 건너가지 않고 그냥 서 있었어. 허리를 굽혀 바닥에서 노란 이파리를 주웠지. 그걸 입에 집어넣었어. 경찰이 건너와 손을 내밀며 자기 집에 가서 한잔하자더군. 나는 그에게 반말하지 말라고 했어. 그러자 그건 두고 보자고 하더군. 경찰은 바로 그 옆에 살고 있었어. 나는 화주를 사양했어. 경찰은 내가 갈 줄 알았겠지만 나는 꼼짝도 안 했어. 이파리만 입속에서 빨리 돌렸지. 그는 더 할 말이 없었지만 가지도 못했어. 내입속에서 돌아가는 이파리를 보지 않으려고 허리를 굽혀 신발 끈을 맺지. 나는 이파리를 그의 손 옆 바닥에 뱉고 그를 세워둔 채 왔어. 그가 뒤통수에 대고 뭐라고 하더군. 아마 욕이었겠지.

쿠르트와 나는 병원으로 갔다. 쿠르트가 경비원에게 화주 한 병을 주었다. 그가 화주를 받으며 말했다, 그 사람 삼 층 독방에 있어. 이런 말도 원래는 하면 안 되는데. 너희를 올려 보내면 안 돼.

돌아오는 길에 시내를 지나며 쿠르트가 말했다, 이웃 여자가 안고 있던 토끼는 게오르크가 준 거야. 들판의 고양이한테서 구해내 피 마시는 자의 딸에게 선물한 거지. 먼지처럼 보슬보슬한 잿빛인데 예뻐. 게오르크가 데려왔을 때 얼마나 떨던지. 배 부분의 살갗이 아주 얇아. 내 손에서 팔짝 뛰어내리는데, 내장이 다 쏟아질 것 같더라.

그 여자는 게오르크가 유치장에 갇힌 걸 어떻게 알았어, 내가 물었다. 토끼가 가르쳐줬나봐, 쿠르트가 말하며 웃었다.

게오르크의 턱뼈가 부서졌다. 그 주먹패 셋. 학생 시절 구내식당에서부터 봤던 얼굴들이야, 유치장에서 풀려나온 뒤 게오르크가 말했다. 얼굴만 알지 이름은 몰라.

기차에서 내리자 그들이 지나치다 툭 건드린 것처럼 그를 쳤다. 그가 몸을 피했다. 난 걔들이 바로 칠 줄 알았어, 게오르크가 말했다. 그런데 역전으로 갈 때까지 놔두더라고. 플랫폼에 사람이 너무 많았으니까.

버스정류장 앞에서 그들은 게오르크를 담장과 매점 사이 구석으로 몰았다. 주먹과 신발밖에 못 봤다고 게오르크는 말했다.

조그맣고 깡마른 남자가 게오르크를 병원에서 깨웠다. 그는 침대 옆에 서서 재킷에서 지갑을 꺼내 돈을 침대 옆 보조테이블에 올려놓으며 말했다, 이걸로 합의하지. 게오르크는 처음에는 베개를, 다음에는 찻잔을 그의 머리에 던졌다. 그는 미소를 지었다. 그의 머리에서 찻물이 떨어졌어, 게오르크가 말했다. 그는 그의 지저분한 돈을 보조테이블에서 들고 나갔다. 그는 때린 자들 중 하나가 아니었다.

눈 속에 반점이 있는 애인이 먼지 빛 토끼를 바구니에 넣어 들고 시내로 와 게오르크가 있는 병원으로 면회를 왔다. 면회는 허가받았지만 토끼는 경비원에게 맡겨야 했다. 경비원이 토끼에게 빵을 먹였다. 애인은 게오르크에게 사과와 쿠헨을 주며 그의 머리를 쓰다듬었다. 그러나 게오르크는 그녀에게 마지막으로 마을 경찰을 본 게 언제냐고 물었다.

그녀는 거짓말할 머리가 못 돼, 쿠르트가 말했다. 그녀는 게오르크의 찻잔에 담긴 차를 한 모금 마시고 울부짖었다. 게오르크가 그녀에게 소리쳤다. 사과와 쿠헨을 그녀의 바구니에 되던지고 그녀를 내쫓았다. 그녀는 경비원에게 토끼를 맡겨두고 갔다. 토끼는 환자 거니까 풀려나면 데려갈 거예요.

게오르크가 열흘 뒤 문을 나설 때 경비원이 유리문을 두드리며 토끼를 보여주었다. 토끼는 모자 선반 위의 우리 안에서 감자 껍질을 먹고 있었다. 게오르크는 손을 흔들고 지나쳤다. 경비원이 외쳤다. 나중에 오면 없어요, 토요일 저녁에 잡을 거요.

폭행자들에 대한 고소는 기각되었다. 우리는 다른 걸 기대하지도 않았다.

게오르크가 법원에 갔을 때 해당 관청의 공무원은 이미 그에 대한 모든 것을 알고 있었다. 경감 프엘레는 열흘 동안 그를 잡아두었다. 게오르크가 말했다. 그래도 해볼 겁니다.

근무처는, 공무원이 물었다. 증거 없이 타인을 고소하는 건 누구나 할 수 있죠. 이 나라에서 심심한 사람이면.

나는 심심하지 않습니다. 병원에 입원했었어요. 실컷 두들겨 맞아서, 게오르크가 말했다. 증거물인 퇴원증명서는, 공무원이 물었다. 아무것도 못 받았습니다, 내가 퇴원할 때 의사는 결혼식에 참석했다고 하더군요, 게오르크가 말했다.

게오르크는 주머니에 퇴원증명서를 가지고 있었다. 그러나 거기에는 이렇게 쓰여 있었다. 구토를 동반한 여름철 독감.

공무원이 말했다, 게으름, 환상, 추적망상으로 고생하는군요. 그 종이 다시 가져가요, 당신의 병명이 거기에 적혀 있지 않은 게 다행이네요. 죄가 없다고 느끼는군요. 이유 없이 맞는 사람은 없어요.

게오르크는 그날 역전 주점에서 시간을 보냈다. 그는 부모에게 갈 기차표를 샀다. 그러고는 플랫폼에 섰다가 문득 물러나 벤치에 앉았다. 사람들이 바구니와 자두를 들고 기차에 탔다. 기차 문은 열려 있었고, 나란히 창밖을 내다보는 얼굴들이 보였다. 여자들은 사과를 먹고 아이들은 플랫폼에 침을 뱉었다. 남자들은 빗에 침을 묻혀 머리를 빗었다. 게오르크는 역겨움이 솟구쳤다.

문이 닫혔다. 기차가 뚜우 소리를 내고 바퀴가 움직였다. 승객들이 플랫폼을 돌아보았다.

바느질과 다림질을 하며 아들을 패배자라고 부를, 아버지 눈을 피해 아들에게 약간의 돈과 산더미 같은 불만을 봉투에 넣어 보내는, 주근깨가 난 재단사 여인에게로 가고 싶지 않았다. 아들보다 자전거를 더 소중히 여기는 정년퇴직한 아버지에게로도. 쿠르트에게로, 공범자들의 마을로도 돌아가고 싶지 않았다. 눈속에 반점이 있는 이웃 여자를 다시는 보고 싶지 않았다.

에드가의 부모나 마르기트 부인에게도 가기 싫었어, 게오르크는 말했다. 내가 원하는 건 하나뿐이었어. 더이상 이 땅에 발을 딛지 않는 것. 나는 넋이 나간 채 대합실로 갔어. 역 직원에게 표를 미리 보여주고 벤치에 앉았어. 그러고 나선 누군가 잊고 간 짐짝처럼 곧바로 잠이 들었지. 날이 훤히 밝고 곤봉을 허리에 찬 경찰이 나타나 깨울 때까지 깊이 잤어. 대합실에서 나오는데 사람들이 아침 기차에 대해 얘기하더군. 그들은 모두 갈 곳이 있었어.

게오르크는 잠이 깨자마자, 에드가와 쿠르트, 내가 한마디 하기도 전에 곧장 출국사무소로 갔다.

너희의 회유엔 관심 없었어, 게오르크가 말했다. 나를 진정시키려고 너희가 내뱉을 말을 듣고 싶지 않았지. 너희가 미웠어, 그렇게 혼란스러운 상태로는 너희를 볼 수 없었을 거야. 너희 생각만 해도 열이 올랐어. 너희와 나 스스로를 내 삶에서 토해내버

리고 싶었을 거야, 우리가 얼마나 서로를 의지하는지 알고 있었
으니까. 어떻게 갔는지도 모르게 출국사무소에 도착해 창구 앞
에서 물에 빠진 사람처럼 출국신청서를 써서 제출했어. 경감 프
엘레가 눈앞에 나타나기 전에 빨리. 신청서를 쓰는데 그가 종이
속에서 나를 쳐다보는 것 같았어.

게오르크는 뭘 썼는지 기억도 잘 못했다.

어쨌든 가능하면 당장 오늘이라도 이 나라를 떠나고 싶다고
신청서에 분명히 썼을 거야, 그가 말했다.

지금은 좀 나아, 이제는 거의 인간으로 돌아왔지. 신청서를 내
고 나니 너희가 너무 보고 싶었어.

게오르크는 한 손을 내 머리에 얹고, 다른 손으로 에드가의 귓
불을 잡아당겼다.

너 스스로 확신이 서지 않아서였겠지, 에드가가 말했다. 넌 스
스로를 속여야 했던 거야. 우리 중 누구도 네가 이 나라를 떠나
는 걸 말리지 않았을 거야.

여재단사는 헝가리 여행에서 돌아오지 않았다. 누가 알았겠
어, 테레자가 말했다. 패 떼는 솜씨로 여재단사는 우리에게 자기
마음을 감쪽같이 숨긴 거야, 테레자는 속상해했다. 그녀는 네잎

클로버 금목걸이를 주문했고, 여재단사가 도주할 결심을 했다는
걸 전혀 알아채지 못했다.

　지금 애들 할머니가 애들하고 그 집에 계셔, 테레자가 말했다.
테레자가 들어가자 할머니는 마치 늘 그래왔던 것처럼 재봉틀
앞에 앉아 있었다. 아이들은 할머니를 어머니라고 불렀다. 테레
자는 그녀가 정말 여재단사가 아닌가 잠시 혼란스러웠다. 꼭 여
재단사 같았어, 테레자가 말했다. 나이만 스무 살가량 많은. 너
무 비슷해서 소름이 끼치더라. 할머니는 아이들과 헝가리어로
대화했어. 알고 있었니, 그녀가 헝가리인이라는 거. 왜 숨겼을
까. 우리가 헝가리어를 하지 않으니까 그랬겠지, 내가 말했다.
우리도 독일어 안 쓰잖아, 테레자가 말했다. 그래도 네가 독일인
인 거 아는데. 아이들은 어머니가 도망쳤다는 거 아직 모르는 눈
치야. 언제까지 울지 않고 이렇게 말할 수 있으려나. 어머니는
빈에 갔어요, 돈 모아서 자동차 살 거예요.

　테레자의 겨드랑이 아래 호두는 자두만 해졌고, 가운데가 파
란색으로 물들어갔다. 줄기에 문손잡이가 달린 자작나무가 방을
들여다보았다. 나는 옷을 꿰매는 테레자를 도와야 했다. 단춧구
멍 바느질, 치맛단 감치기.

내가 만들면 단추 주변의 천이 뭉쳐서 꼭 서툰 티가 나, 테레자가 말했다. 단이 쭈글쭈글해졌어.

시내에서 딱 한 번 테레자와 함께 본 테레자의 남자친구는 당부속병원에 근무했다. 그는 주야 교대로 일했다. 그는 테레자 아버지의 척추디스크, 테레자 어머니의 정맥류, 할머니의 동맥경화를 치료했다. 테레자는 진찰하지 않으려고 했다.

밤낮 보는 게 환자야, 그가 테레자에게 말했다. 진절머리가나. 너랑 또 의사놀이를 하고 싶진 않아. 다니던 병원으로 가라고 그는 말했다. 다른 의사가 말한 걸 그에게 전해주면 그가 말했다, 그 의사가 잘 알겠지. 그리고 고개를 저었다. 다른 의사 말에 따르면 멍울이 커진 다음에야 잘라낼 수 있다고. 병원에 갔었다는 테레자의 말을 믿을 수 있다면.

내가 사랑하는 남자가 나를 진찰하지 않으려 하니까 이상해, 테레자가 말했다. 하지만 막상 그가 치료해주겠다고 하면 불편할 거야. 그러면 나도 다른 사람들과 같아지겠지. 그의 손에 살을 맡기면 내게 더이상 비밀이 남지 않을 테니까.

테레자의 장신구가 담긴 하얀 손 모양 도자기가 테이블 위에 놓여 있고, 그 옆에 자투리 천이 놓여 있었다.

그와 잘 때 블라우스를 입어, 테레자가 말했다. 내 호두가 보이지 않게. 그가 내 위에서 목적지를 향해 헐떡거리며 달려. 그러고는 일어나 담배를 피워. 나는 그가 조금 더 내 옆에 누워 있었으면 좋겠는데. 우리는 둘 다 호두를 생각해. 왜 그렇게 빨리 일어나냐고 물으면 그는 날 보고 유치하다고 해. 이젠 더 묻지 않지만, 테레자가 말했다. 그렇다고 거슬리지 않는다는 말은 아냐.

옷 입어봐, 테레자가 말했다. 너한테 맞을지도 몰라. 알잖아, 나한테 너무 크다는 거, 내가 말했다.

하지만 나한테 맞았어도 나는 옷을 걸치지 않았을 것이다. 호두가 그 안에 들어 있었으니까. 바느질하느라 옷을 손에 쥐기만 해도 내 몸에 호두를 꿰매고 있는 기분이 들었다. 호두가 실을 타고 내 몸속으로 들어올 것만 같았다.

단춧구멍을 꿰매는 동안 나는 옷이 테레자의 마음에 들지 않을 거라고 확신했다.

테레자의 아버지는 열이틀 예정으로 남쪽 지방에 내려갔다. 거기서 동상을 주조한다고 했다. 덕분에 나는 그녀의 집에 갈 수 있었다. 테레자의 어머니도 베일을 벗기는 자리에 참석하기 위해 며칠 뒤 남편에게로 갔다.

내가 온 걸 할머니가 모르게 해야 했다. 테레자는 내가 그녀 방에 들어갈 수 있도록 할머니를 정원으로 꾀어냈다. 할머니는 너 싫어하지 않아, 테레자가 말했다. 가끔 네 안부를 물으셔. 몇 해 전만 해도 말씀이 없었는데. 동맥경화를 앓고 나서부터 입이 가벼워졌어.

어머니의 편지에 방세 삼백 레이가 들어 있었다. 허리 통증 뒤에 이렇게 쓰여 있었다. 감자를 팔아 돈을 만들었다. 네가 돈 번다고 나쁜 일 할까봐. 밤에는 벌써 춥구나. 어제저녁 처음으로 불을 피웠다. 할머니는 여전히 밖에서 주무신다. 밤중에 트랙터로 밭을 가는 사람들이 종종 할머니를 묘지 뒤에서 봤다는구나. 묘지가 그 양반을 끌어당기는 건지, 차라리 그랬으면 좋겠다.

어제 신부님이 얼굴이 새빨개져서 찾아왔다. 술독에 빠졌나 보다고 생각했는데, 화가 나서 그런 거였어. 그가 말했지, 하느님 맙소사. 더이상은 안 되겠습니다. 할머니가 어제 교회 청지기 몰래 성구보관소에 들어갔어. 신부님이 미사를 보러 나오시자 할머니가 그의 검은 가운과 그 위의 하얀 깃을 가리키며 말했지. 너도 제비구나. 나도 갈아입을 테니 함께 날아가자.

성구보관소의 서랍은 두 개 다 비어 있었어. 할머니가 성체를 모두 먹어버렸거든. 미사가 시작됐어. 신부님 말로는 여섯 사람이 고해를 했다는구나. 그들은 영성체를 위해 단 앞으로 나와 무릎을 꿇고 눈을 감았어. 신부님은 주님 앞에서 그의 의무를 수행해야 했지. 그래서 먹다 만 성체 두 개가 든 성배를 들고 이 사람에게서 저 사람에게로 갔어. 그들은 성체를 받기 위해 입을 벌렸지. 신부님은 늘 그렇듯 그리스도의 몸이라고 말해야 했어. 처음 두 사람에게는 먹다 만 성체를 혀 위에 올려주었대. 다음 네 사람에게는 그리스도의 몸이라고 말하며 엄지손가락으로 혀를 눌렀단다.

내가 사과를 해야 했다, 라고 어머니는 썼다. 하지만 아무리 너그럽게 처리한다 해도 주교님께 보고는 올려야 합니다, 신부님이 말씀하셨다.

게오르크는 에드가의 부모 집으로 갔다.

눈 속에 반점이 있는 이웃 여자가 자취 없이 사라졌다고 에드가가 말했다. 경찰이 잘라버린 거지. 텃밭 작물을 다 거둬들여 정원이 텅 비었어. 잔디만 무성하게 자라고 있지. 내가 쿠르트 집에서 종일 뭘 할 수 있겠어, 해는 또 얼마나 빨리 지는데. 쿠르트는 저녁까지 도축장에 있어. 저녁에 쿠르트가 우리가 먹을 달걀프라이 네 개를 만들었어. 화주를 반주로 마셨지. 그리고 그는 손도 안 씻고 그대로 잠자리에 들었어. 쿠르트가 잠들고 난 뒤 나는 화주병을 들고 온 집 안을 돌아다녔어. 밖에서는 개들이 짖고 밤새 몇 마리가 울부짖었지. 나는 그 소리에 귀 기울이며 병을 비웠어. 취했다 싶었을 때 현관문을 열고 정원을 내다보았어. 이웃집 창에 불빛이 환했어. 낮 동안엔 우리 사이에 황폐한 정원이 있으니 그녀가 아쉽지 않았어. 하지만 어두워지면 그녀에게 가고 싶었어. 현관문을 잠그고 큰 열쇠를 창틀에 올려놓았지. 맘 같아서는 문을 다시 열어젖히고 그대로 정원을 달려가 맞은편 창문을 두드리고 싶었어. 어느 날 밤인가 그녀는 나를 기다렸지. 밤마다 고통스러웠어. 창틀의 큰 열쇠만이 나를 붙잡아주었어. 하마터면 다시 그녀의 침대에 누울 뻔했지.

쿠르트가 밥 먹을 때 하는 말이란 파이프, 도랑, 소, 그런 얘기뿐이었어. 당연히 피 마시는 얘기도 했지. 쿠르트가 먹으면서 피 마시는 얘기를 하면 난 한 입도 삼킬 수가 없었어. 밖이 추워질수록 피를 더 많이 마셔, 그는 그런 말을 하면서도 잘 먹었어. 내 것까지 먹고 프라이팬도 닥닥 긁어 먹었어.

낮에는 집 밖으로 나가야 했어, 게오르크가 말했다. 어디로든 말이야, 안 그러면 미쳤을 거야. 쥐 죽은 듯 조용한 시골길을 피해 마을 밖으로 이어진 길로 갔어. 발이 세 번 이상 닿지 않은 곳이 없을 거야. 들판에서 미친 사람처럼 돌아다녀봤자였지. 이슬에 젖은 땅은 추워서 더이상 마르지 않았어. 모든 게 잘리고 뽑히고 낫에 베여 묶였어. 잡초만 뿌리까지 익어갔지. 잡초가 씨를 퍼뜨렸어. 나는 입을 다물었지. 씨가 목과 귀와 머리에 달라붙었어. 가려워서 긁어야 했어. 잡초 속에 살진 고양이들이 웅크리고 있었어. 풀줄기 하나 까딱하지 않았어. 늙은 토끼들은 그래도 도망칠 수 있었지. 하지만 새끼들은 곧 바닥에 패대기쳐졌고. 그걸로 끝이었어. 물린 건 내 목이 아니었어. 지저분하고 언 몸으로 나는 두더지처럼 그 옆을 지나갔어. 다시는 토끼를 구해주지 않을 거야.

진짜야, 게오르크가 말했다. 풀은 아름답지만 들판 한가운데에 서서 사방을 둘러보면 들판이 마치 주둥이를 벌리는 것처럼 보여. 하늘이 눈앞에서 사라지고 흙이 신발에 들러붙지. 풀잎과 줄기와 뿌리가 피처럼 붉었어.

에드가가 게오르크 없이 혼자 도시로 왔다. 전날 밤만 해도 게오르크는 드디어 시골을 벗어난다고 기뻐했다. 두엄과 풀 대신 아스팔트와 전차를 보게 생겼다고. 하지만 아침에 그는 꿈적거리며 나갈 채비를 하지 않았다.

게오르크는 도통 서두르지 않았다. 에드가는 게오르크가 일부러 기차를 놓칠 심산이라는 걸 알아챘다. 게오르크는 가다 말고 멈춰 서서 말했다, 난 다시 갈래. 도시에 안 가.

쿠르트 집에 혼자 있다고 징징거린 건 핑계였어, 에드가가 말했다. 지금은 혼자가 아니야, 나도 하루 종일 집에 있고 부모님도 계셔. 하지만 누구도 게오르크와 대화할 수 없어. 걔는 유령 같아.

게오르크는 아침 일찍 일어나 창가에 앉았다. 접시와 포크, 나이프 소리가 나면 그는 의자를 들고 식탁 앞으로 가 앉았다. 식사를 마치고 나면 다시 의자를 창가로 가져갔다. 그는 앙상한 가지를 드러낸 아카시아나무와 도랑, 다리, 두엄과 풀뿐인 밖을 내다보았다. 신문은 언제 와요, 그가 물었다. 그러나 막상 우편배달부가 오면 신문은 건드리지도 않았다. 그는 출국사무소에서 연락이 오기를 기다렸다. 에드가가 산책을 가거나 마을 가게에 갈 때도 함께 가지 않았다. 그깟 일로 신발 신으라는 거야, 그가 말했다.

우리 어머니 아버지도 조금씩 부담스러워하는 눈치야, 에드가가 말했다. 먹고 자는 것 때문이 아니고. 그건 지불하니까, 우리 부모님이 전혀 원치 않는데도. 어머니는 이렇게 말해서. 저 애가 우리 집에서 지내는 건데, 우리가 저 애한테 방해가 되는 것 같다, 도대체 예의가 없구나.

에드가는 날마다 부모에게 말하기가 어려워졌다. 그가 아는 게오르크는 다르다고, 머릿속에 고민이 넘쳐 저렇게 고집불통이 된 거라고. 그들은 말했다, 왜 저러니, 곧 출국허가증을 받을 텐데.

그 일은 그 10월의 어느 날 아침에 시작되었다. 게오르크가 중간에 돌아가고 에드가 혼자 도시로 온, 그 몹쓸 날에.

기차 안에서 찬송가를 부르던 남녀패거리가 있었다. 여자들은 손에 촛불을 들고 있었다. 노래는 성당에서 부르는 노래처럼 엄숙하지는 않았다. 노래는 기차의 소음과 흔들림을 따라갔다. 노래하는 사람들이 노래에 맞춰 몸을 흔들었다. 여자들은 애원하듯 가늘고 높은 목소리로 노래했다. 마치 협박을 당해 겁에 질려 내는 소리 같았다. 노래를 부를 때면 눈이 밖으로 튀어나올 것만 같았다. 그들은 큰 원을 그리며 초를 흔들었다. 객차에 불이 나진 않을까 염려스러웠다. 옆 마을의 이단교인들이야, 승객들이 소곤거렸다. 검표원은 객차에 오지 않았다. 노래하는 사람들이 방해받지 않으려고 미리 뇌물을 먹였던 것이다. 창밖으로 들판이 스쳐갔다. 들판에는 마른 옥수수와 이파리 없이 까만 해바라기 줄기만 보였다. 기차가 황량함의 한가운데, 다리를 지나 작은 덤불숲이 있는 곳에 이르자, 노래 부르던 사람 하나가 일어나 비상제동기를 당겼다. 그가 말했다, 여기서 우린 기도를 올려야 해요.

기차가 멈추고 패거리가 내렸다. 덤불숲에는 지난번에 두고 간 타버린 초들이 아직 남아 있었다. 하늘은 낮고 패거리는 노래를 부르고 바람이 불어와 타는 초를 껐다. 객차에 남은 사람들은 창가로 몰려들어 밖을 내다보았다.

에드가와 한 남자만이 가만히 앉아 있었다. 남자는 몸을 떨며 주먹을 꾹 쥐었다. 그러더니 허벅지를 치며 바닥을 보았다. 그가 모자를 벗더니 울기 시작했다. 기다리는 사람이 있단 말이야, 그가 큰 소리로 혼잣말을 했다. 그러고는 모자로 얼굴을 누르더니, 갑자기 이단을 욕하며 말했다, 돈을 다 갖다 바치는군.

이단교패거리가 다시 승차하자 기차는 천천히 움직였다. 울던 남자는 창을 열고 고개를 밖으로 뺐다. 초라한 열차의 내장을 따라가는 그의 두 눈은 거리를 단축하고 싶은 바람으로 가득했다. 남자는 모자를 쓰고 한숨을 내쉬었다. 기차는 여유로웠다.

패거리는 도시에 도착하기 직전에 초를 불어 끄고 외투 주머니에 넣었다. 그들의 외투와 의자는 굳은 지방 같은 촛농투성이였다.

기차가 멈췄다. 남자들이 먼저 내리고 여자들이 뒤따랐다. 그 다음에 나머지 사람들이 내렸다.

울던 남자가 일어나 객차 뒤로 가더니 플랫폼을 보았다. 그리고 다시 구석에 가서 앉아 담뱃불을 붙였다. 플랫폼에 경찰 세

명이 서 있었다. 승객이 모두 내리자 경찰이 남자를 플랫폼으로 끌어내렸다. 모자를 떨어뜨린 채 그들은 남자를 데려갔다. 남자의 재킷에서 성냥갑이 떨어졌다. 남자는 두 번 에드가를 돌아보았다. 에드가는 성냥갑을 주워 주머니에 넣었다.

그는 커다란 역전 시계 앞에 섰다. 살을 에는 바람이었다. 그는 게오르크가 폭행을 당한 모퉁이를 보았다. 매점과 담장 사이에 마른 나뭇잎과 종이가 뒹굴었다. 에드가는 거리를 따라 시내로 갔다. 딱히 갈 곳은 없어도 도시는 어디에나 있었다.

에드가는 이발소로 갔다. 아침에 손님이 더 적으니까, 에드가가 말했다. 뭘 해야 할지 모르겠는데 머리가 거슬리더라구. 빨리 따뜻한 곳으로 들어가고 싶기도 했고. 나를 전혀 모르는 사람에게 잠시 보살핌을 받고 싶었나봐.

에드가는 학생 시절 항상 머리를 잘라주던 사람을 여전히 우리 이발사라고 불렀다. 당시에는 에드가와 쿠르트, 게오르크가 머리회전이 빠른 그에게로 함께 갔다. 셋이 함께라야 이발사의 무례를 참아낼 수 있었다. 이발사는 머리를 자르기 전까지만 짓궂게 굴었다. 일단 머리에 손을 대기 시작하면 수줍음을 타는 사람처럼 말을 아끼거나 침묵했다.

이발사가 에드가에게 손을 내밀었다. 아, 도시에 다시 나오셨군. 그런데 빨강머리 두 분은, 그가 물었다. 그는 더 늙지 않았다. 봄이 될 때까지는 발길이 뜸해지지, 모두. 모자를 쓰는 대신 이발값으로 화주를 마시고.

이발사는 오른쪽 집게손가락의 손톱을 길게 길렀다. 다른 손톱은 모두 짧았다. 그는 에드가의 머리를 긴 손톱으로 한 갈래씩 나눴다. 에드가는 가위가 싹둑싹둑 지나가는 소리를 들었다. 그의 얼굴은 점점 더 작아졌고 거울은 멀어졌다. 에드가는 눈을 감았다. 속이 좋지 않았다.

이발사는 머리를 어떻게 자르고 싶냐고 내게 묻지 않았어, 에드가가 말했다. 그는 봄이 올 때까지 오지 않을 모든 사람들을 위해 내 머리를 잘랐어. 의자에서 일어나니까 머리가 동물 털처럼 짧아졌더군.

우리는 여전히 많은 것을 같은 시각으로 보았다. 에드가와 쿠르트, 게오르크와 내가 아직 학생이었을 때처럼. 그러나 각자 시골로 흩어진 뒤 불행은 저마다의 모습으로 우리를 찾아왔다. 우리는 여전히 서로를 필요로 했다.

머리카락이 든 편지는 소용이 없었다. 자기 머릿속에 있는 두

려움을 다른 사람의 필체로 읽게 될 뿐이었다. 클로버, 붉은등때
까치, 피 마시는 자들과 수압기는 눈을 부릅뜨고 각자 알아서 극
복해야 했다.

해고당하고 나서 우리는 익숙한 두려움이 없다는 것이 두려
움을 느낄 때보다 더 나쁘다는 것을 알았다. 고용됐든 해고됐든
주변 사람들이 우리를 낙오자로 여기자 스스로도 점점 그렇게
생각하게 되었다. 돌아보면 모든 게 옳았는데도 우리는 그렇게
느꼈다. 우리는 먼지로 흩어지기 직전의 나달나달한 가죽처럼
지쳤다. 독재자가 머지않아 죽으리라는 소문에, 도주하다 죽은
사람들 소식에 지쳐가면서 우리도 모르게 도주 망상에 사로잡힌
사람들 쪽으로 다가갔다.

우리는 숨 쉬듯 자연스레 패배를 인정했다. 그것이 우리의 공
통점이었다. 거기에 각자 뭔가를 조용히 덧칠하기도 했다. 자기
기만. 그 속에서 스스로에 대한 부정적 자화상과 심신을 괴롭히
는 허영이 폭발했다.

쿠르트의 터진 엄지손가락, 게오르크의 부서진 턱뼈, 먼지 같
은 잿빛 토끼, 내 가방 속의 냄새나는 병조림용 유리병(각자 하
나씩 가지고 있었다). 다른 친구들도 그 유리병에 대해 알고 있
었다.

우리는 각자 자살을 통해 어떤 식으로 친구들을 버릴 수 있을

까 상상했다. 소리 없이 그들에 대한 불만을 드러냈다. 나머지 친구들을 생각해야 하고, 그들 때문에 그리 멀리 갈 수도 없다는 것을. 그렇게 우리는 스스로에게 정당성을 부여했고 침묵을 준비했다. 그것이 죄책감을 주었다. 자신도, 다른 사람들도 죽지 못해 살았으므로.

우리를 끝내 구해준 것은 인내였다. 그것만큼은 우리를 놓아버려선 안 되었다. 찢기더라도 곧 다시 제자리로 돌아와줘야 했다.

에드가가 막 머리를 깎고 광장을 지날 때 그의 뒤꿈치를 따라오는 개의 발소리가 들렸다. 그는 멈춰 서서 남자와 개를 먼저 보냈다. 그 개는 더러운 프엘레 새끼였어, 에드가가 말했다. 까만 모자를 쓴 사람이 누군지는 알 수 없었다. 개는 에드가의 외투 냄새를 맡고 으르렁거렸다. 남자가 개 줄을 당기자, 개는 버티다가 남자를 돌아보았다. 다음 신호등에서 남자와 개가 다시 에드가 뒤에 섰다. 녹색등이 켜지자 그들은 건너갔다. 그리고 어쨌든 공원으로 갔다. 거기서 누군가가 개를 기다리고 있었을 것이다. 얼마쯤 지나 남자 혼자 에드가의 뒤를 따라 전차를 탔으니까.

모자를 쓴 그 남자는 사람이 아닌 것 같았어, 에드가가 말했다. 털이 짧은 나는 개가 아니고. 그렇게 보였음에도 말이야.

게오르크는 기차역으로 가다 말고 돌아가서 쫓기듯 방으로 들어갔다. 아마도 달려갔을 것이다. 에드가의 어머니가 물었다, 뭐 놓고 간 게 있니. 게오르크가 대답했다, 저요. 그는 의자를 창가에 가져다놓고 앉아 허탈한 낮을 내다보았다.

정오가 다가올 무렵 우편배달부가 문을 두드렸다. 이번에 그는 신문 외에 등기우편 한 통을 가져왔다. 게오르크는 꼼짝하지 않았다. 에드가의 아버지가 말했다, 이 편지는 네 거구나. 네가 사인해야 해.

봉투 안에 출국허가증을 찾아가라는 통보가 들어 있었다. 게오르크는 편지를 들고 방으로 가서 문을 잠근 뒤 침대에 누웠다. 에드가의 부모는 게오르크의 울음소리를 들었다. 에드가의 어머니가 문을 두드리고 그에게 차를 가져다주었다. 게오르크는 그녀를 찻잔과 함께 그대로 내보냈다.

접시가 덜그럭거려도 그는 먹으러 나오지 않았다. 에드가의 아버지가 문을 두드리고 사과 한 알을 깎아다주었다. 그는 아무 말 없이 사과를 놓고 나갔다. 게오르크는 머리에 베개를 뒤집어

쓰고 있었다.

에드가의 부모는 마당으로 나갔다. 어머니는 오리에게 모이를 주고 아버지는 장작을 팼다. 게오르크는 가위를 들고 거울 앞으로 갔다. 그리고 머리를 싹둑싹둑 잘랐다.

에드가의 부모가 마당에서 들어왔을 때 게오르크는 창가에 앉아 있었다. 그는 쥐어뜯긴 짐승 같아 보였다. 에드가의 아버지는 충격을 받았지만 침착하게 말했다, 그러면 뭐가 좋아지니.

그 꼴을 한 게오르크를 처음 봤을 때 내가 말했다, 그런 상태로 어떻게 여행길에 올라. 이발소에 가. 독일에 가면 너희를 위해 아무것도 안 할 거야, 게오르크가 말했다. 들었어, 너희를 위해 손가락 하나 까딱 안 할 거라고.

쿠르트와 에드가와 나는 두피까지 드러나도록 밀어버린 게오르크의 휑한 머리통을 들여다보았다. 쿠르트가 에드가에게 말했다, 네 머리도 이상해.

하루를 어떻게 보내야 할지 막막할 때 아이는 가위를 들고 방으로 들어간다. 덧창을 내리고 불을 끈다. 화장대 거울 앞에 서서 머리를 자른다. 거울 속에 아이가 셋이다. 앞머리가 삐뚜름해졌다.

아이가 삐뚜름한 곳을 다시 자르면 그 옆이 비뚤어졌다. 다시 그 옆을 자르면 방금 전에 자른 곳이 비뚤어졌다.

예쁜 앞머리 대신 비뚤비뚤한 솔이 보이고 이마는 휑하다. 아이는 울고 만다.

어머니가 아이를 때리며 묻는다, 왜 그랬어. 아이가 대답한다, 내가 보기 싫어서.

집안사람 모두가 비스듬한 솔에서 다시 예쁜 앞머리가 자라나기를 기다린다. 아이는 집안사람 모두보다 더 간절히 기다린다.

또다른 날들이 온다. 앞머리는 자란다.

그러나 어느 날 아이는 다시 하루를 어떻게 보낼지 막막해진다.

휑한 겨울나무와 나뭇잎 울창한 여름나무 사진이 많다. 나무 앞에는 눈사람이나 장미가 있다. 그리고 맨 앞에는 아이가 이마의 삐죽한 솔처럼 삐딱한 미소를 짓고 있다.

기차에서 내린 남자의 성냥갑에는 나무와 가위표를 친 불꽃이 그려져 있었다. 그 아래엔 이렇게 쓰여 있었다. 숲을 지킵시다. 에드가가 성냥갑을 주방에 갖다놓았다. 이틀 후 그의 어머니가 말했다, 성냥갑 안 성냥개비에 숫자가 쓰여 있더라.

조차장(操車場)에 외국 화물열차가 서 있었어, 에드가가 말했다. 남자는 국경을 넘으려 했던 거야.

성냥갑의 숫자는 외국 전화번호처럼 보였다. 에드가는 성냥갑에 성냥을 가득 채웠다. 성냥의 빨간 대가리를 하나씩 겹쳐서. 그리고 이불을 끌어올리듯 케이스를 반쯤 밀어올렸다. 독일 가면 이 번호로 전화해.

게오르크가 성냥대가리까지 뚜껑을 밀어 닫았다. 아무리 해도 눈에 익지 않는 쥐어뜯긴 머리 때문에 그는 여전히 손님 같았다. 나 아직 안 갔어, 게오르크가 말했다. 그들이 나를 달려가는 기차에서 밀어 떨어뜨리지 않는다면 이 번호로 전화할게.

게오르크가 전화를 했는지 우리는 알 수 없었다. 그는 출국허가증을 출국사무소 창구에서 받지 못했다. 그는 경감 프옐레에게 불려갔다. 경감 프옐레는 게오르크의 쥐어뜯긴 머리를 못 본 척했다. 그가 말했다, 앉으시죠. 그는 처음으로 게오르크에게 존댓말을 했다.

경감 프옐레가 작은 책상 위에 각서와 볼펜을 놓고 자신의 큰 책상 쪽으로 갔다. 그는 다리를 뻗으며 의자를 뒤로 밀었다. 그냥 간단한 사인 하나 해주시죠, 경감 프옐레가 말했다. 게오르크는 외국에서 루마니아 국민에게 해되는 짓은 절대 하지 않겠다는 내용의 각서를 읽었다.

게오르크는 서명하지 않았다.

경감 프엘레가 다리를 끌어당기며 일어섰다. 그리고 캐비닛으로 가서 봉투 하나를 꺼내 작은 테이블 위에 올려놓았다. 열어요, 경감 프엘레가 말했다. 게오르크가 봉투를 열었다.

이제 이게 요긴하겠네요, 경감 프엘레가 말했다. 나도 편지 쓸수 있겠어요.

봉투에는 빨간 머리카락이 들어 있었다. 내 게 아니고 쿠르트 것 같았어, 게오르크가 말했다.

사흘 후 게오르크는 기차에 올랐다. 성냥갑은 그의 외투 주머니에 들어 있었다. 그는 달리는 기차에서 내동댕이쳐지지 않았다. 그는 무사히 독일에 도착했다.

떠나기 전에 그가 말했다. 다시는 편지 쓰지 않을 거야, 엽서만 쓸래. 첫 엽서는 에드가의 부모 앞으로 왔다. 옹이 진 나무가 늘어선 겨울의 강가 산책길이 있는 엽서였다. 그는 에드가의 부모에게 집에서 지내도록 해줘서 고마웠다고 썼다. 엽서는 두 달 뒤에야 도착했다. 엽서가 에드가의 대문 옆 우편함에 들어갔을 때는 이미 유품이었다.

이 주 전에 우편배달부가 문을 두드렸다. 에드가는 전보를 받았다고 서명을 했다.

게오르크는 떠난 지 육 주 뒤 이른 아침에 프랑크푸르트의 보도 위에 누워 있었다. 임시숙소 육 층 창문이 열려 있었다.

전보에 이렇게 쓰여 있었다. 즉사했음.

게오르크가 써 보낸 엽서가 우편함에 떨어질 즈음 에드가와 쿠르트, 나는 두 번 신문사 편집국에 부고를 냈다.

처음에 편집장은 고개를 끄덕이며 종이를 받아 쥐었다.

두번째 갔을 때 그는 소리를 지르며 우리를 문밖으로 내쳤다. 우리는 나오기 전에 책상 위 안경 옆에 종이를 놓아두었다.

세번째에는 경비원이 우리를 들여보내지 않았다.

부고는 실리지 않았다.

에드가의 부모는 침실 장식장에 진열해둔 유리 제품 앞에 게오르크의 엽서를 세워두었다. 겨울 풍경이 침대를 바라보았다. 에드가의 어머니는 아침에 일어나면 맨발로 바닥을 딛고 장식장까지 걸어가 겨울 풍경을 보았다. 에드가의 아버지가 말했다, 그냥 서랍에 넣어둬야겠어, 옷 입어요. 에드가의 어머니는 옷을 입었다. 엽서는 여전히 장식장에 세워져 있었다.

에드가의 어머니는 바느질할 때 게오르크가 머리를 잘랐던 가위를 더이상 사용하지 않았다.

나는 게오르크가 죽은 뒤 더는 어두운 곳에 누울 수 없었다. 마르기트 부인이 말했다, 네가 자야 그의 영혼도 쉬지. 전기세는 누가 내니. 잠이 안 와도 어두운 데 누워 있어야 조금이라도 더 쉴 수 있어.

방문 밖에서 마르기트 부인의 목소리가 들려왔다. 생각에 잠겨서인지 잠결인지 부인이 신음 소리를 냈다. 내 발가락이 침대 발치 이불 밖으로 나와 있었다. 배 위에는 닭괴롭히기가 얹혀 있었다. 의자 위의 옷이 익사한 여자로 탈바꿈했다. 나는 옷을 치워야 했다. 팬티스타킹은 잘린 다리처럼 의자 등받이에 걸려 있었다.

방이 어두워지면 나는 자루 속에 누워 있었다. 허리띠의 자루 안에, 창문의 자루 안에. 내 것이 되지 못한 돌을 넣은 자루 안에.

마르기트 부인이 말했다, 누가 그를 밖으로 밀었을 수도 있어. 내가 사람 보는 눈은 있거든. 게오르크는 그럴 사람으로 보이지 않았어. 그는 다시 일어설 수 없을 거야. 살인이라면 신이 그의 손을 잡아줄 테지. 자살이면 유황불에 떨어질 거고. 난 그를 위해 기도한단다.

쿠르트는 옷장 맨 안쪽에서 게오르크의 시 아홉 편을 찾아냈다. 그중 여덟 편은 제목이 붉은등때까치였다. 그리고 나머지 한 편은, 머리로 한 걸음 걸을 수 있는 사람은 누구인가였다.

에드가도 같은 꿈을 자주 꾸었다. 쿠르트와 내가 한 성냥갑 안에 누워 있는데 게오르크가 발치에 와서 말했어. 너희는 좋겠다. 그는 우리 목까지 성냥갑 케이스를 밀어올렸어. 꿈에서 성냥갑에 그려진 나무는 너도밤나무였어. 사르륵 소리를 냈지. 게오르크가 말했어, 자, 숲은 내가 지킬게, 이젠 너희 차례다. 성냥갑 발치에서 불길이 일었어.

쿠르트는 게오르크가 죽은 뒤부터 일을 나가지 않았다. 그는 도축장 대신 시내로 갔다.

눈에 반점이 있는 이웃 여자는 어느 늦은 저녁 정원을 지나 쿠르트의 문을 두드렸다. 아픈 거 맞아요, 그녀가 물었다. 침대에 누워 있지 않네요.

쿠르트가 말했다, 보다시피 문 앞에 서 있어요.

바람이 추녀의 홈통을 때리자 마을의 개들이 짖었다. 건너편 이웃 여자의 집은 불이 꺼져 있었다. 창문이 어두웠다. 너무 얇게 입은 그녀가 팔로 몸을 싸안았다. 그녀는 수놓인 여름용 코르크 힐 슬리퍼를 신고 있었다. 두꺼운 양털 양말에 비해 슬리퍼가 너무 작아 보였다. 발꿈치가 밖으로 삐져나왔다.

그녀는 쿠르트에게 게오르크의 독일 주소를 물었다. 그녀는 가만히 서 있으려고 했지만 몸이 자꾸 떨려 발목을 삐끗했다. 빛이 그녀의 슬리퍼를 비추었다. 어둠 속에 양말을 신은 그녀의 다리가 하얀 염소처럼 가느다랗게 서 있었다. 그녀는 스타킹을 신지 않았다.

쿠르트가 물었다, 주소는 뭐 하게요. 작별 인사도 없이 간 사람인데.

그녀가 목을 움츠렸다. 우리 안 싸웠어요, 약 좀 부쳐달라고 하려고요.

그럼 의사한테 가요, 쿠르트가 말했다.

테레자는 쿠르트가 해고당하지 않도록 쿠르트의 이름을 써

넣을 수 있는 의사의 빈 처방전을 가져왔다. 처방전 값은 말보로 한 보루였다. 쿠르트가 돈을 주려고 하자 테레자가 말했다, 아버지 옷장에서 훔쳤어.

어머니의 편지 속 허리 통증 뒤에 이렇게 써 있었다. 긴 신청서를 썼다. 경찰이 나와 할머니 대신 작성해주었어. 이젠 너도 신청해야 한다고 그가 그러더구나. 너는 루마니아어 잘하잖아. 나는 그에게 말했어, 아마 너는 함께 가고 싶어하지 않을 거라고. 그럼 모든 게 연기될 텐데요, 그가 말했다. 시계수리공 토니가 너도 생각해볼 거라고 하더구나. 자기라면 얼른 따라나서겠다고. 얼마나 가고 싶은지.

할머니에게는 내가 다 설명했어. 할머니도 서명해야 했어. 알아볼 수도 없었지만 할머니 글씨였어. 알아볼 수 있었다면 더 망신스러웠겠지, 당신 이름도 모르는 양반이니. 노래를 잠깐 하시더구나. 할머니가 나를 스컹크 보듯 바라볼 때면 무슨 생각을 하시는지 몰라서 다행이라는 생각이 들어.

오늘 거실 가구들을 팔았다. 카펫은 안 사려고 하더라, 좀이 슬었거든. 월세 두 달치 보내마. 이제부턴 네가 스스로 꾸려가야지. 네가 여기 머물지 않았으면 좋겠다. 앞으로 살날이 창창한데.

나는 출국신청서의 빈칸을 메웠다. 생년월일, 학력, 근무처와 아버지의 병역. 지도자를 기리는 아버지의 노래가 들려왔다. 정원의 곡괭이와 가장 어리석은 식물이 보였다. 독일에도 엉경퀴가 있는지 나는 몰랐다. 고향으로 돌아온 나치친위대 군인은 넘쳐났다.

게오르크는 떠나면서 에드가와 나를 위해 길을 열어주었다. 막다른 골목에서 벗어나자, 당시에 그는 말했다. 그러고 나서 육 주 후 그는 프랑크푸르트의 겨울 보도 위에 누워 있었다.

붉은등때까치 시는 여전히 쿠르트의 옷장 안 어느 신발 안에 들어 있었다. 그 새들을 대신해 게오르크는 막다른 골목에서 벗어나 창문의 자루 안으로 날아갔다. 그의 머리가 놓여 있던 웅덩이는 아마 하늘을 비쳤으리라. 구름 한 점마다 친구가 들어 있지…… 그럼에도 에드가와 나는 그 뒤를 따라 떠났다. 에드가가 출국신청서를 냈다. 그의 재킷 주머니에는 게오르크의 죽음을 알리는 전보가 들어 있었다.

쿠르트는 출국할 여건이 아니라고 했다. 여기 있을 이유는 없

지만 너희 먼저 가, 그가 말했다. 나도 나중에 갈 테니. 그는 의
자를 까딱거렸다. 삐걱거리는 소리를 따라 전망이 사라져갔다.
우리 중 누구도 그 소리에 놀라지 않았다.

　나는 피 마시는 자들과 공범이야, 쿠르트가 말했다. 그러니 해
고당하지 않을 거야. 너희가 떠나면 그들이 나를 체포하겠지. 여
름부터 죄수들이 호송차를 타고 도축장 뒤 들판으로 와. 그들은
수로를 파고 있어. 동작이 느려지면 개들이 삽시간에 덮쳐. 상처
를 입은 사람들은 호송차에 태워지고, 저녁 여섯시에 다시 감옥
으로 돌아갈 때까지 그 안에서 기다려. 나는 사무실 안에서 사진
을 찍어. 피 마시는 자 둘이 나를 덮쳤어. 그들에게 먼저 들켰거
든. 어쩌면 다른 사람들도 알겠지. 필름을 옷장 깊숙이 넣어놨
어. 그러다 게오르크의 시도 찾은 거야. 테레자에게 맡겼다가 에
드가의 아버지를 뵈러 갈 때 가져가야겠어. 세관원을 통해 너희
에게 보내라고.

　어쩌면 나도 해고당할 거야, 쿠르트가 말했다. 독일에 가면 나
한테 사진 두 장 보내줘. 창문 찍은 거하고, 보도 찍은 거. 받을
수 있을 거야, 경감 프옐레도 알잖아, 그게 우리를 아프게 한다
는 거.

내가 신청서를 작성했다는 말을 듣고 테레자는 울었다. 그녀의 남자친구는 그녀를 떠났다. 그가 말했단다, 아이를 낳지 못하는 여자는 열매를 맺지 못하는 나무나 다름없다고. 테레자와 그는 전차를 타러 갔다. 정거장에서 그는 테레자에게 기다리는 사람들을 가리키며 무슨 병을 앓는지 읊었다.

테레자가 말했다, 당신은 저 사람들 알지도 못하잖아. 그러나 그는 진단을 내렸다. 저 사람은 간, 저기 저 여자는 폐가 안 좋아. 아무것도 떠오르지 않을 때면 그는 말했다, 저 사람 고개 든 모양 좀 봐봐. 저 여자는 심장이야. 저 사람은 후두부에 문제가 있어. 테레자가 물었다, 그럼 나는. 그는 대답하지 않았다. 감정은 머릿속에 살지 않아. 그건 호르몬의 작용일 뿐이야.

테레자는 얼마 전부터 호두가 아팠다. 겨드랑이에서 가슴으로 이어지는 부분이 심하게 당겼다.

나는 테레자가 혼자인 것을 원치 않아 말했다, 쿠르트랑 사귀어. 테레자가 고개를 끄덕였다. 내 일부를 네가 가져가. 남는 부분은 쿠르트에게 주고. 게다가 난 어차피 절반이 호두잖아. 온전치 못한 건 나눠 갖기도 쉬우니까.

이제는 내가 자작나무 줄기에 달린 문손잡이를 돌릴 차례였다. 테레자는 그 문이 우리 사이에서 닫힐 거라는 걸 알고 있었다. 그러고 나면 내가 이 나라로 다니러 올 수 없으리라는 것도.

우리 다시는 볼 수 없을 거라는 거 알아, 그녀가 말했다.

나는 쿠르트에게도 말했다, 테레자랑 사귀어. 우정은 누구한테 물려줄 수 있는 재킷이 아니야, 그가 대답했다. 입을 수는 있겠지. 겉에서 보면 맞을 수도 있고. 하지만 속은 따뜻하지 않아.

무슨 말이든 유효했다. 발로 풀을 밟듯 입속의 말들로 많은 것을 짓밟는 것, 모든 작별이 그랬다.

사랑하고 떠나는 건 다름 아닌 우리였다. 우리는 어떤 노래에 담긴 저주를 극단으로 몰아갔다.

사랑하고 떠나는 자
신의 저주를 받아야 하리
풍뎅이의 걸음으로
바람의 웅웅 소리로
땅의 먼지로
신은 그를 저주해야 하리

어머니는 첫 기차를 타고 도시로 왔다. 기차에서 신경안정제를 먹고 역에서 바로 미용실로 갔다. 난생처음 가보는 거였다. 떠나기 전에 어머니는 땋은 머리를 잘랐다.

왜요, 엄마 머리잖아요, 내가 말했다.

나한테는 그렇지, 하지만 독일에는 안 어울려.

누가 그래요.

머리 땋고 독일 가면 푸대접받는다, 어머니가 말했다. 할머니는 내가 직접 잘라드려야지. 이발사가 죽었으니까. 도시 이발사는 참을성이 없어서 할머니 머리를 자르지 못할 거야. 거울 앞에 가만히 앉아 있지 않으시니까. 의자에 묶어야지.

가슴이 콩닥거렸어, 어머니가 말했다. 내 머리채를 잘라낸 늙은 남자는 손이 가볍더라. 나중에 머리 감겨준 젊은이는 손이 둔하고. 가위가 닿을 때 움찔했어. 병원에 간 것처럼.

어머니는 파마를 했다. 추운데도 곱실거리는 머리를 보이고 싶어서 머릿수건을 두르지 않았다. 어머니는 잘라낸 머리채를 비닐봉지에 넣었다.

가지고 갈 거예요, 내가 물었다.

어머니는 어깨를 으쓱해 보였다.

우리는 이 가게 저 가게를 들렀다. 어머니는 독일로 가져갈 혼숫감을 골랐다. 새 밀방망이와 밀판, 견과류 분쇄기, 접시 세트, 와인잔 세트, 케이크 접시, 포크 세트.

그리고 스테인리스 식기. 당신과 할머니가 입을 새 속옷도 골랐다.

혼숫감이 따로 없네, 어머니가 말했다. 그러고는 죽은 손목시계를 내려다보았다. 기차로 백이십 킬로그램짜리 상자 하나를 독일에 보낼 수 있었다. 죽은 손목시계에 새 줄이 달려 있었다. 몇 시니, 어머니가 물었다.

노래하는 할머니는 땋은 머리를 자를 필요가 없었다. 어머니가 시내에서 돌아오자, 할머니는 사과 한 입을 물고 죽은 채 바닥에 누워 있었다. 할머니는 신부를 위한 혼숫감에서 빠져나가 죽었다. 베어 문 사과가 입술 사이에 물려 있었다. 할머니는 그것 때문에 질식한 것이 아니었다. 베어 문 사과살에서 붉은 껍질이 보였다.

다음 날 경찰은 집 안을 샅샅이 뒤졌으나 나머지 사과를 찾지 못했다.

어쩌면 할머니가 사과를 다 먹고, 처음 베어 물었던 것만 맨 나중에 먹으려고 남겨두었는지도 모르지, 시계수리공 토니가 말했다.

할머니는 출국신청서에서 빼야겠네요, 경찰이 말했다. 어머니가 그에게 돈을 주었다.

　그렇게 돌아다니시다니, 어머니가 말했다, 독일에 갈 때까지
못 기다리시고. 거기도 관이 있잖아. 내가 보기 싫어서 눈을 감
으신 거야. 나를 스컹크 보듯 바라봤을 때 벌써 작심하신 거지.
장의사랑 신부님을 찾아가봐야겠구나. 할머니 무덤은 여기 있어
야 해. 그걸 원하신 거 아니겠니. 내가 모든 걸 여기에 놔두기를.

　사후경직이 시작되었다. 어머니와 시계수리공 토니는 고인
의 옷을 가위로 잘라 피부에서 벗겨냈다. 어머니가 물 한 대야와
흰 수건을 가져왔다. 시계수리공 토니가 말했다, 염은 가족들 손
으로 하는 게 아니에요. 다른 사람이 해야지, 안 그러면 다 죽어
요. 그는 할머니의 얼굴, 목, 손과 발을 닦아냈다. 어제 우리 집
창가를 지나가셨는데 오늘 내가 이 양반 염을 하게 될지 누가 알
았겠어요, 그가 말했다. 벗은 몸이라고 민망해할 거 없어요. 그
는 새 속옷을 가위로 잘랐다. 어머니가 고인의 몸 위로 옷을 바
느질했다.

　깨끗이 입고 다니면 더러운 꼴로 하늘에 가진 않아, 나는 생각
했다. 달리 방법이 없겠어요, 시계수리공 토니가 말했다. 몸이
도와주질 않아요. 더이상 구부릴 수가 없어요. 그리고 내게 말했

다, 네가 우릴 좀 도와줘야겠다.

　나는 반짇고리에서 실타래를 꺼내와 두꺼운 바늘에 실을 두 겹으로 꿰었다. 그러고는 바늘을 의자 위에 두었다. 실은 그냥 둬, 어머니가 말했다. 한 겹만 해도 튼튼해. 하늘을 매달아도 버틸 거다. 어머니는 땀을 크게 뜨고 매듭을 굵게 지었다. 가위를 치워두고 죽은 사람 몸에 걸쳐 있는 실을 이로 끊었다.

　턱을 수건으로 묶었는데도 할머니의 입은 벌어졌다. 이제 마음짐승을 쉬게 하세요, 내가 말했다.

　어머니는 아우크스부르크에 살았다. 어머니는 허리 통증이 담긴 편지를 베를린으로 보내왔다. 어머니는 봉투의 발신인이 자신이라는 것에 확신을 갖지 못하고 집주인 과부의 이름을 썼다. 헬레네 샬.

　어머니는 편지에 썼다. 샬 부인에게도 망명 시절이 있었다더라. 전쟁 후에 남편도 없이 애 셋을 혼자서 키우고, 이제 이렇게 살고 있다는구나. 혼자 살기에 연금은 충분해. 참 잘됐지.

　샬 부인 말로는 란츠후트가 아우크스부르크보다 작다더라. 어째서일까, 거기 우리 마을 사람이 얼마나 많이 사는데. 샬 부인이 지도를 보여줬어. 지명이 감히 살 엄두도 못 낼 옷처럼 진열되어 있는 것 같더라.

시내에서 버스에 쓰인 글자들을 읽다보면 뒷골이 당겨. 거리 이름을 큰 소리로 읽어보곤 한다. 버스가 지나가면 곧 잊어버리지. 우리 집 사진을 침대 보조테이블 안에 넣어놓았다, 하루 종일 생각하지 않게. 하지만 저녁에 불을 끄기 전에는 우리 집을 들여다본다. 입술을 깨물어야 해, 방이 금방 어두워지는 게 다행이지.

여기 도로들은 모두 널찍하니 좋다. 그래도 아스팔트가 익숙지 않아. 발이 아파, 머리도. 여기서의 하루가 우리 집에서의 일년을 합친 것보다 더 피곤하구나.

거긴 우리 집이 아니에요. 그곳엔 이제 다른 사람이 산다고요, 나는 어머니에게 썼다. 어머니가 지금 사는 곳이 우리집이죠.

나는 겉봉에 크게 썼다. 헬레네 샬 부인. 어머니의 이름은 그 아래 괄호를 치고 작게 써 넣었다. 나는 어머니가 괄호 안에서 걷고, 먹고, 자고, 겉봉에 쓰인 두려움 속에서 나를 사랑하는 모습을 보았다. 바닥, 테이블, 의자와 침대 모두 샬 부인의 소유였다.

어머니가 답장을 썼다, 너는 집이 뭔지 모른다. 시계수리공 토니가 묘지를 가꾸는 곳, 그곳이 집이지.

에드가는 퀼른에 살았다. 우리는 교차된 손도끼무늬가 그려진 똑같은 편지를 받았다.

너희에게 사형선고가 내려졌다, 곧 너희를 체포할 거야.

빈에서 찍힌 우편 소인이었다.

에드가와 나는 통화를 했다. 서로를 찾아가기엔 여비가 모자랐다. 전화기의 음성으로도 모자랐다. 우리는 전화기에 대고 비밀을 말하는 것에 익숙지 않았다. 두려움으로 혀가 굳었다.

죽음의 협박이 전화기를 통해, 에드가와 통화할 때면 뺨에 대고 있는 전화기를 통해 전해졌다. 대화 중에 우리가 경감 프옐레를 데려온 것만 같았다.

에드가는 아직 임시숙소에 머물고 있었다. 한창때임에도 늙어빠진 등신에, 실패한 교사라며 그가 빈정거렸다. 내가 두 달 전에 그래야 했듯 그도 루마니아에서 정치적 이유로 해고되었음을 증명해야 했다.

증인만으로는 안 됩니다, 공무원이 말했다. 사실을 증명할 만한 공인 서류를 가져오셔야 합니다.

어디서요.

공무원은 어깨를 으쓱하며 볼펜을 꽃병 앞에 세로로 세웠다.

볼펜이 넘어졌다.

우리는 실업수당을 받지 못했다. 지폐를 꺼낼 때면 서너 번씩 망설여야 했다. 우리는 마음만큼 자주 서로를 찾아갈 수 없었다.

우리는 게오르크가 죽은 장소를 보기 위해 두 번 프랑크푸르트로 갔다. 처음에는 쿠르트에게 보낼 사진을 찍지 못했지만, 두 번째 갔을 때는 셔터를 누를 만큼 냉정해졌다. 그러나 그때 쿠르트는 이미 묘지에 누워 있었다.

우리는 창문을 안팎에서 보고, 보도블록을 위아래로 살폈다. 임시숙소의 긴 복도에서 아이가 가쁜 숨을 쉬며 달려갔다. 우리는 발꿈치를 들고 걸었다. 에드가가 내 손에서 카메라를 가져가며 말했다, 다시 오자, 울면서 뭘 해.

숲 속 묘지에서 우리는 큰길을 따라 걸었다. 담쟁이덩굴의 고요가 찢어질 듯 부풀었다. 한 묘지에 이런 팻말이 세워져 있었다.

이 무덤은 관리 상태가 불량하므로 한 달 안에 손질해주시기

바랍니다. 이행되지 않을 경우 파묘 처리 하겠음. 묘지관리소.

게오르크의 무덤에서 나는 눈물을 흘리지 않았다. 에드가는 신발 끝으로 물렁한 무덤 주변을 팠다. 저기 그 녀석이 누워 있네, 그렇게 말하며 손으로 흙덩어리를 뭉쳐 공중에 날렸다. 흙이 떨어지는 소리가 들렸다. 에드가는 흙 한 덩어리를 더 뭉쳐 재킷 주머니에 넣었다. 떨어지는 소리가 들리지 않았다. 에드가는 손바닥을 들여다보았다. 에이 더러워, 그가 말했다. 나는 그가 흙만 말하는 게 아니라는 걸 알았다. 무덤은 자루처럼 놓여 있었다. 그리고 창은, 어떤 창문의 그림자일 뿐이라고 생각했다. 창문을 만져봤지만 아무것도 느껴지지 않았다. 여닫을 때도 눈을 뜨고 감을 때처럼 감각이 없었다. 진짜 창문은 저 무덤 아래 있을 것이었다.

사람은 자기를 죽인 걸 가져가게 돼, 나는 생각했다. 관은 떠올릴 수 없었다. 그저 창문뿐.

나는 초한적이라는 단어가 어떻게 이 묘지로 왔는지 몰랐다. 그러나 무덤 곁에서 그것이 늘 의미했을 바가 무엇인지 알게 되었다.

나는 이제 그것을 잊을 수 없었다.

테레자에게 말할 수 있었을 텐데. 초한적이라는 건 사라지지 않는 창문이야, 누군가 한 번 거기로 뛰어내린 적이 있는. 나는 편지에 그 말을 쓰고 싶지 않았다. 무엇이 초한적인지는 경감 프엘레와 상관없는 일이었다. 그는 사악했다, 자신을 그 단어에 빗댈 만큼. 심지어 그는 발을 디뎌보지도 않은 땅에 묘지를 세웠다. 그는 복도를, 창문을 참 많이도 알고 있었다.

에드가와 내가 묘지를 떠나자 나무들이 바람에 흔들렸다. 하늘이 휜 가지들을 눌렀다. 꽃잎이 언 프리지어와 튤립이 테이블 위에 꽂혀 있듯 무덤들 위에 있었다. 에드가가 신발 뒤축을 작은 나뭇가지로 닦아냈다. 나무줄기에 문손잡이가 있었을 것이다. 그 당시 숲에서처럼 나는 그것을 보지 못했다.

어머니의 허리 통증 뒤에 이렇게 쓰여 있었다. 이번 주에 루마니아에서 커다란 짐상자가 왔다. 밀방망이와 밀판이 없었다. 토요일 오후에 비둘기 두 마리를 외투 주머니에 넣어가지고 왔어. 맛있는 수프를 만들어야겠다고 생각했다. 샬 부인이 말했다, 불법이라고, 비둘기는 시의 재산이라고. 그러니 비둘기를 되돌려놓으라고. 나는 아무도 보지 못했다고 자신 있게 말했다. 비둘기가 날아갈 수 있었잖아요, 내가 말했지. 잡힌 놈이 잘못이지요, 아무리 시 재산이라도. 공원에 차고 넘치던걸요, 뭐.

나는 비둘기를 외투에 넣고 다시 집을 나와야 했다. 두 집쯤 지났을 때 새들을 날려 보내려고 했어. 이것들이 시 재산이라면 가는 길도 알아서 찾겠지 하고. 마침 거리엔 아무도 없었다. 나는 길가 풀밭에 비둘기들을 내려놓았어. 새들이 날아갔을 것 같니. 내가 손으로 쫓아도 꼼짝 안 하더라. 아이 하나가 자전거를 타고 오다가 내렸어. 뭐냐고 묻더라. 비둘기 두 마리지, 내가 말했어. 그런데 날아가려고 하질 않네. 있고 싶으면 있는 거지, 그게 아줌마랑 무슨 상관이에요, 아이가 말했어. 아이가 가고, 한 남자가 와서 말했다. 공원에 있던 비둘기인데 누가 여기다 가져다놨나. 저기 앞에 자전거 탄 아이요, 내가 말했어. 뭐라고요, 저 애는 내 손자요. 그가 소리를 질렀어. 몰랐어요, 정말 몰랐어요. 나는 비둘기들을 다시 외투 주머니에 넣었다. 남자가 하도 빤히 바라봐서 내가 말했지, 모두 멈춰서기만 하고 관여를 안 하네요. 내가 비둘기들을 다시 공원으로 데려다놓겠어요.

세관원을 통해 쿠르트가 도주자 명단, 붉은등때까치 시, 피마시는 자와 죄수의 사진이 든 두툼한 편지를 보내왔다. 경감 프엘레의 사진도 한 장 들어 있었다.

테레자가 죽었어, 편지에 쓰여 있었다. 손가락을 다리에 대면 피부에 자국이 남았어. 다리가 물 호스 같았고 약을 먹어도 부기가 빠지지 않았지. 물이 심장까지 찼어. 지난 몇 주 동안 테레자는 방사선 치료를 받았어. 열이 나고 구토를 했어.

테레자가 너를 찾아가기 전에 그녀와 사귀었어. 테레자를 너한테 보낸 건 경감 프엘레야. 나는 테레자가 가지 않기를 바랐지. 그녀가 말했어, 너 질투 나서 그러지.

독일에 갔다 와서 그녀는 나를 피했어. 그리고 보고하러 갔지. 그러고는 딱 두 번 그녀를 만났어, 보관하고 있는 것을 모두 돌려달라고. 그녀는 다 돌려줬어. 하지만 어느 날 경감 프엘레가 모든 걸 책상에서 꺼낸다 해도 놀라지 않을 거야.

나 출국 신청했어, 봄에 만나자.

테레자의 죽음은 나를 아프게 했다. 마치 서로를 때리는 두 개의 머리가 달린 것 같았다. 한쪽에는 깎아낸 사랑이, 다른 쪽에는 증오가 들어차 있었다. 나는 사랑이 다시 자라기를 바랐다. 사랑은 풀과 지푸라기처럼 섞여 자라났고 내 머릿속에서 가장 차가운 서약이 되었다. 사랑이야말로 나의 가장 어리석은 식물이었다.

두툼한 편지가 도착하기 삼 주 전에 에드가와 나는 똑같은 전보를 받았다.

쿠르트의 사체가 집에서 발견되었음. 끈으로 목매달았음.

누가 그 전보를 쳤을까. 경감 프옐레 앞에서 노래를 부르듯 나는 큰 목소리로 읽었다. 이 노래를 부를 때 혀가 이마 안쪽을 쳤다. 마치 혀끝에 경감 프옐레의 손에서 움직이는 지휘봉이 꽉 묶여 있는 듯.

에드가가 나를 만나러 왔다. 우리는 전보를 나란히 펴놓았다. 에드가가 닭괴롭히기를 흔들었다. 구슬이 미끄러지면서 부리가 동그란 판 위의 모이를 쪼았다. 나는 닭괴롭히기를 조용히 바라보았다. 샘이 나지도, 아깝지도 않았다. 두렵기만 했다. 에드가의 손에서 닭괴롭히기를 뺏을 엄두가 나지 않을 만큼 두려웠다.

우편물을 자루에 넣어서 보내는 건 우연이 아니야, 내가 말했다. 우체국의 자루는 삶의 자루보다 더 오래 걸려. 붉은색, 검은색, 나는 차례대로 닭을 보고 싶었다. 하지만 빨리 모이를 쫄 때면 순서가 뒤죽박죽이 되었다. 허리띠, 창문, 호두, 노끈이 든 자루는 그렇지 않았다.

네 슈바벤 자루, 누가 들으면 미쳤다고 하겠다, 에드가가 말했다.

우리는 쿠르트가 찍은 사진을 바닥에 펼쳐놓았다. 그 당시 회양목 정원에서처럼 우리는 사진 앞에 앉았다. 나는 잠시 천장을 올려다보아야 했다. 저 위의 하얀 것이 혹시 하늘이 아닌지.

마지막 사진에서 경감 프엘레가 트라얀광장을 지나고 있었다. 그는 손에 하얀 종이로 싼 꾸러미를 들고 있었다. 다른 손에는 아이를 데리고 있었다.

사진 뒷면에 쿠르트가 썼다.

할아버지가 쿠헨을 사주심.

나는 경감 프엘레가 자신이 죽인 사람들이 모두 들어 있는 자루를 짊어지길 원했다. 그가 이발소에 앉으면 그의 자른 머리에서 막 벌초한 무덤의 냄새가 풍기기를, 퇴근 후에 손자와 테이블을 사이에 두고 마주 앉으면 범죄의 냄새가 풍기기를. 아이가 쿠헨을 주는 그 손가락을 혐오하기를.

나는 내 입이 열리고 닫히는 걸 느낄 수 있었다.

쿠르트가 말한 적이 있어, 이 아이들은 이미 공범이라고. 그들은 저녁에 입을 맞출 때 그들의 아버지가 도축장에서 피를 마신다는 걸 냄새로 알아, 그리고 그곳으로 가려 해.

에드가가 뭔가 말하려는 듯 머리를 움직였다. 그러나 그는 침묵했다.

우리는 바닥에 펼쳐놓은 사진 앞에 앉아 있었다. 나는 할아버지의 손을 잡은 아이가 있는 사진을 들었다. 아이와 할아버지 손에 들린 하얀 꾸러미를 가까이 들여다보았다.

다른 친구들이 더이상 단추를 잃어버리지 않는데도 우리는 여전히 내 이발사, 내 손톱가위라고 말한다.

앉아 있느라 다리에 쥐가 났다.

침묵하면 불편해지고, 말을 하면 우스워져, 에드가가 말했다.

저녁 거리마다 물끄러미 청춘을 세워두고

독재자 니콜라에 차우셰스쿠는 1965년에서 1989년까지 이십 사 년을 집권했다. 1987년 독일로 망명하기까지 헤르타 뮐러는 삼십사 년 동안 루마니아에서 살았다. 열다섯 살 때부터는 바나 트 슈바벤 소수민족의 거주지인 니츠키도르프를 떠나 티미쇼아 라에서 공부했으니 그녀는 청춘을 고스란히 독재치하에서 보낸 셈이다. 행여 감시원의 눈에 띌까 너무 느리지도, 너무 빠르지도 않게 걸어야 하는 나라에서.

차우셰스쿠를 권좌에서 몰아낸 루마니아 혁명은 2009년 12월 에 이십 주년을 맞았다. 그동안 루마니아에는 다소 느리게나마 민주주의가 뿌리를 내리기 시작했고, 몇 년 전엔 유럽연합에 가 입하기도 했다. 그러나 그럼에도 불구하고 당시의 수많은 비밀

경찰과 권력의 요직에 있던 사람들은 여전히 불편 없이 누릴 것 누려가며 살고 있다고 뮐러는 지적한 바 있다. 사람을 물도록 조련된 수많은 루마니아의 개들도 여전히 거리를 떠돌며 왜곡된 민족주의를 이용해 '인민 궁전'을 건설했던 독재자의 땅에 스산함을 더한다.

『마음짐승』은 독재 시절 루마니아를 돌아보는 헤르타 뮐러의 청춘일기와도 같은 작품이다. 이 책을 번역하는 동안 기형도의 시 「안개」와 「질투는 나의 힘」을 비롯한 여러 편의 시들이 계속 머릿속에 아른거렸다.

아주 오랜 세월이 흐른 뒤에/ 힘없는 책갈피는 이 종이를 떨어뜨리리/ 그때 내 마음은 너무나 많은 공장을 세웠으니/ 어리석게도 그토록 기록할 것이 많았구나/ 구름 밑을 천천히 쏘다니는 개처럼/ 지칠 줄 모르고 공중에서 머뭇거렸구나/ 나 가진 것 탄식밖에 없어/ 저녁 거리마다 물끄러미 청춘을 세워두고/ 살아온 날들을 신기하게 세어보았으니/ 그 누구도 나를 두려워하지 않았으니/ 내 희망의 내용은 질투뿐이었구나/ 그리하여 나는 우선 여기에 짧은 글을 남겨둔다/ 나의 생은 미친 듯이 사랑을 찾아 헤매었으나/ 단 한번도 스스로를

사랑하지 않았노라[*]

　『마음짐승』과 기형도의 시에 나타나는 청춘의 초상화는 지난
날 눈부신 상처의 기록, 환부의 고백이다. 고통과 슬픔으로 얼룩
진 그 시절은 이제 갔지만, 개인의 존엄성을 속속들이 헤집어놓
은 권력의 야만성과 여전히 잔재하는 그 시절의 그림자들은 지
금 생각해도 두렵기만 하다.

마음짐승, 삶의 가치에 대한 물음

　『저지대』와 『숨그네』를 읽은 독자들이라면 '마음짐승(Herz-
tier)'이 뮐러의 조어라는 사실을 금방 눈치챌 것이다. 나 역시
그랬다. 하지만 할머니가 손녀에게 불러주는 자장가에 등장하는
단어이니만큼 혹시나 그런 단어가 실제로 민담이나 속요 중에
있는 것은 아닐지 궁금했다. 그래서 확인해본 실제 노랫말은 다
음과 같았다.

---

　[*] 기형도, 「질투는 나의 힘」, 『입 속의 검은 잎』, 문학과지성사, 1989.

나 오늘 잠들기 전에 / 오, 주여 당신께 내 마음을 바치오니[*]

 뮐러의 할머니가 어린 시절 자장가처럼 불러주곤 했다는 이
노래에 '마음짐승'이란 단어는 없었다. 문득 그녀의 작품을 제
대로 읽은 것인지 의문이 생겼다. 『마음짐승』이 1980년대 루마
니아의 전체주의를 경험한 헤르타 뮐러의 자전적 소설이라는 전
제를 떠나볼 필요가 있었다.

 '나 오늘 잠들기 전에 / 오, 주여 당신께 내 마음을 바치오니.'
노래가 끝나면 딸깍 불 끄는 소리가 들렸다. 노래를 듣고 나면
어린 뮐러는 어떻게 마음을 하늘에 바치라는 것인지 더욱 잠을
이룰 수 없었다. 그럴 때면 잉크빛 어둠 속에서 귀뚜라미와 개구
리들이 지칠 줄 모르고 울며 지하세계로 가는 길을 보여주었다.
밤이 되면 그것들은 뭔가 투명한 것, 머리를 혼란스럽게 하는 말
들을 건넸다. 숨죽인 채 그 소리에 귀를 기울이다가 그녀는 훅
숨을 몰아쉬곤 했다. 머릿속에서 생겨나는 알 수 없는 불안은 그
녀를 점점 신열에 들뜨게 했다. 좁은 상자 같은 마을에서 자신의
삶을 먹이로 내주고 있다고 느끼며 그녀는 물었다. 내 삶의 가치

---

 * 헤르타 뮐러, 「문학이 증언이 될 수 있는가?」, 『텍스트와 비평Text + Kritik』
 155호, 2002, 7쪽.

는 무엇인가? 낮에 해가 이글거리는 계곡 골짜기에서 소에게 풀을 먹일 때도 똑같은 질문이 찾아왔다. 하루 네 번 초록 골짜기를 지나는 기차가 모두 지나가고 나서야 집으로 돌아갈 수 있었다. 하늘도 풀을 뜯으며 골짜기를 품에 끌어안는 시간이었다. 그런 날들을 보내며 그녀는 수없이 되물었다. 내 삶의 가치는 무엇인가?

나는 내 손과 발을 들여다보았다. 놀라웠다, 그것들이 내게 속해 있다는 사실이. 그것들이 무엇으로 만들어진 것인지, 그리고 신이 언제 내게서 이것들을 거두어갈 것인지 알고 싶었다. 나는 꽃잎과 나뭇잎을 먹었다, 그들과 내 혀가 친척이 될 수 있도록, 우리가 비슷해질 수 있도록. 왜냐하면 그들은 알고 있었으니까, 어떻게 살아야 하는지. 나는 아니었다.*

도시로 나와 루마니아 학교를 다니고, 문학을 접하며 뮐러는 다시 어린 시절의 질문을 떠올렸다. 그러나 제대로 질문을 해보기도 전에 그녀는 국가라는 공포의 대상과 마주쳤다. 어디서나 두려움이 발목 쪽을 스멀거렸고 억압은 차츰 가까이 다가왔다.

---

* 같은 글, 6쪽.

처음에는 낯선 이들에게서 억압을 보았지만 어느새 그녀의 삶도 억압으로부터 자유롭지 못했다. 트랙터를 만드는 공장에서 번역사로 일하던 시절 루마니아 비밀경찰은 그녀에게 스파이로 일할 것을 제안했다. 이를 거절한 뮐러는 해고당했다. 그리고 말로만 듣던 심문, 가택수색, 죽음의 위협이 이어졌다. 내일을 알 수 없는 삶 속에서 어떤 이의 '마음짐승'은 생쥐 같고, 어떤 이의 것은 거대하고 흉물스러웠다.

『마음짐승』에 가장 자주 나타나는 단어는 불안과 두려움이다. 독재치하의 불안과 두려움은 '내면으로부터 비롯되어야 할 질문'을 차단시켰다. 그녀가 자주 인용하는 에밀 시오랑*에 의하면 '이유 없는 불안'은 인간의 실존에 가장 근접해 있다. 독재하의 '이유 있는 불안'은 인간을 인간이게 하는 실존의 물음으로부터 인간을 소외시켰다.

말이 머물지 못하는 곳에서

헤르타 뮐러는 임팩트 문학상 수상 당시 『마음짐승』이 차우셰

---

* 루마니아의 철학자이자 작가. 현대문명의 퇴폐를 비창한 필치로 고발하여 '절망의 심미주의자'로 불린다.

스쿠 독재치하에서 세상을 떠난 두 친구 롤프 보세르트(Rolf Bossert, 1952~1986)와 롤란트 키르시(Roland Kirsch, 1960~1989)를 위해 쓴 작품이라고 밝혔다. 롤프 보세르트는 독일로 이주한 직후 프랑크푸르트암마인의 이민자 임시숙소에서 창문을 열고 투신했고, 롤란트 키르시는 자택에서 목을 맨 것으로 가족들에게 통보되었다. 타살 여부를 밝힐 수 있는 부검은 허용되지 않았다. 차우셰스쿠 정권이 무너지고 나서도 오랫동안 공개되지 않은 것들은 허다했다. '크리스티나'라는 가명으로 작성된 헤르타 뮐러에 관한 비밀경찰의 문서도 수년 후에야 어렵사리 사본이 공개되었다. 1983년 3월 8일부터 기록되기 시작한 이 문서는 분량이 914페이지나 되는데 그녀가 트랙터공장에서 일한 삼 년 동안의 기록은 고스란히 빠져 있었다. 아직도 그녀는 루마니아에서의 삶에서 어떤 것이 연출된 것이고, 어떤 것이 우연이었는지 모르겠다고 말한다.

어려운 시절에 대한 책들은 종종 증언으로 읽힌다. 내 책들 역시 부득이하게도 독재치하의 절단된 삶, 밖으로는 굴종하고 안에서는 자화자찬인 독일 소수민족의 일상과 독일로의 이주를 통한 그들의 점진적인 소멸을 다룬다. 그런 이유로 많은 이들에게 내 책들은 일종의 증언이다. 그러나 나는 글을 쓸

때 스스로를 증인으로 느끼지 않는다. 나는 침묵과 의도적인
침묵으로부터 글쓰기를 배웠다.[*]

그녀의 문학이 '증언'에 국한되는 순간 독재치하에서 거세되
었던 '삶의 가치는 무엇인가'라는 질문은 또다시 같은 위기에
놓일 수 있다. 그러므로 '문학이 증언이 될 수 있는가'라는 그녀
의 반문은 그에 대항하는 그녀의 몸부림과도 같다. 그렇다면 그
녀의 작품을 어떻게 읽어야 할까. 헤르타 뮐러는 언어의 힘을 믿
는 작가이지만, 그런 그녀에게도 언어는 힘인 동시에 한계이다.

언어는 내면을 포괄할 수 없다. 내면은 말들이 머물지 못하
는 곳으로 사람을 이끈다. 말이 무엇을 할 수 있는가? 삶의 대
부분이 어그러질 때, 단어들도 추락한다. 나는 내가 가졌던 단
어들이 추락하는 모습을 보았다. 그때 내가 가지지 못했던 단
어들을 가지고 있었다 해도, 마찬가지였을 것이다.[**]

침묵과 말 사이를 오가던 뮐러는 내면이 이끄는 대로 '말이
머물지 못하는 곳'으로 떠난다. 그곳에서 그녀는 단어와 사물 사

---

[*] 같은 글, 13쪽.
[**] 같은 글, 9쪽.

이의 빈틈을 통해 무(無)를 응시하고, 그녀만의 조어를 만들어 냈다. '마음짐승'은 그런 언어도단의 자리에서 태어난 단어다. 그곳은 그녀와 우리가 만날 수 있는 자리이기도 하다. 화두를 푸는 것과도 유사한 과정을 통해 얻은 그녀의 조어들은 '그녀의 것'이기에 우리는 빈틈을 응시하며 다시금 묻는다. 내 삶의 가치란 무엇인가?

헤르타 뮐러의 작품을 번역하는 동안 여러 가지로 조언을 준 뮌스터의 허수경 시인과 마티아스, 늘 적절하게 오류를 잡아준 문학동네 편집부에 감사의 말을 전하고 싶다. 무엇보다 뮐러의 전작들을 공감하며 읽어준 독자들의 격려가 큰 힘이 돼주었다. 뮐러의 작품을 읽으며 70~80년대 독재치하에서 오욕을 견디며 아름다운 작품을 써낸 한국의 작가들에게 새삼 고개가 숙여졌다. 아마 독자 여러분들도 그렇지 않을까.

박경희

지은이 **헤르타 뮐러**

1953년 루마니아 니츠키도르프에서 태어났다. 티미쇼아라대학에서 독일문학과 루마니아 문학을 전공했다. 소설집 『저지대』로 데뷔했으며, 장편소설 『숨그네』 『마음짐승』 『그때 이미 여우는 사냥꾼이었다』 『인간은 이 세상의 거대한 꿩이다』, 산문집 『악마가 거울 속에 앉아 있다』 『왕은 고개를 숙이고 죽인다』, 시집 『모카잔을 든 우울한 신사들』 등을 발표했다. 아스펙테 문학상, 리카르다 후흐 문학상, 로즈비타 문학상, 독일비평가상 등 주요 문학상을 휩쓸었고, 2009년 노벨문학상을 수상했다.

옮긴이 **박경희**

1969년 서울에서 태어났다. 서강대 교육대학원 국어교육학과를 졸업하고 독일 본대학에서 번역학과 동양미술사, 독일 현대문학을 공부했다. 『숨그네』 『암스테르담』 『첫사랑, 마지막 의식』 『흐르는 강물처럼』 『옌젠 씨, 하차하다』 『행복에 관한 짧은 이야기』 『슬램』 『파울라 날다』 등을 우리말로 옮겼으며 『무진기행』 『직선과 곡선』 등 한국문학 작품을 독일어로 공역했다.

문학동네 세계문학
마음짐승

초판 인쇄 2010년 8월 3일 | 초판 발행 2010년 8월 16일

지은이 헤르타 뮐러 | 옮긴이 박경희 | 펴낸이 강병선
책임편집 강건모 | 편집 류현영 오영나
디자인 송윤형 이원경 | 저작권 김미정 한문숙
마케팅 정민호 김도윤 장선아 나해진 박보람 정진아 | 온라인 마케팅 이상혁 한민아
제작 안정숙 서동관 김애진 정구현 | 제작처 (주)상지사P&B

펴낸곳 (주)문학동네
출판등록 1993년 10월 22일 제406-2003-000045호
주소 413-756 경기도 파주시 교하읍 문발리 파주출판도시 513-8
전자우편 editor@munhak.com | 대표전화 031) 955-8888 | 팩스 031) 955-8855
문의전화 031) 955-3576(마케팅) 031) 955-2634(편집)
문학동네카페 http://cafe.naver.com/mhdn

ISBN 978-89-546-1204-3 03850

www.munhak.com